宋詞三百首簡注

武玉成　顧叢龍　注

潘步釗　導讀

責任編輯　　張軒誦

書籍設計　　任媛媛

書　　名　　宋詞三百首簡注

注　　者　　武玉成　顧叢龍

導　　讀　　潘步劍

出　　版　　三聯書店（香港）有限公司

　　　　　　香港北角英皇道 499 號北角工業大廈 20 樓

　　　　　　Joint Publishing (H.K.) Co., Ltd.

　　　　　　20/F., North Point Industrial Building,

　　　　　　499 King's Road, North Point, Hong Kong

香港發行　　香港聯合書刊物流有限公司

　　　　　　香港新界大埔汀麗路 36 號 3 字樓

印　　刷　　美雅印刷製本有限公司

　　　　　　香港九龍觀塘榮業街 6 號 4 樓 A 室

版　　次　　2002 年 8 月香港第一版第一次印刷

　　　　　　2020 年 4 月香港第二版第一次印刷

規　　格　　特 32 開（105 mm × 165 mm）520 面

國際書號　　ISBN　978-962-04-4599-6

　　　　　　© 2002, 2020 Joint Publishing (H.K.) Co., Ltd.

　　　　　　Published & Printed in Hong Kong

本書原由人民文學出版社以書名《宋詞三百首簡注》出版，經由原出
版者授權本公司在港台海外地區出版發行中文繁體字本。

再版説明

"三聯文庫"自一九九八年出版,遴選中外文學代表作,包羅古今文類。文庫前後收錄小說、詩詞、散文、戲劇、翻譯作品等八十二種,為讀者提供豐盛的文學滋養,有利於讀者輕鬆閱讀、欣賞經典。

本文庫初版時值本店成立五十週年,如今本店已逾從心之年,故將重版本文庫以作紀念。為滿足大眾讀者需求,是次再版仍以價廉物美為原則,設計則凸顯書本手感與閱讀內文的舒適度,更特邀資深中文科老師、作家撰寫導讀,引導讀者品賞名作。

為保全作品原貌,編輯不對原書內文作明顯改動,只修訂部分文字、標點、注釋資料等錯處,以示尊重。雖經細緻校正,惟編輯水平所限,錯漏難免,懇請讀者指正。

三聯書店(香港)有限公司
出版部
二〇二〇年一月

目錄

歐陽修

柳　永

周邦彥

僧 揮

李清照

導讀

潘步釗

　　《宋詞三百首》的編者是清代朱祖謀（1857－
1931），關於朱祖謀的詞學，唐圭璋（1901－
1990）在《朱祖謀治詞經歷及影響》一文對他的
評價概括精準："取徑夢窗，上窺清真，旁及秦、
賀、蘇、辛、柳、晏諸家，打破浙派、常州派一
偏之見，取精用弘，卓然自成一家。"朱祖謀早
年寫詩，四十歲之後專心詞學，推崇吳文英和周
邦彥，但也兼及其他各家，是"晚清四大詞人"
之一，詞學造詣高，由他選編詞集，從識力到品
味，都是合適人選。

　　清代詞風很盛，詞人輩出，而且立論高，詞
論和詞派都很多。這本《宋詞三百首》的編選，
當然受到編者個人品味的影響，朱祖謀填詞取徑
吳文英和周邦彥，因此選錄了他們很多作品，特
別是吳文英，入選詞作明顯偏多。此書雖以"渾
成典雅"為選詞標準，不過也兼收各家名篇，以

全書所收的作品與作家來看，已經很齊全，作為今天一本入門的青少年普及詞學讀物，非常適合。

葉恭綽（1881－1968）《清名家詞序》說"蓋詞學濫觴於唐，滋衍於五代，極於宋而剶於明，至清乃復興"。宋代是中國文學中，詞體寫作的最高峰，最優秀的詞人和詞作，都在兩宋三百年間出現，所謂"極於宋"，沒有人會異議。讀宋詞，基本的方法是要知道詞的文體特色，更要掌握詞在兩宋的發展過程，伴隨著政治、經濟和文學的進展變化，在兩宋三百多年的歲月，形成了不同時期、不同詞人、不同風格的作品，呈現千姿百態的藝術面貌。通過掌握兩宋詞的發展，了解其間不同詞人的風格技巧和作品的藝術特點，是讀宋詞基本而簡單的門徑。

宋詞承繼中晚唐五代而出現。在北宋初，詞的寫作，無論內容、情感和風格，都是晚唐花間的一路，也就是綺麗輕柔，內容不脫相思離別，飲筵歌舞之類，即使是歐陽修般重臣名士，詞風一樣婉約輕柔，比較他的詞和詩文，由內容到思想感情，會發現很不一樣。對於詞的發展，柳永和蘇軾的影響非常重要。柳永在《宋史》無傳，在仕途上極不得意。他多作慢詞，在篇幅上大大拉長了詞的寫作，篇幅長了，能夠容納的內容和情感也就增多了。蘇軾則擴大了詞的思想內容和情感性質，詞到了蘇軾筆下，可以寫個人懷抱，可以抒發離別相思、歸隱幽情、酒酣肝膽、寂寞心靈，也可以悼亡傷逝、弔古傷今，許多前人未曾入詞的題材，都成為詞的內容，所以稍後於他的王灼（1080?－1160?）已說他："指出向上一路，新天下耳目。"這種突破，令詞從狹窄的相思離別，男女私情的天地中走出來。他是第一個大力打破"詞為艷科"的詞人，經過柳永與蘇軾，詞在篇幅和題材內容的空間，都得到很大發展。兩宋之交，周邦彥執掌大晟府，大幅整理訂正詞調樂曲，他填詞講究音律，重法度，狀物言情，語言典雅，總結了整個北宋的詞學發展。

詞進入南宋，主要向兩條路子發展。其一是書寫山河破碎，矢志恢復河山的家國懷抱；其二是目睹事無可為，遂有流連江湖，樵隱不出的淡泊心跡。南渡後數十年，詞以愛國作品最多最出色，重要詞人當然首推辛棄疾，其次是陸游、陳亮和劉過等人，詞風豪放，作品中感慨情深，同時表現出英雄氣概和強烈的時代呼聲。此外姜夔擅音樂，喜自創曲調再填詞，是南宋格律派詞人的代表，在詞中表現出一種清幽冷雋的氣氛，在詞史上面目獨特。隨著國事日非，南宋政府偷安自得，無心北伐，詞人產生強烈的無力感，令南宋滅亡前出現 "江湖詞人" 一派，包括朱祖謀十分看重的吳文英，他們失望於現實政事，不問功名，只有追求閒逸的淡泊和消沉。而這種消沉和事無可為的心態，一直到南宋的遺民詞人如周密、王沂孫和張炎等均如此，兩宋詞的主流文體地位，隨著改朝換代，也漸漸為後來的元曲所取代。

掌握詞人所處的時代發展和身世之感，每每有助於我們更容易掌握作品的技巧和情感，這是欣賞宋詞的簡單方法。明代詞論家將宋詞簡單分作 "豪放" 和 "婉約" 兩條大路子，雖然不夠精準，像蘇軾就不能簡單說成是 "豪放派"，那是對 "蘇詞" 的片面欣賞，並未能窺全豹。不過對於年青讀者，明白 "婉約" 和 "豪放" 是宋詞兩條主要路數，了解宋詞發展和兩宋興亡的歷史，再加上認識重音律的特點和南宋末閒逸淡泊的詞人等，大概算是掌握得完整了，而這種切入方法，也比較容易循隨。只要我們明白和記住，無論豪放、婉約或清空等，都是在文學發展過程中，在藝術規律自然合理的制約下，慢慢延衍出現的，但從欣賞文學作品的角度，好的詞作，並不只憑內容形式風格來定義，多研讀比較，自然可以分辨得到。

清代以來的詞家，從詞論角度切入，很講究詞以婉約為正宗的觀念。今天普羅讀者雖不是從學術角度讀宋詞，但這種“詞為艷科”觀念的背景知識，還是有助了解宋詞語言意象和講究含蓄等美學思維。另外，詞多分上下片，“上片寫景，下片抒情”的常用寫法，“小令”、“慢詞”的分別等，都是讀詞的基本知識。宋人本來是依聲填詞，需要配合音樂。我們今天讀宋詞，絕大部分作品都無法知道原來的音樂，重要性大減，可跳過此關卡。可是詞以抒情為重，作品中的音樂性和當中要表達的內容及思想感情關係密切，所以對於不同詞牌的音樂性和長短句子、押韻等產生的音樂感覺，能有點認識，對欣賞宋詞都有幫助。

出版說明

　　詞，興於唐而盛於宋，是一種可以配樂歌唱的新體抒情詩。它集抑揚頓挫的音樂、錯綜複雜的韻律、長短參差的句式和真切感人的情性於一身，很快成為一種深受人們喜愛的文學樣式，亦是有宋一代的代表文學樣式。

　　詞之於宋，便如詩之於唐，正處在"陰陰夏木囀黃鸝"的全盛時期。一部《全宋詞》，收有1,364 名詞人用千餘種調式寫成的近二萬首詞作。

　　宋詞選本，宋已有之。然最具影響者，當數清朝末年人朱祖謀編選的《宋詞三百首》。朱祖謀（1857－1931），字古微，後改名孝臧，一字藿生，號漚尹，又號彊村。歸安（今浙江湖州）人。光緒九年（1883）進士。四十歲以後專力於詞，是清末詞壇之大家。所編《宋詞三百首》，係與好友況周頤商榷而成。編選中數易其稿，頗費躊躇；出版後又三作增刪，如琢如磨。其書民國十三年（1924）初版，選詞人 87 家，詞 300

首。不久即加重訂，增入張孝祥《念奴嬌》（洞庭青草）等 11 首，刪去蘇軾《念奴嬌》（大江東去）等 28 首，故第二版實選詞 283 首，未足三百之數。後又出第三版，增補林逋《長相思》（吳山青）、柳永《臨江仙》（夢覺小庭院）2 首，確定為詞人 82 家，詞 285 首。

《宋詞三百首》初版七年後，唐圭璋先生以第二版為底本為作箋注，"多歷年所"（吳梅箋序語），於民國三十六年由上海神州國光社出版。隨着唐先生《宋詞三百首箋注》的廣泛流傳，《宋詞三百首》之第二版成為最通行的本子。然第二版篇目少而遺珠多，除前面所言蘇軾《念奴嬌》外，秦觀《踏莎行》（霧失樓台）、歐陽修《臨江仙》（柳外輕雷）等名篇亦在刪除之列，不免令人生歎。另一方面，朱祖謀作為清末詞壇上獨樹一幟的選家，凡入其眼目的作品，必均有堪當其選的品格。為全面瞭解朱祖謀的編選標準和審美眼光，為使"三百首"較少遺珠之憾，也為了給讀者提供一個滿足三百之數的《宋詞三百首》讀本，我們將《宋詞三百首》三個版本中的入選詞章全部保存下來，合為一冊，計得詞人 88 家，詞 313 首。這庶幾可視為經朱祖謀選出的、滿足三百之數的"全本"《宋詞三百首》。

我們曾對蘅塘退士的《唐詩三百首》作過簡注,此番亦請武玉成、顧叢龍兩位先生對此"全本"《宋詞三百首》加以簡注,以期有聯璧之美。簡注的重點在於釋難字、釋典事、釋詩思詩句之因承。在此過程中,注者吸收了先賢、今賢注釋《宋詞三百首》的一些成果,亦糾正了一些失誤,未能一一注出,於此特作說明,並向為詞學研究作出貢獻的學者表示感謝。

希望我們的努力能得到學界的認同,希望合成本《宋詞三百首》能為廣大讀者所喜歡。

人民文學出版社編輯部

2004 年 7 月

原序

　　詞學極盛於兩宋。讀宋人詞當於體格、神致間求之，而體格尤重於神致。以渾成之一境為學人必赴之程境，更有進於渾成者，要非可躐而至，此關係學力者也。神致由性靈出，即體格之至美，積發而為清暉芳氣而不可掩者也。近世以小慧側艷為詞，致斯道為之不尊；往往塗抹半生，未窺宋賢門徑，何論堂奧！未聞有人焉，以神明與古會，而抉擇其至精，為來學周行之示也。彊村先生嘗選《宋詞三百首》，為小阮逸馨誦習之資；大要求之體格、神致，以渾成為主旨。夫渾成未遽詣極也，能循途守轍於三百首之中，必能取精用閎於三百首之外，益神明變化於詞外求之，則夫體格、神致間尤有無形之訢合，自然之妙造，即更進於渾成，要亦未為止境。夫無止境之學，可不有以端其始基乎？則彊村茲選，倚聲者宜人置一編矣。

中元甲子燕九日　臨桂況周頤

徽宗皇帝

1082 – 1135

　　徽宗皇帝（1082－1135），名趙佶。宋神宗第十一子。元符三年（1100）哲宗死，無嗣，佶以弟繼位。宣和七年（1125）於國勢危難之際傳帝位於長子趙桓，是為欽宗。靖康二年（1127）北宋淪亡，徽、欽二帝被擄北遷。徽宗於紹興五年（1135）卒於五國城。徽宗擅書法，創"瘦金體"，工花鳥繪畫，詞有曹元忠輯《宋徽宗詞》一卷。見收於《彊村叢書》。

燕山亭

北行見杏花 [1]

　　裁剪冰綃 [2]，輕疊數重，淡著燕脂勻注。新樣靚妝 [3]，艷溢香融，羞殺蕊珠宮女 [4]。易得凋零，更多少無情風雨。愁苦！問院落淒涼，幾番春暮？　　憑寄離恨重重，這雙燕何曾，會人言語？天遙地遠，萬水千山，知他故宮何處？怎不思量，除夢裡有時曾去。無據，和夢也新來不做。

注釋

1　北行：指靖康之難後被擄入金國的道途中。

2　冰綃：潔白而薄透的絲織物。此以形容杏花的花瓣。

3　靚（jìng 淨）妝：美麗的妝扮。

4　蕊珠宮女：指天上仙女。蕊珠：道教所言天上仙宮。

錢惟演

977 - 1034

　　錢惟演（977-1034），字希聖，錢塘（今
浙江杭州市）人。為吳越王錢俶次子，隨父歸
宋。仁宗朝拜樞密使，出知河陽，加同中書門
下平章事，判許州。明道二年（1033）落平章
事職。文辭清麗，與楊億齊名，《全宋詞》錄其
詞二首。

木蘭花

　　城上風光鶯語亂，城下煙波春拍岸。綠楊芳草幾時休？淚眼愁腸先已斷。　　情懷漸變成衰晚，鸞鏡朱顏驚暗換[1]。昔年多病厭芳尊[2]，今日芳尊惟恐淺。

注釋

1　**鸞鏡**：鏡的美稱。相傳昔有鸞鳥不鳴，懸鏡映之乃鳴，故有鸞鏡之稱。

2　**芳尊**：指酒杯。尊，同"樽"。

林 逋
967 - 1028

林逋（967－1028），字君復，錢塘（今浙江杭州市）人。隱居西湖之孤山，賞梅養鶴以自娛。終身不仕，亦不婚娶，人稱其"梅妻鶴子"，卒諡和靖先生。其詩風格淡遠，大多反映他的隱逸生活和閒適心境。有《林和靖詩集》。

長相思

　　吳山青[1]，越山青[2]，兩岸青山相送迎。誰知離別情。　　君淚盈，妾淚盈，羅帶同心結未成[3]。江頭潮已平。

注釋

1　**吳山**：指今浙江杭州市以南、錢塘江北岸的山。這一帶舊為吳國，故名。

2　**越山**：指今浙江紹興市以北、錢塘江南岸的山。這一帶舊為越國，故名。

3　**"羅帶"句**：舊俗，以兩根羅帶綰成同心結表示男女戀情。句以"結未成"表示男女戀情尚沒有充分傾訴。

范仲淹

989－1052

范仲淹（989－1052），字希文，蘇州吳縣人，大中祥符八年（1015）進士。康定元年（1040）以龍圖閣直學士與韓琦並為陝西經略安撫副使，兼知延州。慶曆三年（1043）召拜樞密副使、參知政事，是北宋著名政治家和軍事家。有《范文正公集》二十卷，《彊村叢書》收《范文正公詩餘》一卷。

漁家傲

塞下秋來風景異 [1]，衡陽雁去無留意 [2]。四面邊聲連角起 [3]。千嶂裡 [4]，長煙落日孤城閉。

濁酒一杯家萬里，燕然未勒歸無計 [5]。羌管悠悠霜滿地 [6]。人不寐，將軍白髮征夫淚。

注釋

1 **塞下**：邊塞。
2 **衡陽**：在今湖南省。傳說秋天北雁南飛，到衡陽回雁峰而止。
3 **邊聲**：泛指邊地的馬聲、笛聲等。
4 **嶂**：像屏障一樣的山巒。
5 **燕然**：山名，在今蒙古境內。**勒**：刻，指刻石記功。據載，東漢竇憲大破北單于後登上燕然山，刻石記功而還。
6 **羌管**：笛子。

蘇幕遮

懷舊

　　碧雲天，黃葉地[1]，秋色連波，波上寒煙翠。山映斜陽天接水，芳草無情，更在斜陽外。

　　黯鄉魂[2]，追旅思[3]，夜夜除非，好夢留人睡[4]。明月樓高休獨倚。酒入愁腸，化作相思淚。

注釋

1　"碧雲"二句：寫秋景。元代王實甫將此二句寫入雜劇《西廂記》，作"碧雲天，黃花地，西風緊，北雁南飛。"

2　**黯鄉魂**：因思念家鄉而心情黯淡。

3　**旅思**（sì四）：羈旅愁思。

4　"好夢"句：言惟有在夢中得到安慰。

御街行

秋日懷舊

　　紛紛墜葉飄香砌[1]，夜寂靜，寒聲碎。真珠簾捲玉樓空，天淡銀河垂地。年年今夜，月華如練[2]，長是人千里。　　愁腸已斷無由醉，酒未到，先成淚。殘燈明滅枕頭欹[3]，諳盡孤眠滋味[4]。都來此事，眉間心上，無計相回避[5]。

注釋

1　**香砌**：即香階，石階的美稱。

2　**練**：白色的熟絹。

3　**欹**（qī 七）：歪斜，傾側。此指倚枕。

4　**諳**：經歷，經受。

5　**"都來"三句**：寫愁情。為李清照《一剪梅》"此情無計可消除，才下眉頭，卻上心頭"張本。

張　先

990－1078

　　張先（990－1078），字子野。烏程（今浙江吳興）人。天聖八年（1030）進士。官至尚書都官郎中，晚年退居湖杭之間，曾與梅堯臣、歐陽修、蘇軾有交。以詞名家，有《張子野詞》。

千秋歲

　　數聲鶗鴂，又報芳菲歇[1]。惜春更把殘紅折。雨輕風色暴，梅子青時節。永豐柳，無人盡日花飛雪[2]。　　莫把幺絃撥[3]，怨極絃能說。天不老，情難絕[4]。心似雙絲網，中有千千結。夜過也，東窗未白孤燈滅。

注釋

1　**"數聲"** 二句：化用《離騷》"恐鶗鴂之先鳴兮，使夫百草為之不芳" 詩意。鶗鴂（tí jué 提決），又寫作 "鵜鴂"，即杜鵑鳥。

2　**"永豐"** 二句：用白居易詩意。《全唐詩話》載白居易《楊柳詞》曰："永豐東角荒園裡，盡日無人屬阿誰。" 永豐，洛陽坊名。

3　幺絃：琵琶第四絃。此借指琵琶。

4　**"天不老"** 二句：用李賀《金銅仙人辭漢歌》"天若有情天亦老" 詩意。

菩薩蠻 [1]

哀箏一弄湘江曲，聲聲寫盡湘波綠。纖指十三絃 [2]，細將幽恨傳。　　當筵秋水慢 [3]，玉柱斜飛雁 [4]。彈到斷腸時，春山眉黛低。

注釋

1　此詞《全宋詞》作晏幾道詞。

2　十三絃：箏有十三根絃，十二絃擬十二個月，一絃擬閏月。

3　秋水：指眼波。慢：指眼波盈盈的樣子。

4　"玉柱"句：言箏上絃柱斜列如雁行。

醉垂鞭

　　雙蝶繡羅裙，東池宴，初相見。朱粉不深勻，閒花淡淡春。　　細看諸處好，人人道，柳腰身。昨日亂山昏[1]，來時衣上雲。

注釋

1　亂山昏：指羣山昏暗的日暮時分。

一叢花

　　傷高懷遠幾時窮，無物似情濃。離愁正引千絲亂[1]，更東陌、飛絮濛濛。嘶騎漸遙，征塵不斷，何處認郎蹤？　　雙鴛池沼水溶溶，南北小橈通[2]。梯橫畫閣黃昏後，又還是、斜月簾櫳。沉恨細思，不如桃杏，猶解嫁東風[3]。

注釋

1　千絲：指柳絲。

2　橈：船槳。此代指船。

3　"不如"二句：怨艾之語。張先因此句而得名，人稱"桃杏嫁東風郎中"。

天仙子

時為嘉禾小倅，以病眠不赴府會[1]。

　　水調數聲持酒聽[2]，午醉醒來愁未醒。送春春去幾時回？臨晚鏡，傷流景[3]，往事後期空記省[4]。　　沙上並禽池上暝[5]，雲破月來花弄影[6]。重重簾幕密遮燈，風不定，人初靜，明日落紅應滿徑[7]。

注釋

1 　**嘉禾**：秀州的別稱，治所在今浙江嘉興。**小倅**：小小的副職之官。作者時任秀州通判之職。**府會**：州衙的聚會。

2 　**水調**：曲調名。

3 　**流景**：流逝的年華。

4 　**後期**：日後的約會。**記省**：清楚記得。

5 　**並禽**：成雙的禽鳥。**暝**：暮色。

6 　**弄影**：指花枝在月下搖擺，映照出影子。

7 　**落紅**：落花。

青門引

　　乍暖還輕冷，風雨晚來方定。庭軒寂寞近清明 [1]，殘花中酒 [2]，又是去年病 [3]。　　樓頭畫角風吹醒 [4]，入夜重門靜 [5]。那堪更被明月 [6]，隔牆送過秋千影。

注釋

1　**庭軒**：庭院和走廊。

2　**殘花中酒**：因感花凋殘而傷懷醉酒。

3　**病**：病酒，因飲酒過量而不適。

4　**樓**：用以瞭望的高樓。**畫角**：塗有彩色的號角。

5　**重門**：一層層門。

6　**那堪**：哪能忍受。

木蘭花

　　相離徒有相逢夢。門外馬蹄塵已動。怨歌留待醉時聽，遠目不堪空際送。　　今宵風月知誰共？聲咽琵琶槽上鳳[1]。人生無物比多情，江水不深山不重。

注釋

1　槽：指琵琶上架絃的格子，多以檀木為之，又稱檀槽。
　　鳳：指琵琶上描繪的鳳形繪飾。《文獻通考》載："唐天寶中宦者白秀正使西蜀回，獻雙鳳琵琶。以邏逤檀為槽，溫潤輝光，隱若圭璧，有金縷紅紋蹙成雙鳳。貴妃每自奏於梨園。"

生查子 [1]

含羞整翠鬟，得意頻相顧 [2]。雁柱十三絃 [3]，一一春鶯語。　　嬌雲容易飛，夢斷知何處 [4]。深院鎖黃昏，陣陣芭蕉雨。

注釋

1　此詞《全宋詞》作歐陽修詞。《類編草堂詩餘》誤作張先詞，朱祖謀隨誤。茲仍"三百首"之舊，並作説明。

2　"得意"句：寫女子為使情郎相顧而有意錯彈，並因自己的伎倆成功而得意的神態。

3　雁柱：指箏的絃柱。箏柱斜列如雁行，故稱。十三絃：《説文通訓定聲》："古箏五絃，施於竹，如筑；秦代蒙恬改為十二絃，變形如瑟，易竹以木；唐以後加十三絃。"上片四句寫女子彈曲，暗用周郎顧曲典事。《三國志·吳書·周瑜傳》："瑜少精意於音樂，雖三爵之後，其有闕誤，瑜必知之，知之必顧。故時人謠曰：'曲有誤，周郎顧。'"

4　"嬌雲"二句：從男子方面落筆，暗用巫山雲雨典事。宋玉《高唐賦》稱，楚懷王夢與巫山神女相歡，神女自言："妾在巫山之陽，高丘之阻，旦為朝雲，暮為行雨。"《神女賦》稱，楚襄王亦夢神女，"歡情未接，將辭而去"，襄王"迴腸傷氣，顛倒失據。闇然而暝，忽不知處"。

晏 殊
991 － 1055

　　晏殊（991－1055），字同叔，臨川（今
屬江西）人。景德初以神童召試賜同進士出
身，授秘書省正字，慶曆三年（1043）任宰相
兼樞密使。諡元獻。作品多表現詩酒生活和悠
閒情致，清雅典麗，圓潤如珠。著有《珠玉詞》
和清人所輯《晏元獻遺文》。

浣溪沙

　　一曲新詞酒一杯，去年天氣舊亭台。夕陽西下幾時回？　　無可奈何花落去，似曾相識燕歸來。小園香徑獨徘徊[1]。

注釋

1　　香徑：灑滿落花的小路。

浣溪沙

　　一向年光有限身[1]，等閒離別易銷魂[2]，酒筵歌席莫辭頻。　　滿目山河空念遠[3]，落花風雨更傷春，不如憐取眼前人[4]。

注釋

1　**一向**：猶"一晌"，言時光之短。**有限身**：光陰有限的生命。

2　**等閒**：平常，普通。**銷魂**：傷神，令人心碎。句用南朝梁代江淹《別賦》句意："黯然銷魂者，惟別而已矣。"

3　**念遠**：懷念遠方情人。

4　**眼前人**：當席侍筵的歌女。唐元稹《會真記》："還將舊來意，憐取眼前人。"

清平樂

　　紅箋小字[1]，說盡平生意。鴻雁在雲魚在水，惆悵此情難寄[2]。　斜陽獨倚西樓，遙山恰對簾鉤。人面不知何處，綠波依舊東流[3]。

注釋

1　紅箋：一種小張的彩色箋紙，便於寫信或題詩，由唐代女詩人薛濤創製。

2　"鴻雁"二句：言書信可傳而情難傳。用舊鴻雁傳書之説及漢樂府《飲馬長城窟行》："客從遠方來，遺我雙鯉魚。呼兒烹鯉魚，中有尺素書。"

3　"人面"二句：化用唐崔護《題都城南莊》詩句："人面不知何處去，桃花依舊笑春風。"

清平樂

　　金風細細[1]，葉葉梧桐墜。綠酒初嘗人易醉，一枕小窗濃睡。　　紫薇朱槿花殘[2]，斜陽卻照闌干。雙燕欲歸時節，銀屏昨夜微寒[3]。

注釋

1　金風：秋風。
2　朱槿：紅色的木槿花。
3　銀屏：潔白如銀的屏風。

木蘭花

　　燕鴻過後鶯歸去，細算浮生千萬緒[1]。長於
春夢幾多時，散似秋雲無覓處[2]。　　聞琴解佩神
仙侶[3]，挽斷羅衣留不住。勸君莫作獨醒人，爛
醉花間應有數[4]。

注釋

1　浮生：指人飄忽無定的一生。《莊子・刻意》：「其生若浮，
　　其死若休。」

2　「長於」二句：用白居易《花非花》「來如春夢幾多時，去
　　似朝雲無覓處」句意。

3　聞琴：用司馬相如與卓文君事。文君新寡，相如以琴挑
　　之，文君夜奔相如，結為伉儷。見《史記・司馬相如列
　　傳》。解佩：用鄭交甫事。劉向《列仙傳》載，鄭交甫見江
　　妃二女，不知其為神，謂其僕曰：「我欲下請其佩。」二女
　　遂手解佩與交甫。

4　「勸君」二句：反用《楚辭・漁父》「舉世皆濁我獨清，眾
　　人皆醉我獨醒」詩意。

木蘭花

池塘水綠風微暖，記得玉真初見面[1]。重頭歌韻響琤琮[2]，入破舞腰紅亂旋[3]。　　玉鈎闌下香階畔，醉後不知斜日晚。當時共我賞花人，點檢如今無一半[4]。

注釋

1　**玉真**：道教所謂仙人，此當是借指池塘中的荷花仙子，或如花似玉的美人。

2　**重頭**：指詞的下闋與上闋節拍完全相同。本《木蘭花》即是重頭詞。

3　**入破**：樂曲由緩轉急為入破。

4　**點檢**：檢查，驗看。

木蘭花 [1]

春恨

　　綠楊芳草長亭路，年少拋人容易去 [2]。樓頭殘夢五更鐘，花底離愁三月雨。　　無情不似多情苦，一寸還成千萬縷 [3]。天涯地角有窮時，只有相思無盡處。

注釋

1　此詞《全宋詞》題作"玉樓春"，同調而異名。然作"木蘭花"與詞的內容更能關合。

2　年少：指年輕的情人。

3　一寸：指心。千萬縷：指紛繁的思緒。

踏莎行

　　祖席離歌[1]，長亭別宴。香塵已隔猶回面[2]。居人匹馬映林嘶[3]，行人去棹依波轉[4]。

　　畫閣魂消，高樓目斷。斜陽只送平波遠[5]。無窮無盡是離愁，天涯地角相思遍。

注釋

1　祖席：於道路旁設的餞別筵席。

2　香塵：美人身上的香氣和行途中的塵土味。隔：隔離，指行人已登程離遠。

3　居人：送行之人。

4　去棹：離去的船。

5　"斜陽"句：言斜陽孤獨地遠送着孤舟。

踏莎行

　　小徑紅稀[1]，芳郊綠遍。高台樹色陰陰見[2]。春風不解禁楊花，濛濛亂撲行人面。　　翠葉藏鶯，珠簾隔燕。爐香靜逐游絲轉[3]。一場愁夢酒醒時，斜陽卻照深深院。

注釋

1　　紅稀：紅花稀疏。
2　　高台：樓台。
3　　游絲：空中飄浮的煙縷。

踏莎行

　　碧海無波，瑤台有路[1]，思量便合雙飛去。
當時輕別意中人，山長水遠知何處？　　綺席凝
塵[2]，香閣掩霧，紅箋小字憑誰附[3]？高樓目盡欲
黃昏，梧桐葉上瀟瀟雨。

注釋

1　瑤台：傳說為神仙居處，在崑崙山上。

2　綺席：華美的宴席。凝塵：指時間已過去很久。

3　紅箋小字：指情書。參見晏殊《清平樂》（紅箋小字）注 1
　　（頁 025）。附：捎帶，傳遞。

蝶戀花 [1]

六曲闌干偎碧樹 [2]，楊柳風輕，展盡黃金縷 [3]。誰把鈿箏移玉柱 [4]，穿簾海燕雙飛去。

滿眼游絲兼落絮 [5]，紅杏開時，一霎清明雨 [6]。濃睡覺來鶯亂語，驚殘好夢無尋處。

注釋

1　此詞亦在南唐馮延巳集中，見《全唐詩》卷八九八，當以馮作為是。《詞譜》"蝶戀花"詞牌下釋名曰："唐教坊曲本名'鵲踏枝'，宋晏殊改今名。……馮延巳詞有'楊柳風輕，展盡黃金縷'句，名'黃金縷'。"所引正是此詞。此仍《宋詞三百首》舊制，將詞置於晏殊名下。

2　偎：倚靠，指相接。

3　黃金縷：指長着嫩黃新葉的柳條。

4　鈿箏：飾以羅鈿的箏。玉柱：箏上的絃柱。

5　游絲：春日裡空氣中懸浮的細絲。

6　一霎：指極短的時間。

韓縝

1019 — 1097

　　韓縝（1019－1097），字玉汝，靈壽（今
屬河北）人，徙雍丘（今河南杞縣）。慶曆二
年（1042）進士。神宗朝累知樞密院事。卒諡
莊敏，封崇國公。《全宋詞》錄詞一首。

鳳簫吟

　　鎖離愁，連綿無際，來時陌上初熏[1]。繡幃人念遠，暗垂珠露，泣送征輪[2]。長亭長在眼，更重重、遠水孤雲。但望極樓高，盡日目斷王孫[3]。　　銷魂。池塘別後，曾行處、綠妒輕裙[4]。恁時攜素手，亂花飛絮裡，緩步香裀[5]。朱顏空自改，向年年、芳意長新。遍綠野，嬉遊醉眼，莫負青春。

注釋

1　陌上初熏：用南朝梁代江淹《別賦》"閨中風暖，陌上草薰"句意。熏，同"薰"，指春草發出的青芳之氣。

2　征輪：指遠行的車馬。

3　王孫：指遠行者。用《楚辭·招隱士》"王孫遊兮不歸，春草生兮萋萋"詩意。

4　綠妒輕裙：言裙色綠過於草。

5　香裀：指花草盛開之地。裀，褥子。此用為比況。

宋 祁
998－1061

宋祁（998－1061），字子京，安州安陸
（今屬湖北）人，曾官翰林學士、史館修撰。有
《宋景文集》六十二卷。近人趙萬里輯有《宋景
文公長短句》一卷。

玉樓春

　　東城漸覺風光好，縠縐波紋迎客棹[1]。綠楊煙外曉寒輕，紅杏枝頭春意鬧[2]。　　浮生長恨歡娛少[3]，肯愛千金輕一笑[4]。為君持酒勸斜陽，且向花間留晚照[5]。

注釋

1　**縠縐**：帶有縐褶的紗，此處用以形容水波。

2　**鬧**：喧鬧。

3　**浮生**：短促的一生。

4　**肯**：怎肯。**千金輕一笑**：《藝文類聚》卷五七引東漢崔駰《七依》：“回顧百萬，一笑千金。”

5　**晚照**：夕陽的餘光。

歐陽修
1007－1072

　　歐陽修（1007－1072），字永叔，號醉翁、六一居士，吉水（今屬江西）人。天聖進士。曾任樞密副使、參知政事。卒諡文忠。早年支持范仲淹，要求在政治上有所改良；王安石推行新法時，亦曾上疏指陳其中弊病。是北宋著名文學家、史學家，被列為唐宋散文八大家之一。詩風與散文近似，語言流暢自然；詞風婉麗。著有《歐陽文忠公集》。

採桑子

羣芳過後西湖好[1]，狼藉殘紅[2]。飛絮濛濛，垂柳闌干盡日風。　笙歌散盡遊人去，始覺春空[3]。垂下簾櫳[4]，雙燕歸來細雨中。

注釋

1　**羣芳過後**：百花凋謝的時節。

2　**狼藉**：散亂貌。**殘紅**：落花。

3　**春空**：春意消失。

4　**簾櫳**：指窗簾。

訴衷情

眉意

　　清晨簾幕捲輕霜，呵手試梅妝[1]。都緣自有離恨，故畫作，遠山長[2]。　　思往事，惜流芳[3]，易成傷。擬歌先斂[4]，欲笑還顰[5]，最斷人腸。

注釋

1. **梅妝**：梅花妝，亦稱壽陽妝。唐韓鄂《歲華紀麗》稱，宋武帝女壽陽公主人日（正月初七）臥含章殿簷下，梅花落額，成五出花，拂之不去，後宮中仿效，畫梅花妝。

2. **遠山長**：畫眉細長如遠山。《西京雜記》："司馬相如妻文君，眉色如望遠山，時人效畫遠山眉。"

3. **流芳**：流逝的美好年華。

4. **斂**：斂容。收起笑容。

5. **顰**：皺眉。

踏莎行

候館梅殘[1]，溪橋柳細，草薰風暖搖征轡[2]。離愁漸遠漸無窮，迢迢不斷如春水。　寸寸柔腸，盈盈粉淚[3]，樓高莫近危欄倚[4]。平蕪盡處是春山，行人更在春山外。

注釋

1　**候館**：接待賓客下榻，等候召見的館舍。

2　**草薰**：花草的芳香。**征轡**：遠行之人所乘車馬的繮繩。

3　**粉淚**：指女子的眼淚。

4　**危欄**：高樓上的欄杆。

蝶戀花

　　庭院深深深幾許？楊柳堆煙，簾幕無重數¹。玉勒雕鞍遊冶處²，樓高不見章台路³。

　　雨橫風狂三月暮，門掩黃昏，無計留春住。淚眼問花花不語，亂紅飛過秋千去。

注釋

1　**無重數**：一重重數不清楚。

2　**玉勒雕鞍**：指華麗的車馬。

3　**章台**：漢長安街名。後因唐許堯佐有《章台柳傳》，遂以章台為歌妓聚居之所。

蝶戀花

誰道閒情拋棄久，每到春來，惆悵還依舊。日日花前常病酒[1]，不辭鏡裡朱顏瘦。　　河畔青蕪堤上柳[2]，為問新愁，何事年年有？獨立小橋風滿袖，平林新月人歸後。

注釋

1　病酒：見張先《青門引》（乍暖還輕冷）注 3（頁 019）。
2　青蕪：指青草。

蝶戀花

　　幾日行雲何處去？忘了歸來，不道春將
暮[1]。百草千花寒食路[2]，香車繫在誰家樹？

　　淚眼倚樓頻獨語。雙燕來時，陌上相逢否？
撩亂春愁如柳絮，依依夢裡無尋處。

注釋

1　**不道**：不曾想，不覺。

2　**寒食**：節令名。在清明節前一天或前兩天。相傳為晉文公
　　重耳為紀念介之推而設。介之推輔重耳還國後避祿綿山，
　　重耳燒山逼其出，之推抱樹受焚而死。後於是日禁火，冷
　　食，相沿成俗。一說，寒食禁火為周朝舊制，與介之推事
　　無關。

木蘭花

　　別後不知君遠近，觸目淒涼多少悶。漸行漸遠漸無書，水闊魚沉何處問[1]。　　夜深風竹敲秋韻[2]，萬葉千聲皆是恨。故欹單枕夢中尋[3]，夢又不成燈又燼[4]。

注釋

1　魚沉：指無書信。古代有鯉魚傳書的說法，故云。

2　秋韻：秋聲。

3　欹：斜靠。

4　燼：燈芯燒成灰燼，指燈滅。

臨江仙

　　柳外輕雷池上雨，雨聲滴碎荷聲。小樓西角
斷虹明。闌干倚處，待得月華生[1]。　　燕子飛來
窺畫棟，玉鈎垂下簾旌。涼波不動簟紋平[2]。水
精雙枕，傍有墮釵橫[3]。

注釋

1　**月華生**：月亮升起。

2　**簟**（diàn 電）：竹蓆。此句以水波紋比況蓆上織文。韓愈
　　《新亭》："水文浮枕簟。"

3　**水精**：今寫作"水晶"，一種透明的礦物質。古人多用以製
　　枕或鑲枕。兩句由唐李商隱《偶題》"水文簟上琥珀枕，旁
　　有墮釵雙翠翹"生發。

浣溪沙

　　堤上遊人逐畫船，拍堤春水四垂天[1]。綠楊樓外出秋千。　　白髮戴花君莫笑，六幺催拍盞頻傳[2]。人生何處似尊前[3]。

注釋

1　**四垂天**：言天幕四垂，水天相接。
2　**六幺**：唐代琵琶曲名，亦寫作"綠腰"、"綠要"。白居易《琵琶行》："輕攏慢撚抹復挑，初為霓裳後六幺。"**盞頻傳**：頻頻傳杯飲酒。
3　**尊前**：酒杯前。尊，同"樽"。指飲酒為樂。

浪淘沙

把酒祝東風，且共從容[1]。垂楊紫陌洛城東[2]，總是當時携手處，遊遍芳叢[3]。　聚散苦匆匆，此恨無窮。今年花勝去年紅，可惜明年花更好，知與誰同[4]？

注釋

1　**從容**：舒緩之意。兩句化用唐司空圖《酒泉子》結拍："黄昏把酒祝東風，且從容。"言希望春光慢些離去。

2　**紫陌**：帝都郊外的道路。**洛城**：洛陽。

3　**芳叢**：花叢。

4　**"可惜"二句**：與杜甫《九日藍田崔氏莊》"明年此會知誰健"詩意相近。

青玉案

　　一年春事都來幾[1]？早過了、三之二。綠暗紅嫣渾可事[2]。綠楊庭院，暖風簾幕，有個人憔悴。　　買花載酒長安市[3]。又爭似家山見桃李[4]？不枉東風吹客淚[5]，相思難表，夢魂無據，惟有歸來是。

注釋

1　來幾：來了多少，過了幾分。

2　渾可事：全然都是小事。

3　長安：借指北宋京城汴梁。

4　爭似：怎似。

5　不枉：有不怪之意。

柳 永

987? - 1055 後

　　柳永（987? - 1055 後），初名三變，字
景莊，祖籍河東（今山西永濟），徙居崇安
（今屬福建）。初遊汴京，流連秦樓楚館，以
善製冶詞稱名，並因此兩下進士第。景祐元年
（1034），更名為永，字耆卿，始登進士第。官
至屯田員外郎，人稱 "柳屯田"，又因行七，
被稱為 "柳七"。詞多長調，促進了宋詞體制
的發展。著有《樂章集》。

曲玉管

　　隴首雲飛[1]，江邊日晚，煙波滿目憑闌久。一望關河蕭索[2]，千里清秋，忍凝眸。　　杳杳神京[3]，盈盈仙子[4]，別來錦字終難偶[5]。斷雁無憑，冉冉飛下汀洲，思悠悠。　　暗想當初，有多少、幽歡佳會，豈知聚散難期，翻成雨恨雲愁[6]。阻追遊，每登山臨水，惹起平生心事，一場消黯[7]，永日無言，卻下層樓。

注釋

1　**隴首**：山隴之上，山頭。

2　**蕭索**：淒清冷落。

3　**杳杳**：渺遠的樣子。**神京**：帝都。

4　**仙子**：美女。指心上情人。

5　**錦字**：指戀中女子給心上人的書信。前秦時秦州刺史竇滔被徙流沙，妻蘇氏織錦為迴文旋圖詩以寄，辭甚淒婉。見《晉書・竇滔妻蘇氏列傳》。**難偶**：指不曾有錦書寄來。

6　**雨恨雲愁**：指不成雲雨而歎恨生愁。借用巫山雲雨典事。後以雲雨喻狀第之事。

7　**消黯**：黯然消魂。

雨霖鈴

　　寒蟬淒切，對長亭晚[1]，驟雨初歇。都門帳飲無緒[2]，留戀處，蘭舟催發[3]。執手相看淚眼，竟無語凝噎。念去去，千里煙波，暮靄沉沉楚天闊[4]。　　多情自古傷離別，更那堪、冷落清秋節！今宵酒醒何處？楊柳岸、曉風殘月。此去經年，應是良辰好景虛設。便縱有千種風情[5]，更與何人說！

注釋

1　　**長亭**：古驛路十里設一長亭。

2　　**都門**：指京城。此指汴京，今河南開封。**帳飲**：餞別飲酒。

3　　**蘭舟**：木蘭舟，以木蘭樹木材所製的船。

4　　**楚天**：楚地的天空。

5　　**風情**：此處指戀情。

蝶戀花

佇倚危樓風細細 [1]，望極春愁，黯黯生天際 [2]。草色煙光殘照裡，無言誰會憑闌意。　擬把疏狂圖一醉，對酒當歌 [3]，強樂還無味。衣帶漸寬終不悔，為伊消得人憔悴 [4]。

注釋

1　**危樓**：高樓。

2　**黯黯**：形容心情沮喪。

3　**"對酒"句**：曹操《短歌行》："對酒當歌，人生幾何！"

4　**"衣帶"二句**：形容人因相思日漸消瘦，腰肢減圍。此二句王國維《人間詞話》借以比喻做大學問的一種苦苦求索的精神境界。

採蓮令

　　月華收，雲淡霜天曙。西征客，此時情苦。翠娥執手送臨歧[1]，軋軋開朱戶[2]。千嬌面，盈盈佇立，無言有淚，斷腸爭忍回顧[3]？　　一葉蘭舟，便恁急槳凌波去。貪行色，豈知離緒。萬般方寸[4]，但飲恨，脈脈同誰語？更回首，重城不見，寒江天外，隱隱兩三煙樹。

注釋

1　送臨歧：指送別。歧，岔路。

2　軋軋：開門聲。

3　爭忍：怎忍。

4　"萬般"句：萬般心緒。方寸，指心。

浪淘沙慢

　　夢覺透窗風一線[1]，寒燈吹息。那堪酒醒，又聞空階，夜雨頻滴。嗟因循[2]、久作天涯客。負佳人、幾許盟言，便忍把、從前歡會，陡頓翻成憂戚[3]。　　愁極。再三追思，洞房深處[4]，幾度飲散歌闌[5]，香暖鴛鴦被。豈暫時疏散，費伊心力。殢雲尤雨[6]，有萬般千種，相憐相惜。

　　恰到如今，天長漏永[7]，無端自家疏隔。知何時、卻擁秦雲態[8]？願低幃暱枕[9]，輕輕細說與，江鄉夜夜，數寒更思憶。

注釋

1　夢覺：夢醒。

2　因循：指循着慣性，不思變更地作客天涯。

3　陡頓：突然，一下子。

4　洞房：內室。

5　歌闌：歌曲唱到了即將結束之時。

6　殢（tì替）雲尤雨：指牀第上的戀暱、纏綿。殢，滯留。雲雨，詳柳永《曲玉管》（隴首雲飛）注6（頁051）。

7　漏永：指夜晚漫長。古滴漏計時。

8　秦雲：秦樓雲雨。舊稱城中遊冶之所為秦樓。

9　暱：相互親近。

定風波

　　自春來，慘綠愁紅，芳心是事可可[1]。日上花梢，鶯穿柳帶，猶壓香衾臥。暖酥消[2]，膩雲嚲[3]，終日厭厭倦梳裹。無那[4]。恨薄情一去，音書無個。　　早知恁麼[5]，悔當初、不把雕鞍鎖。向雞窗[6]，只與蠻箋象管[7]，拘束教吟課[8]。鎮相隨[9]，莫拋躲，針線閒拈伴伊坐[10]。和我，免使年少光陰虛過。

注釋

1　是事可可：什麼事都平淡乏味。

2　暖酥消：指女子肌膚消瘦。

3　膩雲嚲（duǒ 朵）：頭髮散亂。嚲，下垂貌。

4　無那（nuò 諾）：沒奈何。

5　恁（nèn 嫩）麼：這樣。

6　雞窗：書房。《藝文類聚・鳥部》引《幽明錄》："晉兗州刺史沛國宋處宗嘗買得一長鳴雞。愛養甚至，恆籠著窗間。雞遂作人語，與處宗談論，極有言智，終日不輟。處宗因此言巧大進。"

7　蠻箋象管：紙與筆。蜀為蠻夷之地，產彩色箋紙最為著名。精緻的毛筆有以象牙為筆管者。唐羅隱《清溪江令公宅》："蠻箋象管夜深時，曾賦陳宮第一詩。"

8　**吟課**：以吟詠為功課。

9　**鎮**：鎮日，整日。

10　**針線閒拈**：一作"彩線慵拈"。宋張舜民《畫墁錄》載，柳永詣晏殊，殊問："賢俊作曲子麼？"柳永曰："只如相公亦作曲子。"晏殊曰："殊雖作曲子，不曾道'彩線慵拈伴伊坐'。"

少年遊

　　長安古道馬遲遲[1]，高柳亂蟬嘶。夕陽鳥外[2]，秋風原上，目斷四天垂[3]。　歸雲一去無蹤跡，何處是前期？狎興生疏[4]，酒徒蕭索[5]，不似去年時。

注釋

1　遲遲：遲緩、慵懶的樣子。

2　鳥外：一作“島外”。

3　四天垂：天空垂接四野。

4　狎興：遊冶狎玩之興。

5　酒徒：酒伴。蕭索：零落。

戚　氏

晚秋天，一霎微雨灑庭軒。檻菊蕭疏[1]，井梧零亂惹殘煙[2]。悽然，望江關，飛雲黯淡夕陽間。當時宋玉悲感，向此臨水與登山[3]。遠道迢遞[4]，行人悽楚，倦聽隴水潺湲。正蟬吟敗葉，蛩響衰草，相應喧喧。　孤館度日如年。風露漸變，悄悄至更闌[5]。長天淨，絳河清淺[6]，皓月嬋娟。思綿綿，夜永對景，那堪屈指，暗想從前。未名未祿，綺陌紅樓[7]，往往經歲遷延[8]。

帝里風光好[9]，當年少日，暮宴朝歡。況有狂朋怪侶[10]，遇當歌、對酒競留連[11]。別來迅景如梭，舊遊似夢，煙水程何限。念利名、憔悴長縈絆[12]，追往事、空慘愁顏。漏箭移、稍覺輕寒。漸鳴咽、畫角數聲殘。對閒窗畔，停燈向曉，抱影無眠。

注釋

1　檻菊：籬邊菊花。檻，欄杆。

2　井梧：院中梧桐樹。

3　**宋玉悲感**：宋玉悲秋。宋玉，戰國後期楚國辭賦家，首次在作品中表現了明確的悲秋情緒。其《九辯》曰："悲哉！秋之為氣也。蕭瑟兮草木搖落而變衰。憭慄兮若在遠行，登山臨水兮送將歸。"兩句涵括宋玉詩句，並以自況。

4　**迢遞**：遙遠。

5　**更闌**：更深夜盡。

6　**絳河**：銀河。明王達《蠡海集·天文類》："河漢曰銀河也，而曰絳河，蓋觀天者以北極為標準，所仰視而見者，皆在於北極之南，故稱之曰丹、曰絳，借南之色以為喻也。"

7　**"綺陌"句**：指歌館遊冶之所。

8　**遷延**：勾留，留連。

9　**帝里**：帝京，京都。

10　**狂朋怪侶**：與作者志趣相投的放蕩友朋。

11　**遇當歌、對酒**：用東漢曹操《短歌行》"對酒當歌，人生幾何"詩句。

12　**縈絆**：牽扯，羈絆。

夜半樂

凍雲黯淡天氣[1]，扁舟一葉，乘興離江渚。度萬壑千岩[2]，越溪深處[3]，怒濤漸息，樵風乍起[4]，更聞商旅相呼。片帆高舉，泛畫鷁[5]、翩翩過南浦。　望中酒旆閃閃[6]，一簇煙村，數行霜樹。殘日下、漁人鳴榔歸去[7]。敗荷零落，衰楊掩映。岸邊兩兩三三，浣紗遊女，避行客、含羞笑相語。　到此因念，繡閣輕拋，浪萍難駐[8]。歎後約、丁寧竟何據！慘離懷、空恨歲晚歸期阻。凝淚眼、杳杳神京路[9]。斷鴻聲遠長天暮。

注釋

1　凍雲：凝結不開的寒雲。

2　萬壑千岩：晉顧愷之稱會稽山水是"千岩競秀，萬壑爭流"，見《世説新語·言語》。

3　越溪：指會稽若耶溪。春秋時越國美女西施曾浣紗於此。

4　樵風：指順風。用漢鄭弘故事。《後漢書·鄭弘傳》注引南朝宋代孔靈符《會稽記》稱，弘遇神人，神人問何所欲，弘曰："常患若耶溪載薪為難，願旦南風，暮北風。"後果如願。於是人稱若耶溪風為鄭公風或樵風，亦指順風。此或雙取之。

5　**畫鷁**（yì 義）：指船。鷁，水鳥名。舊常畫鷁鳥於船頭以取吉利。

6　**酒旆**：酒旗。酒家懸於門首招徠顧客的幌子。

7　**鳴榔**：以木榔敲擊船舷。此是蘇軾《前赤壁賦》"扣舷而歌"的意思。李白《送殷淑》"惜別耐取醉，鳴榔且長謠。"

8　**浪萍**：在水波中漂流的浮萍。此詞人自喻。

9　**神京**：帝京。

玉 蝴 蝶

　　望處雨收雲斷，憑闌悄悄，目送秋光。晚
景蕭疏，堪動宋玉悲涼[1]。水風輕、蘋花漸老，
月露冷、梧葉飄黃。遣情傷，故人何在？煙水
茫茫。　　難忘。文期酒會，幾孤風月，屢變星
霜[2]。海闊山遙，未知何處是瀟湘[3]。念雙燕、
難憑音信，指暮天、空識歸航。黯相望，斷鴻聲
裡，立盡斜陽。

注釋

1　宋玉悲涼：指悲秋情懷。詳柳永《戚氏》〈晚秋天〉注3（頁
　　060）。

2　星霜：星一年一周天，霜每年秋降，因稱一年為一星霜。

3　瀟湘：瀟水湘水匯流處。因楚辭中有《湘君》、《湘夫人》，
　　後以瀟湘代指男女相會之所。

八聲甘州

對瀟瀟暮雨灑江天，一番洗清秋。漸霜風淒緊，關河冷落，殘照當樓。是處紅衰翠減[1]，苒苒物華休[2]。惟有長江水，無語東流。　　不忍登高臨遠，望故鄉渺邈[3]，歸思難收。歎年來蹤跡，何事苦淹留？想佳人、妝樓顒望[4]，誤幾回、天際識歸舟[5]。爭知我，倚闌干處，正恁凝愁[6]！

注釋

1　是處：此處。

2　苒苒：漸漸。

3　渺邈：遙遠。

4　顒望：舉頭凝望。

5　天際識歸舟：取謝朓《之宣城郡出新林浦向板橋》成句。

6　恁：這樣。凝愁：憂愁凝結不解。

迷神引

　　一葉扁舟輕帆捲，暫泊楚江南岸[1]。孤城暮角，引胡笳怨[2]。水茫茫，平沙雁，旋驚散。煙斂寒林簇，畫屏展。天際遙山小，黛眉淺[3]。

　　舊賞輕拋[4]，到此成遊宦。覺客程勞，年光晚。異鄉風物，忍蕭索，當愁眼。帝城賒[5]，秦樓阻[6]，旅魂亂。芳草連空闊，殘照滿。佳人無消息，斷雲遠。

注釋

1　楚江：楚地的江河。

2　胡笳：由西域傳入的一種吹管樂器。

3　黛眉淺：形容遠山顏色淺淡。舊稱卓文君“眉色如望遠山”（《西京雜記》），開以山喻眉之先例，故此逆以眉色喻遠山。

4　舊賞：昔日的賞心樂事。

5　帝城：京城。賒：遠。

6　秦樓：指歌樓妓館。此特指“帝城”中“秦樓”裡的“舊賞”“佳人”。

竹馬子

登孤壘荒涼，危亭曠望[1]，靜臨煙渚。對雌霓掛雨[2]，雄風拂檻[3]，微收煩暑。漸覺一葉驚秋[4]，殘蟬噪晚，素商時序[5]。覽景想前歡，指神京、非霧非煙深處。　向此成追感，新愁易積，故人難聚。憑高盡日凝佇，贏得消魂無語。極目霽靄霏微[6]，暝鴉零亂[7]，蕭索江城暮。南樓畫角，又送殘陽去。

注釋

1　**曠望**：遠望。
2　**雌霓**：即副虹。虹雙出，色艷者為雄，色淡者為雌；雄為虹，雌為霓。
3　**雄風**：強勁的風。戰國楚屈宋玉《風賦》分風為雄雌，曰："清清泠泠，愈病析酲，發明耳目，寧體便人，此所謂大王之雄風也。"
4　**一葉驚秋**：語出《淮南子·説山訓》："見一葉落而知歲之將暮。"
5　**素商**：指秋季。秋色尚白素，以五音配四季時屬商音，故稱秋為素商。
6　**霽靄**：雨晴後空氣中的霧靄。**霏微**：迷濛的樣子。
7　**暝鴉**：暮鴉。

臨江仙

　　夢覺小庭院，冷風淅淅，疏雨瀟瀟。綺窗外，秋聲敗葉狂飆[1]。心搖。奈寒漏永[2]、孤帷悄、淚燭空燒。無端處，是繡衾鴛枕，閒過今宵[3]。　　蕭條。牽情繫恨，爭向年少偏饒。覺新來、憔悴舊日風標[4]。魂消。念歡娛事，煙波阻、後約方遙。還經歲、問怎生禁得[5]，如許無聊。

注釋

1　狂飆：狂風。飆，《全宋詞》作 "飄"。
2　寒漏永：寒夜長。
3　今宵：本集作 "清宵"。
4　風標：風度、儀態。
5　禁得：耐得，受得。

王安石
1021 － 1086

　　王安石（1021－1086），字介甫，號半
山，撫州臨川（今江西撫州市）人。慶曆進士。
仁宗嘉祐三年（1058）上萬言書，主張改革政
治。神宗熙寧二年（1069）被任命為參知政
事，次年拜相，積極推行青苗、均輸、市易、
免役、農田水利等新法，熙寧七年（1074）被
辭退，次年再相，九年（1076）再辭。退居江
寧，封荊國公，世稱荊公，為"唐宋八大家"
之一，散文雄健，詩歌遒勁清新。

桂枝香

金陵懷古 [1]

登臨送目 [2]，正故國晚秋 [3]，天氣初肅 [4]。千里澄江似練 [5]，翠峰如簇 [6]。征帆去棹斜陽裡 [7]，背西風，酒旗斜矗 [8]。彩舟雲淡，星河鷺起 [9]，畫圖難足 [10]。　　念往昔、繁華競逐 [11]。歎門外樓頭 [12]，悲恨相續。千古憑高對此 [13]，漫嗟榮辱 [14]。六朝舊事隨流水 [15]，但寒煙、衰草凝綠 [16]。至今商女，時時猶唱，後庭遺曲 [17]。

注釋

1　金陵：即今南京市。

2　登臨：登山臨水。送目：遠望。

3　故國：舊都城，此處指金陵。金陵曾為六朝故都。

4　肅：清肅爽朗。

5　澄江似練：語本謝朓《晚登三山還望京邑》："餘霞散成綺，澄江靜如練。"澄江，水色清澈的長江。練，白綢。

6　簇：箭頭。

7　征帆去棹：指遠去的客船。

8　斜矗：傾斜地豎立。

9　星河：銀河，此處喻指長江。

10 **難足**：難以充分表達出來。

11 **逐**：追逐。

12 **門外樓頭**：化用唐杜牧《台城》"門外韓擒虎，樓頭張麗華"
詩意。

13 **憑高**：登高。

14 **漫嗟榮辱**：徒然感歎歷史興廢。

15 **六朝**：指東吳、東晉、宋、齊、梁、陳六個朝代。

16 **但**：只有。**凝綠**：凝聚着的綠色。

17 **"至今"三句**：化用杜牧《泊秦淮》"商女不知亡國恨，隔
江猶唱後庭花"詩意。商女，指賣唱的歌女。後庭遺曲，
指陳後主陳叔寶所作的《玉樹後庭花》，當時有人認為歌詞
中"玉樹後庭花，花開不復久"的句子是陳亡的預兆，後
人因此視此曲為亡國之音。

千秋歲引

秋景

　　別館寒砧[1]，孤城畫角，一派秋聲入寥廓[2]。東歸燕從海上去[3]，南來雁向沙頭落。楚台風[4]，庾樓月[5]，宛如昨。　　無奈被些名利縛，無奈被他情擔擱。可惜風流總閒卻。當初漫留華表語，而今誤我秦樓約[6]。夢闌時，酒醒後，思量著。

注釋

1　別館：驛館，旅舍。寒砧：指製寒衣過程中傳出的搗衣聲。砧，搗衣石。

2　寥廓：指天空。

3　燕從海上去：古人認為燕子渡海而來，故又稱燕為海燕。

4　楚台風：快勁之風。宋玉《風賦》：「楚襄王遊於蘭台之宮，宋玉景差侍。有風颯然而至，王乃披襟而當之曰：『快哉此風。』」

5　庾樓月：指明月。晉庾亮為江荊豫州刺史，治武昌，曾與僚吏殷浩、王胡之等登南樓賞月，談詠竟夕。事見《晉書》本傳及《世說新語·容止》。

6　「當初」二句：言因學道而耽誤了及時行樂。華表語，用丁令威事。舊題晉陶淵明《搜神後記》載，遼東人丁令威學道歸來，化鶴停於城門華表柱上，歌曰："有鳥有鳥丁令威，去家千年今始歸。城郭如故人民非，何不學仙塚壘壘。"秦樓，指歌樓妓館。

王安國

1028 － 1074

　　王安國（1028－1074），字平甫，臨川
（今江西撫州）人，王安石之弟。數舉進士不
中，熙寧初，韓絳薦其才行，召試學士院，賜
進士及第。除西京國子教授，歷崇文院校書、
秘閣校理。與兄政見不合，後奪官放歸田里。
《全宋詞》錄其詞三首。

清平樂

　　留春不住，費盡鶯兒語。滿地殘紅宮錦污[1]，昨夜南園風雨。　　小憐初上琵琶[2]，曉來思繞天涯。不肯畫堂朱戶[3]，春風自在梨花[4]。

注釋

1　宮錦：宮中織錦。此喻落花。

2　小憐：北齊後主高緯寵妃馮淑妃之名。此代指彈琵琶的伎女。初上：初次彈奏。

3　畫堂朱戶：指富貴人家。

4　梨花：一作"楊花"。

晏幾道

1048? － 1113?

晏幾道（1048?－1113?），字叔原，號小山，臨川（今屬江西）人。曾任潁昌府許田鎮監及開封府推官。著有《小山詞》。

臨江仙

　　夢後樓台高鎖，酒醒簾幕低垂。去年春恨卻來時[1]，落花人獨立，微雨燕雙飛。　　記得小蘋初見，兩重心字羅衣[2]，琵琶絃上說相思。當時明月在，曾照彩雲歸[3]。

注釋

1　**春恨**：春日離別的愁恨。
2　**心字羅衣**：用心字香熏過的羅衣。
3　**彩雲**：喻指小蘋。

蝶戀花

　　夢入江南煙水路，行盡江南，不與離人遇[1]。睡裡消魂無說處，覺來惆悵消魂誤。　欲盡此情書尺素[2]，浮雁沉魚，終了無憑據[3]。卻倚緩絃歌別緒，斷腸移破秦箏柱[4]。

注釋

1　"夢入"三句：化用唐岑參《春夢》詩句："枕上片時春夢中，行盡江南數千里。"離人，分離的意中人。

2　尺素：指信。古時書信一般用一尺一寸長的木板或絹帛書寫，因稱"尺牘"或"尺素"。

3　"浮雁"二句：言書信難以寄達。雁、魚，俱指傳信的途徑。舊有鴻雁傳書之說。參見晏殊《清平樂》（紅箋小字）注 2（頁 025）。終了，終於。憑據，依託。

4　移破：猶言移遍。秦箏：箏，傳為秦代蒙恬所造。

蝶戀花

　　醉別西樓醒不記。春夢秋雲，聚散真容易。
斜月半窗還少睡，畫屏閒展吳山翠[1]。　　衣上酒
痕詩裡字，點點行行，總是淒涼意。紅燭自憐無
好計，夜寒空替人垂淚。

注釋

1　吳山：指屏風上所繪的江南山景。

鷓鴣天

　　彩袖殷勤捧玉鍾[1]，當年拚卻醉顏紅[2]。舞低楊柳樓心月，歌盡桃花扇底風[3]。　　從別後，憶相逢，幾回魂夢與君同。今宵剩把銀釭照[4]，猶恐相逢是夢中。

注釋

1　彩袖：指穿彩衣的舞女。玉鍾：酒杯。
2　拚卻：甘願。
3　桃花扇：繪有桃花的扇子。
4　剩把：盡把。銀釭：燈。

鷓鴣天

　　醉拍春衫惜舊香[1]，天將離恨惱疏狂。年年陌上生秋草，日日樓中到夕陽。　　雲渺渺，水茫茫。征人歸路許多長。相思本是無憑語，莫向花箋費淚行[2]。

注釋

1　拍：拍撫。舊香：指情人留下的餘香。
2　花箋：彩色信箋。

生查子

　　金鞭美少年，去躍青驄馬。牽繫玉樓人，繡被春寒夜[1]。　　消息未歸來，寒食梨花謝。無處說相思，背面秋千下。

注釋

1　　"金鞭"四句：當由唐李白《少年行》生發："五陵年少金市東，銀鞍白馬度春風。落花踏盡遊遊遊何處，笑入胡姬酒肆中。"金鞭，一作"金鞍"。青驄馬，毛色青白相雜的馬。此泛指駿馬。牽繫，牽掛。

生查子

關山魂夢長[1]，魚雁音書少[2]。兩鬢可憐青[3]，只為相思老。　歸傍碧紗窗，說與人人道[4]："真個別離難，不似相逢好。"

注釋

1　關山：泛指關隘山川。

2　魚雁：詳晏幾道《蝶戀花》（夢入江南煙水路）注3（頁 077）。

3　可憐：猶言可人，表極為動人。

4　人人：猶"人兒"，指所愛之人。

木蘭花

　　東風又作無情計，艷粉嬌紅吹滿地[1]。碧樓簾影不遮愁，還似去年今日意。　　誰知錯管春殘事，到處登臨曾費淚。此時金盞直須深[2]，看盡落花能幾醉？

注釋

1　艷粉嬌紅：指花朵。

2　金盞直須深：言須縱意飲酒。即杜甫《曲江二首》之一："且看欲盡花經眼，莫厭傷多酒入脣"之意。

木蘭花

　　秋千院落重簾暮，彩筆閒來題繡戶[1]。牆頭丹杏雨餘花，門外綠楊風後絮。　　朝雲信斷知何處？應作襄王春夢去[2]。紫騮認得舊遊蹤[3]，嘶過畫橋東畔路。

注釋

1　**繡戶**：雕繪華美的門戶，多指女子居處。
2　**"朝雲"二句**：用楚襄王夢神女事。詳張先《生查子》（含羞整翠鬟）注3（頁021）。朝雲，此代指所愛戀的"繡戶"中女子。襄王春夢，代指自己對情人的思戀。
3　**紫騮**：駿馬名。

清平樂

　　留人不住，醉解蘭舟去。一棹碧濤春水
路[1]，過盡曉鶯啼處。　　渡頭楊柳青青，枝枝葉
葉離情。此後錦書休寄[2]，畫樓雲雨無憑[3]。

注釋

1　棹：船槳。

2　錦書：指情書。用蘇蕙織錦作迴文詩典事。詳柳永《曲玉
　　管》(隴首雲飛) 注 5 (頁 051)。

3　雲雨：代指男女情事。詳柳永《曲玉管》(隴首雲飛) 注 6
　　(頁 051)。

阮郎歸

　　舊香殘粉似當初，人情恨不如。一春猶有數行書，秋來書更疏。　　衾鳳冷[1]，枕鴛孤[2]，愁腸待酒舒。夢魂縱有也成虛，那堪和夢無。

注釋

1　**衾鳳**：飾有鳳凰圖案的錦被。

2　**枕鴛**：即鴛枕，繡有鴛鴦圖案的枕頭。

阮郎歸

　　天邊金掌露成霜[1]，雲隨雁字長[2]。綠杯紅袖趁重陽[3]，人情似故鄉[4]。　　蘭佩紫，菊簪黃，殷勤理舊狂[5]。欲將沉醉換悲涼，清歌莫斷腸！

注釋

1. **金掌露成霜**：漢武帝曾於建章宮神明台作承露盤，立銅仙人舒掌以接甘露，以為飲之可以延年。《三輔故事》："建章宮承露盤高二十丈，大七圍，以銅為之，上有仙人掌承露，和玉屑飲之。"此句旨在點明季節。

2. **雁字**：雁羣飛行時排成"一"字或"人"字。

3. **綠杯**：指酒。**紅袖**：指歌女。**重陽**：節令名，在農曆九月初九日。

4. **人情**：風情，風俗。

5. **"蘭佩"三句**：寫佩紫蘭、簪黃菊的疏狂之態。

六幺令

　　綠陰春盡，飛絮繞香閣。晚來翠眉宮樣，巧把遠山學[1]。一寸狂心未說，已向橫波覺[2]。畫簾遮匝[3]，新翻曲妙[4]，暗許閒人帶偷掐[5]。　　前度書多隱語，意淺愁難答。昨夜詩有迴文[6]，韻險還慵押[7]。都待笙歌散了，記取留時霎[8]。不消紅蠟，閒雲歸後，月在庭花舊闌角。

注釋

1　"晚來"二句：言眉樣效遠山。典出卓文君遠山眉之説，詳見歐陽修《訴衷情》（清晨簾幕捲輕霜）注 2（頁 040）。

2　**橫波**：形容眼睛左右顧盼如水波橫流。

3　**遮匝**：遮蔽、圍擋。

4　**新翻曲**：按舊曲譜填入新詞的歌曲。

5　**偷掐**：偷學彈奏指法。

6　**迴文**：迴環讀之，無不成文。

7　**韻險**：以生僻字作韻腳。**慵**：懶。**押**：押韻。

8　**留時霎**：留下來的那一時刻。

御街行

　　街南綠樹春饒絮[1]，雪滿遊春路[2]。樹頭花艷雜嬌雲，樹底人家朱戶。北樓閑上，疏簾高捲，直見街南樹。　　闌干倚盡猶慵去，幾度黃昏雨。晚春盤馬踏青苔[3]，曾傍綠陰深駐。落花猶在，香屏空掩，人面知何處[4]？

注釋

1　饒：多。

2　雪：形容柳絮之白與盛。

3　盤馬：帶馬回轉。

4　"人面"句：用唐崔護《遊都城南莊》詩意："去年今日此門中，人面桃花相映紅。人面不知何處去，桃花依舊笑春風。"

虞美人

曲闌干外天如水，昨夜還曾倚。初將明月比佳期，長向月圓時候望人歸。　　羅衣著破前香在[1]，舊意誰教改？一春離恨懶調絃，猶有兩行閒淚寶箏前。

注釋

1　"羅衣"句：言羅衣為與情郎歡會時所著，故不想更換。

留春令

　　畫屏天畔，夢回依約[1]，十洲雲水[2]。手撚紅箋寄人書，寫無限、傷春事。　　別浦高樓曾漫倚[3]，對江南千里。樓下分流水聲中，有當日、憑高淚。

注釋

1　**依約**：隱約，不分明的樣子。

2　**十洲**：神仙居處，在八方巨海中。漢東方朔《海內十洲記》以祖、瀛、玄、炎、長、元、流、生、鳳麟、聚窟為十洲。

3　**別浦**：分別的水濱。

思遠人

　　紅葉黃花秋意晚，千里念行客。飛雲過盡，歸鴻無信，何處寄書得？　　淚彈不盡臨窗滴。就硯旋研墨[1]。漸寫到別來，此情深處，紅箋為無色。

注釋

1　旋：有臨時之意。唐杜荀鶴《山中寡婦》："時挑野菜和根煮，旋斫生柴帶葉燒。"

蘇　軾
1037 － 1101

蘇軾（1037－1101），字子瞻，號東坡居士，眉山（今屬四川）人。嘉祐進士，哲宗時任翰林學士，官至禮部尚書。一生多次放外任，亦因反對王安石新法而多次被貶。性格豪放，才思敏捷，是北宋重要的文學家和書畫家。其文汪洋恣肆，其詩清新豪健，其詞開豪放一派，其書跡豐腴跌宕，亦在大家。著有《東坡全集》、《東坡志林》、《東坡詞》等凡數百卷。

水調歌頭

丙辰中秋，歡飲達旦，大醉，作此篇，兼懷子由[1]。

明月幾時有？把酒問青天[2]。不知天上宮闕，今夕是何年。我欲乘風歸去，又恐瓊樓玉宇[3]，高處不勝寒。起舞弄清影，何似在人間！

轉朱閣，低綺戶[4]，照無眠。不應有恨，何事長向別時圓？人有悲歡離合，月有陰晴圓缺，此事古難全。但願人長久，千里共嬋娟[5]。

注釋

1　**丙辰**：宋神宗熙寧九年（1076）。**子由**：蘇轍字子由。蘇軾的胞弟。

2　"**明月**"二句：李白《把酒問月》："青天有月來幾時，我今停杯一問之。"

3　**瓊樓玉宇**：指天上宮闕。《大業拾遺記》："見月規半天，瓊樓玉宇爛然。"

4　**綺戶**：雕花的門窗。

5　"**千里**"句：謝莊《月賦》："美人邁兮音塵絕，隔千里兮共明月。"嬋娟，月裡嫦娥，指明月。

水 龍 吟

次韻章質夫楊花詞 [1]

　　似花還似非花，也無人惜從教墜 [2]。拋家傍路，思量卻是，無情有思 [3]。縈損柔腸，困酣嬌眼 [4]，欲開還閉。夢隨風萬里，尋郎去處，又還被，鶯呼起 [5]。　　不恨此花飛盡，恨西園、落紅難綴 [6]。曉來雨過，遺蹤何在，一池萍碎 [7]。春色三分，二分塵土，一分流水。細看來，不是楊花，點點是、離人淚。

注釋

1　**章質夫**：章楶，字質夫。蘇軾同僚。有詠楊花詞《水龍吟》，傳誦一時。蘇軾和以此詞，亦詠楊花。

2　**從教**：任憑。

3　**"無情" 句**：杜甫《白絲行》："落絮游絲亦有情。" 韓愈《晚春》："楊花榆莢無才思。" 此反其意而詠之。

4　**嬌眼**：柳眼。柳葉初生，如人睡眼初展，稱為柳眼。

5　**"夢隨" 四句**：化用金昌緒《春怨》："打起黃鶯兒，莫教枝上啼。啼時驚妾夢，不得到遼西。"

6　**落紅**：落花。**綴**：連接。

7　**"一池" 句**：作者自注："楊花落水為浮萍，驗之信然。"

念奴嬌

赤壁懷古[1]

大江東去，浪淘盡、千古風流人物。故壘西邊[2]，人道是、三國周郎赤壁[3]。亂石穿空，驚濤拍岸，捲起千堆雪[4]。江山如畫，一時多少豪傑。

遙想公瑾當年，小喬初嫁了[5]，雄姿英發。羽扇綸巾[6]，談笑間、檣櫓灰飛煙滅[7]。故國神遊[8]，多情應笑我，早生華髮。人間如夢，一樽還酹江月。[9]

注釋

1　此詞乃蘇軾貶官黃州（今湖北黃岡）時作。元豐五年（1082）七月十五日夜晚，蘇軾與好友到州治城南的長江赤嶼磯下泛舟飲酒，俯仰江山勝蹟，追思歷史人文，寫下了著名的《赤壁賦》和這首《念奴嬌》。赤壁懷古，追懷三國時期的著名戰役赤壁之戰及戰鬥的主要指揮者周瑜。然赤壁之戰發生在湖北蒲圻縣境的一段長江上，與蘇軾所遊赤壁相距二百五十公里。後世由此稱蒲圻赤壁為“三國赤壁”、“武赤壁”，黃岡赤壁為“東坡赤壁”、“文赤壁”。

2　**故壘**：舊時營壘。**西邊**：泛言，非確指方位。三國赤壁在東坡赤壁下游，論方位當是東邊，而蘇軾也並未置身於三國“故壘”。

3   三國周郎：即周瑜，字公瑾，三國時吳國名將。

4   "亂石"三句：寫出驚心動魄的赤壁景觀，以烘托緊張的戰
     鬥氣氛。此是詞家虛擬，因蘇軾在《前赤壁賦》中描寫的
     景色是："清風徐來，水波不興。"

5   小喬：即小橋。橋玄之小女，江東出名的美人。初嫁：小
     喬初嫁時，周瑜二十四歲，至指揮赤壁之戰，小喬已"初
     嫁"十年。

6   "羽扇"句：古代儒將的裝束。綸（guān 觀）巾，古代用青
     色絲帶做的頭巾。一說配有青色絲帶的頭巾。

7   檣櫓：以船上裝置代指曹操統帥的魏軍戰船。

8   故國：指故地，三國舊戰場。

9   酹（lèi 累）：把酒澆在地上或倒在水中表祭奠之意。

永遇樂

彭城夜宿燕子樓，夢盼盼，因作此詞[1]。

明月如霜，好風如水，清景無限。曲港跳魚，圓荷瀉露，寂寞無人見。紞如三鼓[2]，鏗然一葉[3]，黯黯夢雲驚斷[4]。夜茫茫，重尋無處，覺來小園行遍。　天涯倦客，山中歸路，望斷故園心眼。燕子樓空，佳人何在？空鎖樓中燕。古今如夢，何曾夢覺，但有舊歡新怨[5]。異時對、黃樓夜景，為余浩歎[6]。

注釋

1　此詞作於神宗元豐元年（1078）蘇軾知徐州時。**彭城**：今江蘇徐州。**燕子樓**：唐張建封家伎關盼盼所居住之樓。白居易《燕子樓》詩序曰："徐州故張尚書有愛妓曰盼盼，善歌舞，雅多風態。……尚書既歿，歸葬東洛，而彭城有張氏舊第，第中有小樓名燕子。盼盼念舊愛而不嫁，居是樓十餘年。"

2　**紞**（dǎn 膽）**如**：擊鼓聲。句言三更鼓敲響了。

3　**鏗**（kēng 坑）**然**：響亮的金石之聲。此用以形容秋葉墜地之聲。

4　**黯黯**：心緒黯然。**夢雲**：用楚王夢神女事。典出宋玉《高唐賦》。

5　**"古今"三句**：言新舊歡怨俱是夢中情感，一切都在夢中。

6　**"異時"三句**：言後人夜登黃樓時，也必會如我登燕子樓憑弔盼盼一樣而為我長歎。黃樓，蘇軾知徐州時所建，在彭城東門上。

洞仙歌

余七歲時，見眉州老尼[1]，姓朱，忘其名，年九十歲，自言嘗隨其師入蜀主孟昶宮中[2]。一日大熱，蜀主與花蕊夫人夜納涼摩訶池上[3]，作一詞，朱具能記之。今四十年，朱已死久矣，人無知此詞者，但記其首兩句，暇日尋味，豈《洞仙歌令》[4]乎？乃為足之云[5]。

冰肌玉骨，自清涼無汗。水殿風來暗香滿[6]。繡簾開，一點明月窺人；人未寢，敧枕釵橫鬢亂[7]。　起來攜素手[8]，庭戶無聲，時見疏星渡河漢[9]。試問夜如何？夜已三更[10]，金波淡[11]，玉繩低轉[12]。但屈指、西風幾時來？又不道[13]，流年暗中偷換。

注釋

1　眉州：今四川眉山。詞作於元豐五年（1082）。

2　孟昶（chǎng 敞）：五代蜀國後主。與南唐中主李璟、後主李煜同時，好填詞，知音律，在位三十一年，國亡降宋。

3　花蕊夫人：孟昶妃。陶宗儀《南村輟耕錄》："蜀主孟昶納徐匡璋女，拜貴妃，別號花蕊夫人。意花不足擬其色，似花蕊之翾輕也。"**摩訶池**：後蜀宣華苑宮池。摩訶，梵語，有大、多、好等義。

4　《洞仙歌令》：《即洞仙歌》。其調首見於蘇軾《東坡詞》，又名《洞中仙》、《羽仙歌》、《洞仙歌慢》等。

5　足：補足。

6　水殿：築在摩訶池邊的便殿。

7　攲：同"倚"。

8　素手：指女子白皙的手。

9　河漢：銀河。唐孟浩然佚句："微雲淡河漢，疏雨滴梧桐。"

10　"試問"二句：套用《詩經·小雅·庭燎》句式："夜如何其？夜未央。"

11　金波：指月光。《漢書·郊祀歌》："月穆穆以金波。"

12　"玉繩"句：表夜深。玉繩，星名。位於北斗星斗柄三星的北面。

13　不道：不曾想，不覺。

卜算子

黃州定惠院寓居作 [1]

　　缺月掛疏桐，漏斷人初靜 [2]。時見幽人獨住來，縹緲孤鴻影 [3]。　　驚起卻回頭，有恨無人省 [4]。揀盡寒枝不肯棲 [5]，寂寞沙洲冷。

注釋

1. 此詞作於元豐五年（1082）冬。黃州，今湖北黃岡。定惠院，黃岡東南的寺院。
2. **漏斷**：漏盡。指夜深。
3. "**時見**"二句：以幽人、孤鴻自況。又從"孤鴻"引出下片。
4. 省（xǐng 醒）：知曉。
5. "**揀盡**"句：鴻雁原本不棲於樹，稱"不肯"，示其高潔。

青玉案

和賀方回韻送伯固歸吳中[1]

三年枕上吳中路[2]，遣黃耳[3]，隨君去。若到松江呼小渡[4]，莫驚鷗鷺，四橋盡是、老子經行處[5]。 《輞川圖》上看春暮[6]，常記高人右丞句[7]。作個歸期天已許[8]。春衫猶是、小蠻針線[9]，曾濕西湖雨。

注釋

1 此詞作於元祐七年（1092）。**賀方回**：名鑄，號慶湖遺老，宋代詞人。其《青玉案》詞原作是："凌波不過橫塘路，但目送、芳塵去。錦瑟華年誰與度？月橋花院，瑣窗朱戶，只有春知處。　飛雲冉冉蘅皋暮，彩筆新題斷腸句。試問閒愁都幾許？一川煙草，滿城風絮，梅子黃時雨。"**伯固**：蘇堅的字。他曾任杭州監稅官。**吳中**：今江蘇蘇州，蘇堅的家鄉。

2 **三年**：時蘇堅隨蘇軾在杭，已三年未歸。

3 **黃耳**：晉陸機愛犬名。《晉書·陸機傳》載，機有黃耳犬，能從洛陽帶書信到吳，又從吳帶書信返洛。

4 **松江**：吳淞江。**小渡**：渡船。

5 **四橋**：指姑蘇垂虹橋、楓橋等四座橋。**老子**：蘇軾自謂。宋時老者有此自稱，今四川人猶作此言。

6　**輞川圖**：唐代詩人王維繪於藍田清涼寺的壁畫。王維有別
　　墅在西安東南藍田縣境的輞川。

7　**高人**：高士。高潔的隱士。**右丞**：王維曾做過尚書右丞。
　　杜甫《解悶》："不見高人王右丞，藍田丘壑漫寒籐。"

8　**天已許**：指已獲朝廷許可。

9　**小蠻**：唐白居易的家伎，以腰肢柔軟稱名。這裡以代指蘇
　　軾侍妾朝雲。

臨江仙

夜歸臨皋 [1]

　　夜飲東坡醒復醉 [2]，歸來彷彿三更。家童鼻息已雷鳴。敲門都不應，倚杖聽江聲。　　長恨此身非我有 [3]，何時忘卻營營 [4]？夜闌風靜縠紋平。小舟從此逝，江海寄餘生。

注釋

1　**夜歸臨皋**：一作"壬戌九月，雪堂夜飲，醉歸臨皋作"。臨皋，在湖北黃岡南長江邊。

2　**東坡**：在湖北黃岡之東。蘇軾謫黃州時，築室於東坡，故以為號。

3　**此身非我有**：《莊子·知北遊》："舜曰：'吾身非吾有也，孰有之哉？'曰：'是天地之委形也。'"

4　**營營**：周旋貌。指為功名而勞碌。

定風波

三月七日，沙湖道中遇雨[1]，雨具先去，同行皆狼狽，余獨不覺。已而遂晴，故作此詞。

莫聽穿林打葉聲，何妨吟嘯且徐行。竹杖芒鞋輕勝馬[2]，誰怕？一蓑煙雨任平生[3]。　料峭春風吹酒醒，微冷，山頭斜照卻相迎。回首向來蕭瑟處，歸去，也無風雨也無晴。

注釋

1 **三月七日**：神宗元豐五年（1082）的三月七日。時蘇軾謫居黃州，即今湖北黃岡。沙湖：在黃岡東三十里。

2 **芒鞋**：芒草編結的草鞋。

3 **一蓑煙雨**：喻指人世的風雨煙波。蓑，蓑衣，蓑草編織成的防雨具。此處為虛指。因小序中說"雨具先去"，此時不可能有蓑衣防雨。

江城子

乙卯正月二十日夜記夢[1]

十年生死兩茫茫[2]。不思量,自難忘。千里孤墳[3],無處話淒涼。縱使相逢應不識,塵滿面,鬢如霜。　夜來幽夢忽還鄉。小軒窗,正梳妝。相顧無言,惟有淚千行。料得年年腸斷處,明月夜,短松岡[4]。

注釋

1　乙卯:神宗熙寧八年(1075)。蘇軾四十歲,時在密州(今山東諸城)太守任上。

2　十年:蘇軾妻王弗卒於治平二年(1065)五月,至此整整十年。

3　"千里"句:王氏墳在眉州,與蘇軾處身的密州相距數千里。蘇軾《亡妻王氏墓誌銘》曰:"葬於眉之東北彭山縣安鎮鄉可龍里。"這裡是蘇軾的家鄉。

4　"料得"三句:寫孤墳。唐孟棨《本事詩》載孔氏贈夫張某詩:"欲知腸斷處,明月照孤墳。"

木蘭花令

次歐公西湖韻 [1]

　　霜餘已失長淮闊 [2]，空聽潺潺清潁咽 [3]。佳人猶唱醉翁詞 [4]，四十三年如電抹 [5]。　　草頭秋露流珠滑，三五盈盈還二八 [6]。與余同是識翁人，惟有西湖波底月。

注釋

1　此詞作於元祐六年（1091），時作者知潁州（今安徽阜陽）。
　　歐公：歐陽修。蘇軾的前輩與知交。曾於皇祐元年（1049）
　　知潁州。**西湖韻**：指歐陽修在潁州時所作《木蘭花令》：「西
　　湖南北煙波闊，風裡絲簧聲韻咽。舞餘裙帶綠雙垂，酒入
　　香腮紅一抹。　　杯深不覺琉璃滑，貪看六么花十八。明朝
　　車馬各西東，惆悵畫橋風與月。」西湖，潁州的西湖。

2　**霜餘**：霜降後。**長淮**：淮河。

3　**潺潺**：流水聲。**清潁**：潁水。源出河南登封嵩山西南，在
　　安徽壽縣正陽關入淮。**咽**：言流水聲低沉悲咽。

4　**"佳人"句**：寫到潁州後之聞見。時歐陽修已故去十九年。
　　醉翁詞，即詞題中所言"西湖韻"。歐陽修自號"醉翁"，
　　知滁州時作有《醉翁亭記》。

5　**四十三年**：指歐陽修作"西湖韻"到蘇軾作此和韻詞之間的
　　時間跨度。

6　**三五**：指陰曆十五日的滿月。**盈盈**：盈滿之貌，狀圓月。
　　二八：指陰曆十六日的月亮。句言光陰必逝，月滿則虧。

賀新郎 [1]

　　乳燕飛華屋，悄無人、槐陰轉午 [2]，晚涼新浴。手弄生綃白團扇 [3]，扇手一時似玉 [4]。漸困倚、孤眠清熟。簾外誰來推繡戶，枉教人、夢斷瑤台曲，又卻是、風敲竹。　　石榴半吐紅巾蹙 [5]，待浮花、浪蕊都盡，伴君幽獨 [6]。穠艷一枝細看取，芳心千重似束 [7]。又恐被、西風驚綠 [8]，若待得、君來向此，花前對酒不忍觸。共粉淚，兩簌簌 [9]。

注釋

1　此詞作於蘇軾出守杭州時，約在元祐四年（1089）至六年（1091）間。《古今詞話》："蘇子瞻守錢塘，有官妓秀蘭，……子瞻因作《賀新郎》，令歌以送酒。"

2　**槐陰轉午**：言槐樹影移，時光過午。

3　**生綃**：未經過捶搗、練絲程序的絲織物。製衣需織物柔軟，故加捶練；製扇需織物挺括，故用生絲。

4　**"扇手"句**：言手與扇同樣白皙。《世說新語·容止》："王夷甫（衍）容貌整麗，妙於談玄，恆捉白玉柄麈尾，與手都無分別。"蘇軾句詩思出此。

5　**"石榴"句**：言榴花半開時如縐縐的紅巾。白居易《題孤山

109

寺山石榴花示諸僧眾》：“山榴花似結紅巾”。

6 **浮花、浪蕊**：指春天的花草。唐韓愈《杏花》：“浮花浪蕊
鎮長有，才開還落瘴霧中。”榴花夏開，兩句言榴花繁盛
時，百花俱已零落。浮、浪，有輕薄意，言其不能久長。

7 **芳心千重**：以女人心喻花，形容石榴花瓣的重疊。

8 **西風驚綠**：言秋風起後，榴花凋謝，只剩下綠葉。唐皮日
休《石榴歌》：“石榴香老愁寒霜”。

9 **“共粉淚”二句**：言花瓣與眼淚一同落下。詞上片寫女人之
白皙，下片寫榴花之紅艷，至結句收束於一處。

黃庭堅
1045 － 1105

　　黃庭堅（1045－1105），字魯直，號山谷
道人、涪翁，分寧（今江西修水縣）人。治平
四年（1067）進士，曾任國子監教授、著作佐
郎等職。修《神宗實錄》時，以實錄獲罪被貶。
他以詩文受知於蘇軾，世稱"蘇黃"。論詩推
尊杜甫，主張"奪胎換骨"、"點鐵成金"、"無
一字無來處"。以瘦硬生新之格開宗立派，這
便是在宋代詩壇上最有影響力的江西詩派。著
有《山谷內集》、《山谷外集》、《山谷別集》，
又有《華嚴疏》、《松風閣詩》等墨跡傳世。

鷓鴣天

坐中有眉山隱客史應之和前韻，即席答之[1]。

　　黃菊枝頭生曉寒，人生莫放酒杯乾。風前橫笛斜吹雨，醉裡簪花倒著冠[2]。　　身健在，且加餐[3]，舞裙歌板盡清歡。黃花白髮相牽挽[4]，付與時人冷眼看。

注釋

1　此詞作於貶謫戎州（今四川宜賓）時期。黃庭堅於紹聖二年（1095）以修史不實罪謫涪州別駕黔州安置，後移戎州安置，在貶五年餘。**眉山隱客史應之：**即史鑄，字應之，眉山人。授館於人，落拓無檢，喜作鄙語。客瀘、戎間，因識黃庭堅。《山谷內集》有《戲答史應之》七絕三首，又《謝應之》一首。**和前韻：**作者先有《鷓鴣天·明月獨酌自嘲呈史應之》詞，應之奉和，黃庭堅再作此詞和答。

2　**倒著冠：**用晉山簡事。《世說新語·任誕》載，山簡鎮襄陽，常臨池醉飲，兒歌曰："山公一時醉，徑造高陽池。日暮倒載歸，茗艼無所知。復能乘駿馬，倒著白接䍦（帽名）。"

3　**且加餐：**用漢《古詩十九首》"努力加餐飯"詩意。

4　**黃花：**指菊花。黃花白髮，應上片所言"簪花"事。

112

定風波

次高左藏使君韻[1]

萬里黔中一漏天[2]，屋居終日似乘船[3]。及至重陽天也霽[4]，催醉，鬼門關外蜀江前[5]。

莫笑老翁猶氣岸[6]，君看，幾人黃菊上華顛[7]？戲馬台南追兩謝[8]，馳射，風流猶拍古人肩[9]。

注釋

1 此詞作於貶涪州別駕黔州安置時期。**高左藏**：作者友人。時當為黔州知州，餘未詳。**使君**：對州郡長官的稱呼。

2 **黔中**：唐置郡，宋為紹慶府，治所在今四川彭水。**漏天**：連陰雨天。

3 **"屋居"句**：言連雨不止，遍地是水，屋居有如船居。

4 **重陽**：農曆九月九日重陽節。**霽**：雨晴。

5 **鬼門關**：宋《元豐九域志》記有鬼門關兩處，在容州和鬱林州。此或借指凶險之地。**蜀江**：指流經彭水的巴江，今名烏江。

6 **氣岸**：傲岸，氣概不凡。

7 **黃菊上華顛**：即詞人在《鷓鴣天》（黃菊枝頭生曉寒）中所詠及的"醉裡簪花"和"黃花白髮相牽挽"。插戴菊花為重陽節習俗。

8　**戲馬台**：在徐州雲龍山下，為項羽所建。**二謝**：指晉宋之
　　際的詩人謝瞻、謝靈運。東晉末年，劉裕北征駐彭城，曾
　　於重陽節在戲馬台設宴，百僚與宴賦詩，二謝俱有《九日
　　從宋公戲馬台集送孔令》詩。李善於謝瞻詩下作注曰："高
　　祖遊戲馬台，命僚佐賦詩，瞻之作冠於一時。"詞中用為
　　九日宴集典事。

9　**拍古人肩**：言堪與"二謝"那樣的古人比肩。晉郭璞《遊
　　仙詩》："左挹浮丘袖，右拍洪崖肩。"黃庭堅"拍肩"之
　　句仿此。

秦 觀
1049 — 1100

　　秦觀（1049－1100），字少游、太虛，
號淮海居士，高郵（今屬江蘇）人。元豐八年
（1085）進士，元祐間蘇軾薦之於朝，任秘書
省正字兼國史院編修。紹聖元年（1094）坐元
祐黨籍出為杭州通判，後屢遭貶謫，終在放還
途中病卒於藤州（廣西藤縣）。文辭為蘇軾所
賞，是"蘇門四學士"之一。工詩詞，尤以詞
負盛名。風格婉約，多寫男女情愛。著有《淮
海集》。

望海潮

　　梅英疏淡[1]，冰澌溶洩[2]，東風暗換年華。金谷俊遊[3]，銅駝巷陌[4]，新晴細履平沙。長記誤隨車。正絮翻蝶舞，芳思交加[5]。柳下桃蹊，亂分春色到人家。　　西園夜飲鳴笳，有華燈礙月，飛蓋妨花[6]。蘭苑未空[7]，行人漸老，重來是事堪嗟[8]！煙暝酒旗斜。但倚樓極目，時見棲鴉。無奈歸心，暗隨流水到天涯。

注釋

1　**梅英**：梅花。**疏淡**：稀疏，色淡。時已近暮春。

2　**澌**：流冰。

3　**金谷**：金谷園。晉石崇所建，在今河南洛陽。

4　**銅駝**：銅駝街，為洛陽著名遊樂之地。

5　**芳思**：情思。

6　**飛蓋**：高聳的車篷。

7　**蘭苑**：園林的美稱。

8　**是事**：事事。

八六子

　　倚危亭[1]，恨如芳草，萋萋剗盡還生[2]。念柳外青驄別後[3]，水邊紅袂分時[4]，愴然暗驚。

　　無端天與娉婷，夜月一簾幽夢，春風十里柔情[5]。怎奈何[6]，歡娛漸隨流水，素絃聲斷，翠綃香減[7]，那堪片片飛花弄晚，濛濛殘雨籠晴。正銷凝[8]，黃鸝又啼數聲。

注釋

1　　危亭：高亭。

2　　"恨如"二句：白居易《賦得古原草送別》："野火燒不盡，春風吹又生"，"又送王孫去，萋萋滿別情"。剗，同"鏟"。

3　　青驄：毛色青白相間的馬。此處代指遠行之人。

4　　紅袂：紅袖。指女子。

5　　"無端"三句：暗用杜牧《贈別》詩："娉娉嫋嫋十三餘，豆蔻梢頭二月初。春風十里揚州路，捲上珠簾總不如。"娉婷，姿態美好的樣子。

6　　怎奈何：即怎奈。

7　　翠綃：此指定情的手帕。

8　　銷凝：意為茫然出神。

滿 庭 芳

　　山抹微雲，天粘衰草[1]，畫角聲斷譙門[2]。暫停征棹，聊共引離尊。多少蓬萊舊事[3]，空回首，煙靄紛紛。斜陽外，寒鴉萬點，流水繞孤村。　　銷魂，當此際，香囊暗解[4]，羅帶輕分[5]。漫贏得青樓，薄倖名存[6]。此去何時見也，襟袖上，空惹啼痕[7]。傷情處，高城望斷，燈火已黃昏。

注釋

1　"山抹"二句：寫暮天景色。"抹"、"粘"二字，向為詞家所激賞。

2　譙門：城樓。

3　蓬萊舊事：《藝苑雌黃》："程公闢守會稽，少游客焉，館之蓬萊閣。一日，席上有所悅，自爾眷眷不能忘情，因賦長短句，所謂'多少蓬萊舊事，空回首，煙靄紛紛'也。"蓬萊閣，遺址在今浙江紹興龍山下。

4　香囊：古時贈別的紀念品。

5　"羅帶"句：表示離別。

6　"漫贏"二句：杜牧《遣懷》："十年一覺揚州夢，贏得青樓薄倖名。"青樓，指妓女的住處。薄倖，薄情。

7　啼痕：淚痕。

滿 庭 芳

　　曉色雲開，春隨人意，驟雨才過還晴。古
台芳榭，飛燕蹴紅英[1]。舞困榆錢自落，秋千
外，綠水橋平。東風裡，朱門映柳，低按小秦
箏[2]。　　多情。行樂處，珠鈿翠蓋[3]，玉轡紅
纓[4]。漸酒空金榼[5]，花困蓬瀛[6]。豆蔻梢頭舊
恨[7]，十年夢，屈指堪驚。憑欄久，疏煙淡日，
寂寞下蕪城[8]。

注釋

1　**蹴**：踢，踏。**英**：花。

2　**秦箏**：古樂器名。

3　**"珠鈿"句**：形容裝飾華麗的車子。珠鈿，指車上裝飾有珠
　　寶和嵌金。翠蓋，指車蓋上綴有翠羽。

4　**"玉轡"句**：形容馬匹裝扮華貴。

5　**金榼**：金杯。

6　**蓬瀛**：指神話傳說中的仙山蓬萊和瀛洲。

7　**豆蔻梢頭**：化用杜牧《贈別》句意，指少女十三、四歲的
　　年紀。

8　**蕪城**：即廣陵城，今之揚州市。因鮑照《蕪城賦》而得名。

減字木蘭花

天涯舊恨，獨自淒涼人不問。欲見迴腸[1]，斷盡金爐小篆香[2]。　黛蛾長斂[3]，任是春風吹不展。困倚危樓，過盡飛鴻字字愁[4]。

注釋

1　迴腸：形容內心愁腸百轉。

2　篆香：盤香。因其形盤屈似篆字，故稱。

3　黛蛾：指女子的眉毛。斂：鎖眉頭。

4　字字：指大雁飛行時的陣形，因其常作"人"字或"一"字形，故又稱"雁字"。

踏莎行

郴州旅舍

霧失樓台[1]，月迷津渡[2]，桃源望斷無尋處[3]。可堪孤館閉春寒，杜鵑聲裡斜陽暮。　　驛寄梅花[4]，魚傳尺素[5]。砌成此恨無重數。郴江幸自繞郴山[6]，為誰流下瀟湘去[7]？

注釋

1　**"霧失"** 句：指濃霧掩沒了樓台。

2　**"月迷"** 句：指月色朦朧，使人辨不清渡口。

3　**"桃源"**：指桃花源。為東晉詩人陶淵明《桃花源記》中所寫的理想社會。

4　**"驛寄"** 句：盛弘之《荊州記》載陸凱贈范曄詩："折花逢驛使，寄與隴頭人。江南無所有，聊贈一枝春。"此用其意。

5　**"魚傳"** 句：用漢樂府《飲馬長城窟行》詩意。見晏殊《清平樂》（紅箋小字）注 2（頁 025）。尺素，指書信。

6　郴江、郴山：均在湖南省境內。

7　瀟湘：指湘江。

浣溪沙

漠漠輕寒上小樓[1]，曉陰無賴似窮秋[2]。淡煙流水畫屏幽。　自在飛花輕似夢，無邊絲雨細如愁，寶簾閒掛小銀鈎。

注釋

1　漠漠：迷濛貌。
2　無賴：無聊。窮秋：晚秋。

阮郎歸

　　湘天風雨破寒初[1]，深沉庭院虛。麗譙吹罷小單于[2]，迢迢清夜徂[3]。　　鄉夢斷，旅魂孤，崢嶸歲又除[4]。衡陽猶有雁傳書[5]，郴陽和雁無[6]。

注釋

1　**湘**：泛指現在湖南一帶。

2　**麗譙**：華麗的高樓。**小單于**：唐代曲名。

3　**徂**：過。

4　**崢嶸**：艱難不尋常。**歲又除**：指又到了除夕。

5　**"衡陽"句**：古代相傳北雁南飛，至衡陽而返，不再往前。故云。**猶**，尚且。

6　**郴陽**：今湖南郴縣，在衡陽之南。**和雁無**：猶言連雁也沒有。

鷓 鴣 天

　　枝上流鶯和淚聞，新啼痕間舊啼痕[1]。一春魚鳥無消息[2]，千里關山勞夢魂。　　無一語，對芳尊，安排腸斷到黃昏。甫能炙得燈兒了[3]，雨打梨花深閉門。

注釋

1　間：混雜。

2　魚鳥：指書信。

3　甫：才。炙：點燃。

晁元禮
1046 - 1113

晁元禮（1046－1113），一作端禮，字
次膺，濟州鉅野（今屬山東）人。熙寧六年
（1073）進士。徽宗時以承事郎為大晟府協律。
著有詞集《閒齋琴趣外編》。

綠頭鴨

晚雲收，淡天一片琉璃[1]。爛銀盤、來從海底[2]，皓色千里澄輝。瑩無塵、素娥淡佇[3]，靜可數、丹桂參差[4]。玉露初零[5]，金風未凜[6]，一年無似此佳時。露坐久、疏螢時度，烏鵲正南飛。瑤台冷[7]，闌干憑暖[8]，欲下遲遲。　念佳人、音塵別後，對此應解相思。最關情、漏聲正永，暗斷腸、花影偷移。料得來宵，清光未減，陰晴天氣又爭知。共凝戀、如今別後，還是隔年期。人強健，清尊素影，長願相隨。

注釋

1　琉璃：形容天色空明。

2　爛銀盤：喻指月亮。唐盧仝《月蝕詩》曾云："爛銀盤從海底出，出來照我草屋東。"

3　淡佇：淡靜。

4　丹桂：古代傳說月中有桂，故云。

5　零：落。

6　金風：秋風。古人認為西方為秋而主金，故稱秋風為金風。凜：烈。

7　瑤台：美玉砌成的樓台。

8　"闌干"句：指因靠得久了，連欄杆也焐熱了。

趙令畤
1051 — 1134

　　趙令畤（1051－1134），初字景貺，後
改字德麟，自號聊復翁。太祖次子燕王德昭玄
孫。元祐六年（1091）簽書潁州公事，與知州
蘇軾友善。後坐元祐黨籍，被廢十年。紹興初
襲封安定郡王，同知行在大宗正事，卒贈開府
儀同三司。有近人趙萬里輯《聊復集》詞一卷。

蝶戀花

　　欲減羅衣寒未去，不捲珠簾，人在深深處。
紅杏枝頭花幾許？啼痕止恨清明雨[1]。　　盡日沉
煙香一縷[2]，宿酒醒遲，惱破春情緒。飛燕又將
歸信誤，小屏風上西江路。

注釋

1　啼痕：形容杏花上的雨跡像啼哭的淚痕。
2　沉煙：指點燃的沉香。沉香，植物名，木材可作薰香料，
　　又叫沉水香。

蝶戀花

　　捲絮風頭寒欲盡[1]，墜粉飄香，日日紅成陣[2]。新酒又添殘酒困，今春不減前春恨。　　蝶去鶯飛無處問，隔水高樓，望斷雙魚信[3]。惱亂橫波秋一寸，斜陽只與黃昏近。

注釋

1　捲絮：指翻飛的柳絮。
2　紅成陣：形容落花滿地。紅，指落花。
3　雙魚：指書信。信：消息。

清平樂

春風依舊，著意隋堤柳[1]。搓得鵝兒黃欲就[2]，天氣清明時候。　去年紫陌青門[3]，今宵雨魄雲魂[4]。斷送一生憔悴，只銷幾個黃昏。

注釋

1　隋堤柳：指隋煬帝時沿通濟渠、邗溝河岸所植的柳樹。

2　"搓得"句：言春風為隋堤之柳染上了鵝黃色。

3　紫陌青門：指冶遊之所。紫陌，指京師郊外的道路。青門，原指漢長安城東南門，因其為青色，俗呼為青門。此指帝京城門。

4　雨魄雲魂：比喻羈旅漂泊，行蹤不定。

張 耒
1054 – 1114

　　張耒（1054－1114），字文潛，號柯山。
以晚年寓居陳州宛丘（今河南淮陽），人稱宛
丘先生。楚州淮陰（今屬江蘇）人。熙寧六年
（1073）進士，曾任太常寺少卿等職。為“蘇
門四學士”之一。坐元祐黨籍屢遭貶謫，曾出
任潤州、黃州、潁州、汝州等處地方官。詩
風“自然奇逸”（呂本中《蒙童詩訓》語），對
南宋楊萬里、陸游等人很有影響。著有《宛丘
集》等。

風流子

　　木葉亭皋下[1]，重陽近，又是搗衣秋[2]。奈愁入庾腸[3]，老侵潘鬢[4]，漫簪黃菊[5]，花也應羞。楚天晚，白蘋煙盡處，紅蓼水邊頭。芳草有情，夕陽無語，雁橫南浦，人倚西樓。　　玉容知安否[6]？香箋共錦字，兩處悠悠。空恨碧雲離合[7]，青鳥沉浮[8]。向風前懊惱，芳心一點，寸眉兩葉，禁甚閒愁。情到不堪言處，分付東流。

注釋

1　**亭皋**：水邊的平地。
2　**搗衣秋**：指秋季搗洗寒衣的時節。
3　**庾腸**：指思鄉念家之心。庾，指南北朝詩人庾信。庾信本仕梁，後出使西魏，值西魏滅梁，被留長安。後歷仕西魏、北周，官至驃騎大將軍、開府儀同三司，位至尊顯，而常有鄉關之思，曾作《哀江南賦》以寄意。
4　**潘鬢**：晉潘岳《秋興賦》序云："余春秋三十有二，始見二毛。"後因以"潘鬢"指人衰老之快。
5　**簪**：插戴。
6　**玉容**：指代作者的妻子。
7　**碧雲**：指遠方或天邊，多用以表達離別情緒。
8　**青鳥**：本為神話傳說中為西王母取食傳信的神鳥，後作為信使的代稱。

晁補之
1053 − 1110

晁補之（1053−1110），字無咎，晚號歸來子，濟州鉅野（今屬山東）人。元豐二年（1079）進士，為"蘇門四學士"之一，曾任吏部員外郎、泗州知州。著有《雞肋集》。

水龍吟

次韻林聖予惜春

問春何苦匆匆,帶風伴雨如馳驟。幽葩細萼,小園低檻,壅培未就[1]。吹盡繁紅[2],佔春長久,不如垂柳。算春長不老,人愁春老,愁只是、人間有。　春恨十常八九,忍輕辜、芳醪經口[3]。那知自是,桃花結子,不因春瘦。世上功名,老來風味,春歸時候。最多情猶有,尊前青眼,相逢依舊。

注釋

1 　**壅培**:施肥培土。
2 　**繁紅**:指百花。
3 　**芳醪**:美酒。

鹽角兒

亳社觀梅 [1]

開時似雪，謝時似雪，花中奇絕。香非在蕊，香非在萼，骨中香徹。　佔溪風，留溪月。堪羞損[2]、山桃如血。直饒更[3]、疏疏淡淡，終有一般情別。

注釋

1　**亳社**：殷社。因殷商都亳，故亦建社於亳，稱亳社。在今河南安陽市西北。

2　**羞損**：羞壞。

3　**直饒更**：即便是，就算是。

憶少年

別歷下 [1]

　　無窮官柳，無情畫舸 [2]，無根行客。南山尚相送，只高城人隔。　　罨畫園林溪紺碧 [3]，算重來、盡成陳跡。劉郎鬢如此，況桃花顏色 [4]。

注釋

1　歷下：古邑名，即今山東濟南歷城區，因在歷山之下而得名。有大明湖，湖畔有歷下亭。

2　畫舸：畫船。舸，船。

3　罨（yǎn 掩）畫：本指色彩鮮明的畫，此用以形容歷下景物的艷麗多姿。紺（gàn 幹）碧：深綠泛紅的顏色。

4　"劉郎"二句：化用唐代詩人劉禹錫《元和十一年自郎州召至京，戲贈看花諸君子》詩中的典故，該詩有"玄都觀裡桃千樹，盡是劉郎去後栽"的句子。劉郎，本指劉禹錫，這裡為作者自指。

洞仙歌

泗州中秋作 [1]

　　青煙冪處 [2]，碧海飛金鏡 [3]。永夜閒階臥桂影。露涼時，零亂多少寒螿 [4]。神京遠 [5]，惟有藍橋路近 [6]。　　水晶簾不下，雲母屏開，冷浸佳人淡脂粉。待都將許多明月，付與金尊，投曉共流霞傾盡 [7]。更攜取、胡牀上南樓 [8]，看玉做人間，素秋千頃 [9]。

注釋

1　泗州：地名，宋代屬淮南東路，在今安徽省境內。作者作
　　此詞時正在泗州知州任上。

2　冪（mì 密）：遮蓋。

3　金鏡：喻指月亮。

4　寒螿：寒蟬。

5　神京：指北宋京都汴梁（今河南開封市）。

6　藍橋：在陝西藍田縣東南，因橋架藍水之上而得名。世傳
　　其地有仙窟，唐人裴航曾於此橋遇見雲英。

7　投曉：至曉。流霞：指美酒。

8　胡牀：一種可摺疊的輕便坐具。

9　"看玉做"二句：形容月光下的人間秋色，一片素潔。

晁冲之
生卒年不詳

　　晁冲之（生卒年不詳），字叔用，濟州鉅野（今屬山東）人。舉進士不第，授承務郎。紹聖初，廢居具茨山下，人稱具茨先生。政和間，為大晟府丞。嘗從陳師道學詩，名列《江西詩社宗派圖》。著有《晁具茨先生詩集》及近人趙萬里所輯《晁叔用詞》。

臨江仙

　　憶昔西池池上飲[1]，年年多少歡娛。別來不寄一行書，尋常相見了，猶道不如初。　　安穩錦衾今夜夢[2]，月明好渡江湖。相思休問定何如，情知春去後，管得落花無。

注釋

1　西池：又叫金明池，在北宋都城汴京。
2　錦衾：華美的繡被。

舒　亶
1041 — 1103

　　舒亶（1041－1103），字信道，號懶堂，
明州慈溪（今屬浙江）人。治平二年（1065）
進士，授臨海尉。神宗時與李定同劾蘇軾，是
"烏台詩案"的製造者，後拜御史中丞。詞有近
人趙萬里輯《舒學士詞》一卷。

虞美人

寄公度

　　芙蓉落盡天涵水[1]，日暮滄波起。背飛雙燕貼雲寒[2]，獨向小樓東畔倚闌看。　　浮生只合尊前老[3]，雪滿長安道[4]。故人早晚上高台[5]，寄我江南春色一枝梅[6]。

注釋

1　芙蓉：荷花。天涵水：水天相連。

2　背飛：相背而飛。

3　浮生：語本《莊子·刻意》："其生若浮，其死若休。" 指
　　人生。只合：只宜。

4　長安：代指京城。

5　早晚：何時。

6　"寄我" 句：用南朝宋代陸凱自江南為遠在長安的好友范曄
　　折梅題詩的典故。參見秦觀《踏莎行》（霧失樓台）注 4（頁
　　121）。

朱　服
1048 － ？

　　朱服（1048－？），字行中，烏程（今浙江湖州）人。熙寧六年（1073）進士。元豐中以直龍圖閣知潤州，紹聖初召為中書舍人。徽宗朝坐與蘇軾遊，貶海州團練副使，蘄州安置。詞存一首。

漁家傲

　　小雨纖纖風細細，萬家楊柳青煙裡。戀樹濕花飛不起。愁無際，和春付與東流水。　　九十光陰能有幾？金龜解盡留無計[1]。寄語東陽沽酒市[2]。拚一醉，而今樂事他年淚。

注釋

1　**金龜**：一種佩飾物。據李白《對酒憶賀監》詩序記，賀知章曾解下金龜，"換酒為樂"，以酬李白。明何景明《過寺中飲贈張元德侍御》亦云："腰下金龜在，明朝付酒壚。"

2　**東陽**：今浙江金華市。

毛 滂

1060 — 1124?

　　毛滂（1060－1124?），字澤民，衢州江
山（今屬浙江）人。元祐中蘇軾守杭時，毛滂
為法曹，歷官祠部員外郎，後知秀州。著有
《東堂詞》。

惜 分 飛

富陽僧舍作別語贈妓瓊芳 [1]

　　淚濕闌干花著露，愁到眉峰碧聚。此恨平分取 [2]，更無言語空相覷。　　斷雨殘雲無意緒，寂寞朝朝暮暮。今夜山深處，斷魂分付潮回去 [3]。

注釋

1　富陽：今富陽市，在杭州西南。

2　平分取：指二人所持相等。

3　分付：託付。

陳　克
1081 － 1137?

　　陳克（1081－1137?），字小高，自號赤城居士，臨海（今屬浙江）人，寓居金陵（今江蘇南京）。紹興中為敕令所刪定官。詞有近人趙萬里輯《赤城詞》一卷。

菩薩蠻

　　赤闌橋盡香街直[1]，籠街細柳嬌無力。金碧上青空，花晴簾影紅。　　黃衫飛白馬[2]，日日青樓下。醉眼不逢人[3]，午香吹暗塵。

注釋

1　**赤闌**：朱紅色的欄杆。

2　**黃衫**：隋唐時少年所着之華貴衣服。此處代指富家子弟。
　　飛：飛馳。

3　**不逢人**：指醉眼模糊，認不清人。

菩薩蠻

　　綠蕪牆繞青苔院[1]，中庭日淡芭蕉捲。蝴蝶
上階飛，烘簾自在垂[2]。　　玉鈎雙語燕，寶甃楊
花轉[3]。幾處簸錢聲[4]，綠窗春睡輕。

注釋

1　綠蕪牆：爬滿青籐的牆。蕪，指青籐茂盛雜亂。

2　烘簾：暖簾。此指日光映照的窗簾。

3　甃（zhòu 皺）：本指井壁。此代指井。

4　簸錢：古代一種以擲錢賭輸贏的遊戲。

李元膺
生卒年不詳

　　李元膺（生卒年不詳），東平（今屬山東）人。南京教官。紹聖間李孝美作《墨譜法式》，元膺為序，知為是時之人。近人趙萬里輯有《李元膺詞》一卷，凡九首。

洞仙歌

一年春物，惟梅柳間意味最深。至鶯花爛漫時，則春已衰遲，使人無復新意。予作《洞仙歌》，使探春者歌之，無後時之悔。

雪雲散盡，放曉晴池院。楊柳於人便青眼[1]。更風流多處，一點梅心，相映遠。約略顰輕笑淺[2]。　一年春好處，不在濃芳，小艷疏香最嬌軟[3]。到清明時候，百紫千紅花正亂，已失春風一半。早佔取、韶光共追遊[4]，但莫管春寒，醉紅自暖。

注釋

1　**青眼**：指楊柳長出了嫩葉。因其如人眼初展，故稱。又，"青眼"與"白眼"相對，表示對人喜愛。

2　**顰輕笑淺**：形容微笑中帶有一絲愁容。

3　**小艷疏香**：指百花初放之時。

4　**韶光**：指春光。

時　彦

? - 1107

時彥（?－1107），字邦美，開封（今屬河南）人。元豐二年（1079）進士第一。累除集賢校理。徽宗時拜吏部侍郎、開封尹，終官吏部尚書。《全宋詞》存其詞一首。

青門飲

寄寵人

胡馬嘶風，漢旗翻雪，彤雲又吐[1]，一竿殘照。古木連空，亂山無數，行盡暮沙衰草。星斗橫幽館[2]，夜無眠、燈花空老[3]。霧濃香鴨[4]，冰凝淚燭，霜天難曉。　　長記小妝才了[5]，一杯未盡，離懷多少。醉裡秋波，夢中朝雨，都是醒時煩惱。料有牽情處，忍思量、耳邊曾道。甚時躍馬歸來，認得迎門輕笑。

注釋

1　彤雲：紅雲。此指天邊的晚霞。

2　幽館：指客舍。

3　老：凋謝。此指燈花結久而落。

4　香鴨：鴨形的香爐。

5　小妝：淡妝。了：畫完，完成。

李之儀
1040? — 1117

　　李之儀（1040?－1117），字端叔，自號
姑溪居士，滄州無棣（今屬山東）人，治平進
士，官至朝散大夫。著有《姑溪居士前集》、
《姑溪居士後集》，詞存集中，單行本稱《姑溪
詞》，錄詞九十四首。

謝池春

　　殘寒銷盡，疏雨過，清明後。花徑款餘紅，風沼縈新皺[1]。乳燕穿庭戶，飛絮沾襟袖。正佳時，仍晚晝。著人滋味[2]，真個濃如酒。　　頻移帶眼[3]，空只恁、厭厭瘦。不見又相思，見了還依舊。為問頻相見，何以長相守？天未老，人未偶[4]。且將此恨，分付庭前柳[5]。

注釋

1　**風沼**：風中的水池。

2　**著人**：使人覺得。

3　**移帶眼**：收縮腰帶，指腰身漸瘦。

4　**未偶**：未在一起。

5　**分付**：託付。

卜算子

　　我住長江頭[1]，君住長江尾[2]。日日思君不見君，共飲長江水。　　此水幾時休[3]？此恨何時已[4]？只願君心似我心，定不負相思意。

注釋

1　頭：上游。

2　尾：下游。

3　休：停，引申為乾涸。

4　已：終結。

周邦彦
1056 — 1121

周邦彥（1056－1121），字美成，自號清真居士，錢塘（今浙江杭州）人。元豐七年（1084）獻《汴都賦》，受神宗賞識，由太學外舍生擢為試太學正。幾歷外任，政和六年（1116）入為秘書監，進徽猷閣待制，提舉大晟府。二年後復出外任，知順昌府等處。其詞渾化典雅，為傳統詞評家推為“詞家正宗”。著有《清真集》。

瑞龍吟

章台路[1]，還見褪粉梅梢[2]，試花桃樹[3]。愔愔坊陌人家[4]，定巢燕子，歸來舊處。　黯凝佇，因念個人癡小[5]，乍窺門戶。侵晨淺約宮黃[6]，障風映袖，盈盈笑語。　前度劉郎重到[7]，訪鄰尋里，同時歌舞，惟有舊家秋娘[8]，聲價如故。吟箋賦筆，猶記燕台句[9]。知誰伴，名園露飲[10]，東城閒步？事與孤鴻去。探春盡是、傷離意緒。官柳低金縷[11]。歸騎晚，纖纖池塘飛雨。斷腸院落，一簾風絮。

注釋

1　**章台路**：漢代長安城有章台街，為歌妓聚居之所。

2　**褪粉**：指花凋零。

3　**試花**：指花剛開放。

4　**愔（yīn 因）愔**：安靜無聲。**坊陌**：也叫坊曲，妓女所居之地。

5　**個人**：那人。指作者的意中人。

6　**淺約宮黃**：指用黃粉化妝。約，塗抹、塗飾。宮黃，古時婦女用以塗飾額頭的黃粉。

7 **前度劉郎**：用劉禹錫《再遊玄都觀》詩"種桃道士歸何處？前度劉郎今又來"句意。劉禹錫此詩作於他再度遭貶而後重回長安之時。詞人因遭元祐黨打擊而被黜，十年後重回京都，故與劉氏有同樣的感慨。

8 **秋娘**：唐代金陵名妓，杜牧曾作有《贈杜秋娘》詩並序。

9 **燕台句**：唐人李商隱曾作《燕台四首》，以抒寫情怨之工細而傳誦一時，尤受洛中名妓柳枝之讚賞。後因以"燕台句"指工於言情的詩詞作品。此處借指詞人從前贈給所戀的妓女的詩詞。

10 **露飲**：在露天中飲酒或飲茶。

11 **金縷**：喻柳絲。

風流子

新綠小池塘,風簾動、碎影舞斜陽。羨金屋去來,舊時巢燕,土花繚繞[1],前度莓牆[2]。繡閣裡、鳳幃深幾許,聽得理絲簧[3]。欲說又休,慮乖芳信[4],未歌先噎,愁近清觴。　　遙知新妝了,開朱戶、應自待月西廂[5]。最苦夢魂,今宵不到伊行[6]。問甚時說與,佳音密耗,寄將秦鏡[7],偷換韓香[8]?天便教人,霎時廝見何妨[9]!

注釋

1 土花:苔蘚。

2 莓牆:生滿青苔的牆。

3 理:調試。絲簧:泛指樂器。

4 乖:違背。

5 待月西廂:指與情人約會。此句係化用《會真記》中崔鶯鶯與張生詩"待月西廂下,迎風戶半開"句意。

6 伊行:她那裡。

7 秦鏡:據《西京雜記》載,相傳秦始皇有一方鏡,能照見人心善惡。凡女子有異心,照之則膽張心動,秦始皇常以之照驗宮人,遇膽張心動者則殺之。又,漢人秦嘉之妻徐淑曾贈給秦嘉一面鏡子，秦嘉有詩謝之。

8　　**韓香**：據《晉書‧賈充傳》載，晉賈充之女賈午與其屬掾韓壽私通，並把皇帝賜賈充之外域異香偷送了韓壽。賈充聞其香而知其事，遂以女許之。

9　　**廝見**：相見。

蘭陵王

柳

　　柳陰直，煙裡絲絲弄碧。隋堤上[1]，曾見幾番，拂水飄綿送行色[2]。登臨望故國，誰識京華倦客？長亭路，年去歲來，應折柔條過千尺[3]。

　　閒尋舊蹤跡，又酒趁哀絃，燈照離席。梨花榆火催寒食[4]。愁一箭風快[5]，半篙波暖，回頭迢遞便數驛[6]，望人在天北。　　悽惻，恨堆積。漸別浦縈迴[7]，津堠岑寂[8]，斜陽冉冉春無極。念月榭携手，露橋聞笛。沉思前事，似夢裡，淚暗滴。

注釋

1　**隋堤**：隋煬帝時沿通濟渠、邗溝河岸修築的御道。

2　**送行色**：古時因"柳"音諧"留"，而有折柳送行之俗。故稱青青的柳色為送行色。

3　**折柔條**：指送別親友。柔條，指柳條。

4　**榆火**：本指古時在春天鑽榆、柳之木所取的火種。後世朝廷常於寒食節後取榆、柳新火賜近臣，以順陽氣，民間也有改火的習俗。榆火遂成為春景的象徵。

5　**一箭**：喻船行如飛。

6　**迢遞**：連綿不絕貌。

7　**別浦**：送別的河岸。**縈迴**：波流迴旋。

8　**津堠**：渡口的土堡或望樓。**岑寂**：寂靜。

瑣窗寒

寒食

　　暗柳啼鴉，單衣佇立，小簾朱戶。桐花半畝，靜鎖一庭愁雨。灑空階、夜闌未休[1]，故人剪燭西窗語[2]。似楚江暝宿[3]，風燈零亂，少年羈旅。　　遲暮。嬉遊處，正店舍無煙，禁城百五[4]。旗亭喚酒[5]，付與高陽儔侶[6]。想東園，桃李自春，小脣秀靨今在否[7]？到歸時、定有殘英，待客攜尊俎。

注釋

1　夜闌：夜深。

2　剪燭西窗語：用李商隱《夜雨寄北》"何當共剪西窗燭，卻話巴山夜雨時"句意。

3　暝宿：夜晚。

4　百五：指寒食節。南朝梁代宗懍《荊楚歲時記》云："去冬節一百五日，即有疾風甚雨，謂之寒食。"

5　旗亭：酒樓。旗，指酒幌，酒旗。

6　高陽儔侶：指酒友。據《史記·酈生陸賈列傳》載，秦末時沛公劉邦引兵過陳留，高陽儒生酈食其欲見之。劉邦以其為儒生而拒見。酈食其瞋目按劍叱使者曰："走！復入言沛公，吾高陽酒徒也，非儒人也。"遂被延入，終受重用。後常用高陽酒徒指好酒而放蕩不羈的人。

7　小脣秀靨（yè 葉）：指容貌秀美的女子。靨，酒窩。

六 醜

薔薇謝後作

　　正單衣試酒[1]，悵客裡光陰虛擲。願春暫留，春歸如過翼[2]，一去無跡。為問家何在？夜來風雨，葬楚宮傾國[3]。釵鈿墮處遺香澤[4]。亂點桃蹊，輕翻柳陌，多情為誰追惜？但蜂媒蝶使，時叩窗槅。　　東園岑寂，漸蒙籠暗碧[5]。靜繞珍叢底[6]，成歎息。長條故惹行客，似牽衣待話，別情無極。殘英小，強簪巾幘[7]；終不似、一朵釵頭顫裊[8]，向人敧側。漂流處、莫趁潮汐，恐斷紅尚有相思字[9]，何由見得？

注釋

1　**單衣試酒**：指仲春季節。單衣，指換上了春裝。試酒，宋時風俗，要在三、四月間品嚐新釀的酒。

2　**翼**：鳥翼。代指鳥。

3　**傾國**：指絕代佳人。此喻薔薇花。

4　**釵鈿**：本指女子頭上的髮飾。此喻薔薇的花瓣。

5　**蒙籠暗碧**：指春色漸盡，百花凋落，草木日漸豐茂，使環境顯得比較幽暗。

6　**珍叢**：花叢。

7　**"強簪"句**：形容還有個別花瓣勉強留在花枝上。巾幘，頭巾。

8　**顫裊**：顫擺晃動。

9　**"恐斷紅"句**：暗用唐代宮女紅葉題詩的典故，比喻落花有情。斷紅，指落花。

夜飛鵲

別情

河橋送人處，良夜何其[1]？斜月遠墮餘輝。銅盤燭淚已流盡，霏霏涼露沾衣。相將散離會[2]，探風前津鼓[3]，樹杪參旗[4]。花驄會意[5]，縱揚鞭、亦自行遲。　迢遞路回清野，人語漸無聞，空帶愁歸。何意重經前地，遺鈿不見，斜徑都迷。兔葵燕麥[6]，向斜陽、欲與人齊。但徘徊班草[7]，欷歔酹酒[8]，極望天西。

注釋

1　何其：如何，到了什麼時候。

2　離會：告別宴會。

3　津鼓：渡頭的更鼓。

4　樹杪（miǎo 秒）：樹梢。參旗：星名。又名"天旗"、"天弓"，共九星，在參星西。參旗在樹梢，說明夜已深。

5　花驄：有花斑的馬。

6　兔葵：一種野菜名。

7　班草：謂鋪草而坐。斑，鋪布。

8　欷歔：抽泣聲。酹酒：以酒灑地以行祭奠。

滿 庭 芳

夏日溧水無想山作 [1]

　　風老鶯雛 [2]，雨肥梅子 [3]，午陰嘉樹清圓 [4]。地卑山近，衣潤費爐煙。人靜鳥鳶自樂 [5]，小橋外，新綠濺濺 [6]。憑欄久，黃蘆苦竹，疑泛九江船 [7]。　　年年，如社燕 [8]，飄流瀚海 [9]，來寄修椽 [10]。且莫思身外，長近尊前 [11]。憔悴江南倦客，不堪聽、急管繁絃。歌筵畔，先安簟枕 [12]，容我醉時眠。

注釋

1　溧水：縣名，今屬江蘇。無想山：在溧水縣城。

2　"風老"句：小鶯在風中長大。

3　"雨肥"句：謂梅子受到雨水的滋潤，肥滿長大起來。杜甫《陪鄭廣文遊何將軍山林》："紅綻雨肥梅。"

4　"午陰"句：謂日午樹陰圓正。劉禹錫《晝居池上亭獨吟》："日午樹陰正。"

5　烏鳶：即烏鴉。

6　濺濺：流水聲。

7　"黃蘆"二句：白居易《琵琶行》："住近湓江地低濕，黃蘆苦竹繞宅生。"九江，今江西九江一段長江。

8　社燕：燕子於春社前飛來，秋社前飛去，故稱社燕。

9　　**瀚海**：大海。燕子能飛渡大海，稱海燕。

10　　**"來寄"句**：指燕子築巢於屋椽之上。

11　　**"且莫"二句**：杜甫《絕句漫興九首》之四："莫思身外無窮事，且盡生前有限杯。"身外，謂功名富貴皆身外之物。

12　　**簀**：蓆子。

過秦樓

　　水浴清蟾[1]，葉喧涼吹，巷陌馬聲初斷。閒依露井，笑撲流螢，惹破畫羅輕扇。人靜夜久憑闌，愁不歸眠，立殘更箭[2]。歎年華一瞬，人今千里，夢沉書遠。　　空見說、鬢怯瓊梳[3]，容銷金鏡，漸懶趁時勻染[4]。梅風地溽[5]，虹雨苔滋[6]，一架舞紅都變[7]。誰信無聊為伊，才減江淹[8]，情傷荀倩[9]。但明河影下[10]，還看稀星數點。

注釋

1　　清蟾：指月亮。古代傳說月中有蟾蜍，因常以蟾代月。

2　　更箭：指漏壺中用來計時刻的豎箭。

3　　鬢怯瓊梳：言頭髮稀少，禁不起梳理。

4　　勻染：指畫妝。

5　　梅風：梅雨季節所颳的風。溽：濕。

6　　虹雨：指夏日的陣雨。因其乍陰乍晴，雨後常見彩虹，故稱。

7　　一架：一樹。舞紅：飛花。

8　　"才減"句：據《南史·江淹傳》載，江淹少時以文章顯，後宿於冶亭，"夢一丈夫自稱郭璞，謂淹曰：'吾有筆在卿處多年，可以見還。'淹乃探懷中，得五色筆一以授之。爾後為詩絕無美句，時人謂之才盡"。此處是說因思念而才情大減。

9　**"情傷"** 句：據《世說新語》載，荀奉倩妻曹氏美艷有姿色，然常病熱，奉倩乃以冷身熨之。後曹氏亡，奉倩傷心過度，不久亦亡。

10　**明河**：銀河，天河。

花 犯

梅花

粉牆低，梅花照眼[1]，依然舊風味。露痕輕綴，疑淨洗鉛華[2]，無限佳麗。去年勝賞曾孤倚[3]，冰盤同宴喜[4]。更可惜、雪中高樹，香篝熏素被[5]。　今年對花最匆匆，相逢似有恨，依依愁悴[6]。吟望久，青苔上，旋看飛墜。相將見、翠丸薦酒[7]，人正在、空江煙浪裡。但夢想、一枝瀟灑，黃昏斜照水。

注釋

1　照眼：耀眼。

2　鉛華：指化妝用的脂粉。

3　孤倚：指獨自倚梅觀賞。

4　冰盤：喻指月亮。

5　"香篝"句：言梅花香氣濃郁，將雪地也熏香了。香篝，即熏籠。素被，喻指地上的積雪。

6　愁悴：憂愁憔悴。

7　翠丸：指青梅。

大　酺

春雨

對宿煙收，春禽靜，飛雨時鳴高屋。牆頭青玉旆[1]，洗鉛霜都盡，嫩梢相觸。潤逼琴絲[2]，寒侵枕障[3]，蟲網吹粘簾竹。郵亭無人處，聽簷聲不斷，困眠初熟。奈愁極頻驚，夢輕難記，自憐幽獨。　　行人歸意速。最先念、流潦妨車轂[4]。怎奈向、蘭成憔悴[5]，衛玠清羸[6]，等閒時、易傷心目。未怪平陽客[7]，雙淚落、笛中哀曲。況蕭索、青蕪國[8]，紅糝鋪地[9]，門外荊桃如菽[10]。夜遊共誰秉燭？

注釋

1　青玉旆：喻初春樹梢上搖曳着的枝葉。

2　"潤逼"句：言琴絃因天氣潮濕而變潮。

3　枕障：指牀幃之內。

4　"流潦"句：言因霪雨不止使車輛不得通行。

5　蘭成：南北朝詩人庾信的小字。見張耒《風流子》（木葉亭皋下）注3（頁132）。

6　衛玠：晉人，為當時名士，有羸疾。清羸：清瘦羸弱。

170

7 **平陽客**：指東漢人馬融。馬融性好音樂，嘗於平陽客舍聞洛陽客吹笛，為其所感而作《長笛賦》。

8 **青蕪國**：荒草叢生之地。

9 **紅糝**：指落花。糝本指小米，此喻飄落的花瓣。

10 **荊桃如菽**：言櫻桃如豆粒般大小。荊桃，櫻桃。菽，豆類。

解語花

上元[1]

　　風銷焰蠟，露浥紅蓮[2]，花市光相射。桂華流瓦[3]，纖雲散、耿耿素娥欲下[4]。衣裳淡雅，看楚女纖腰一把[5]。簫鼓喧，人影參差，滿路飄香麝。　　因念都城放夜[6]，望千門如畫，嬉笑遊冶。鈿車羅帕[7]，相逢處、自有暗塵隨馬。年光是也，惟只見、舊情衰謝。清漏移[8]，飛蓋歸來[9]，從舞休歌罷[10]。

注釋

1　**上元**：指農曆正月十五元宵節。

2　**紅蓮**：指蓮花燈。

3　**桂華**：指月光。因傳說月中有桂，故以桂代月。

4　**素娥**：嫦娥。

5　**楚女纖腰**：形容女子身材苗條。據《韓非子·二柄》："楚靈王好細腰，而國中多餓人。"

6　**放夜**：開放夜禁。宋代京城夜間禁行，唯正月十五夜弛禁，前後各一日，稱放夜。

7　**鈿車**：裝飾華麗的車子。

8　**清漏移**：漏壺上的刻度有了變化。此指夜深。

9　**飛蓋**：飛馳的車子。蓋，車蓋。

10　**從**：聽任。

定風波

　　莫倚能歌斂黛眉，此歌能有幾人知。他日相逢花月底，重理[1]，好聲須記得來時。　苦恨城頭更漏永[2]，催起，無情豈解惜分飛[3]。休訴金尊推玉臂，從醉，明朝有酒遣誰持。

注釋

1　重理：重溫。

2　更漏永：報更的聲音久久不歇。

3　惜分飛：不忍分離。

蝶戀花

早行

　　月皎驚烏棲不定，更漏將闌[1]，轆轤牽金井[2]。喚起兩眸清炯炯[3]，淚花落枕紅綿冷。

　　執手霜風吹鬢影，去意徘徊，別語愁難聽。樓上闌干橫斗柄[4]，露寒人遠雞相應。

注釋

1　"更漏"句：指夜晚即將結束。
2　轆轤：轆轤，一種用來從井中汲水的工具。
3　清炯炯：眼睛明亮的樣子。
4　闌干：斜橫貌。斗柄：指北斗七星中的第五、六、七三顆星。因其形似斗柄，故稱。

解連環

　　怨懷無託，嗟情人斷絕，信音遼邈。縱妙手、能解連環[1]，似風散雨收，霧輕雲薄。燕子樓空[2]，暗塵鎖、一牀絃索。想移根換葉，盡是舊時，手種紅藥[3]。　　汀洲漸生杜若[4]。料舟依岸曲[5]，人在天角。漫記得、當日音書，把閒語閒言，待總燒卻。水驛春回，望寄我、江南梅萼。拚今生、對花對酒，為伊淚落。

注釋

1　　**連環**：一種雙環相連的玉飾，寓有永不分解之意。

2　　**燕子樓**：見蘇軾《永遇樂》（明月如霜）注 1（頁 098）。

3　　**紅藥**：紅芍藥。

4　　**汀洲**：水邊平地。**杜若**：香草名。

5　　**岸曲**：岸邊。

拜星月慢

秋思

夜色催更[1]，清塵收露，小曲幽坊月暗。竹檻燈窗，識秋娘庭院[2]。笑相遇，似覺瓊枝玉樹相倚，暖日明霞光爛。水盼蘭情[3]，總平生稀見。

畫圖中、舊識春風面。誰知道、自到瑤台畔[4]。眷戀雨潤雲溫[5]，苦驚風吹散。念荒寒、寄宿無人館。重門閉，敗壁秋蟲歎。怎奈向、一縷相思，隔溪山不斷。

注釋

1　更：更聲。

2　秋娘：本為唐代金陵名妓，此代指意中人。

3　"水盼"句：形容目光明澈而含情脈脈。

4　瑤台：本指仙人的住處，此處指意中人所居之地。

5　雨潤雲溫：形容兩情歡洽。

關 河 令

　　秋陰時晴漸向暝[1]，變一庭淒冷。佇聽寒聲，雲深無雁影。　　更深人去寂靜，但照壁、孤燈相映。酒已都醒，如何消夜永[2]？

注釋

1　暝：昏黑貌。

2　夜永：永夜，指漫漫長夜。

綺寮怨

上馬人扶殘醉，曉風吹未醒。映水曲、翠瓦朱簾[1]，垂楊裡、乍見津亭[2]。當時曾題敗壁[3]，蛛絲罩、淡墨苔暈青。念去來、歲月如流，徘徊久、歎息愁思盈。　去去倦尋路程，江陵舊事，何曾再問楊瓊[4]。舊曲淒清，斂愁黛、與誰聽？尊前故人如在，想念我、最關情。何須渭城[5]，歌聲未盡處，先淚零。

注釋

1　水曲：水邊。

2　津亭：渡口的亭子。

3　題敗壁：指在殘破的牆壁上題字。

4　楊瓊：唐代妓女名。此處泛指自己從前所交的女子。

5　渭城：指唐人王維的《渭城曲》。其詩云："渭城朝雨浥輕塵，客舍青青柳色新。勸君更盡一杯酒，西出陽關無故人。"為送別的絕唱。

尉 遲 杯

離恨

　　隋堤路，漸日晚、密靄生深樹[1]。陰陰淡月籠沙，還宿河橋深處。無情畫舸，都不管、煙波隔前浦。等行人、醉擁重衾，載將離恨歸去。

　　因思舊客京華，長偎傍、疏林小檻歡聚。冶葉倡條俱相識[2]，仍慣見、珠歌翠舞。如今向、漁村水驛，夜如歲、焚香獨自語。有何人、念我無聊，夢魂凝想鴛侶[3]。

注釋

1　密靄：濃密的霧氣。

2　冶葉倡條：指歌妓。此係化用李商隱《燕台四首》之一"冶葉倡條遍相識"句意。

3　鴛侶：指異性伴侶。

西　河

金陵懷古

　　佳麗地[1]，南朝盛事誰記[2]？山圍故國繞清江[3]，髻鬟對起[4]。怒濤寂寞打孤城，風檣遙度天際[5]。　　斷崖樹，猶倒倚，莫愁艇子曾繫[6]。空餘舊跡鬱蒼蒼，霧沉半壘。夜深月過女牆來[7]，傷心東望淮水[8]。　　酒旗戲鼓甚處市？想依稀、王謝鄰里[9]，燕子不知何世，向尋常、巷陌人家[10]，相對如說興亡，斜陽裡。

注釋

1　**佳麗地**：指金陵（今南京市），又名石頭城。

2　**南朝**：指以金陵為都城而偏安江南的吳、東晉、宋、齊、梁、陳六朝。

3　**山圍故國**：劉禹錫《石頭城》云："山圍故國周遭在，潮打空城寂寞回。淮水東邊舊時月，夜深還過女牆來。"故國，指金陵。

4　**髻鬟**：喻指金陵周圍的山。

5　**風檣**：帆船。檣，船上的桅杆。

6　**"莫愁"句**：化用古樂府《莫愁樂》詩意。原詩云："莫愁在何處？莫愁石城西。艇子打兩槳，催送莫愁來。"今南京仍有莫愁湖。

7   **女牆**：城上凹凸形的矮牆。

8   **淮水**：指今秦淮河。

9   **王謝**：指東晉豪族王家和謝家，兩家宅第均在金陵城中烏
    衣巷。

10 **"燕子"三句**：用劉禹錫《烏衣巷》"舊時王謝堂前燕，飛
    入尋常百姓家"詩意。巷陌人家，即普通百姓家。

瑞鶴仙

悄郊原帶郭[1]，行路永，客去車塵漠漠。斜陽映山落，斂餘紅、猶戀孤城闌角[2]。凌波步弱[3]，過短亭、何用素約[4]。有流鶯勸我，重解繡鞍，緩引春酌。　　不記歸時早暮，上馬誰扶，醒眠朱閣。驚飆動幕，扶殘醉，繞紅藥。歎西園、已是花深無地，東風何事又惡？任流光過卻，猶喜洞天自樂[5]。

注釋

1　郭：城郭。
2　闌角：欄杆的拐角。
3　凌波：形容女子步態輕盈。典出曹植《洛神賦》："凌波微步，羅襪生塵。"
4　素約：提前約定。
5　洞天：道教指神仙的居處。

浪淘沙慢

　　畫陰重，霜凋岸草，霧隱城堞¹。南陌脂車待發²，東門帳飲乍闋³。正拂面垂楊堪攬結，掩紅淚、玉手親折。念漢浦、離鴻去何許？經時信音絕。　　情切。望中地遠天闊，向露冷風清無人處，耿耿寒漏咽。嗟萬事難忘，唯是輕別。翠尊未竭，憑斷雲、留取西樓殘月。　　羅帶光銷紋衾疊，連環解、舊香頓歇⁴。怨歌永、瓊壺敲盡缺⁵。恨春去、不與人期⁶，弄夜色，空餘滿地梨花雪。

注釋

1　城堞：城上凹凸形的矮牆。

2　脂車：軸上塗了油脂的車子，以示即將出行。

3　帳飲：設帳餞行。乍闋：剛結束。

4　連環解：比喻一對戀人被生生地分開了。舊香：指衣被上原來的香味。

5　"瓊壺"句：《世說新語·豪爽》載："王處仲每酒後，輒詠'老驥伏櫪，志在千里。烈士暮年，壯心不已。'以如意打唾壺，壺口盡缺。"

6　期：約定。

應天長

　　條風布暖[1]，霏霧弄晴[2]，池塘遍滿春色[3]。正是夜堂無月，沉沉暗寒食[4]。梁間燕，前社客[5]。似笑我，閉門愁寂。亂花過，隔院芸香[6]，滿地狼藉。　　長記那回時，邂逅相逢[7]，郊外駐油壁[8]。又見漢宮傳燭，飛煙五侯宅[9]。青青草，迷路陌。強載酒，細尋前跡[10]。市橋遠，柳下人家，猶自相識。

注釋

1　**條風**：春天的東北風。《易通卦驗》："立春條風至。"宋均注："條風者，條達萬物之風。"

2　**霏霧**：含有細微雨氣的霧。

3　**"池塘"句**：謝靈運《登池上樓》："池塘生春草，園柳變鳴禽。"

4　**寒食**：寒食節。

5　**前社客**：指燕子。燕子於春社之前飛來，故稱。

6　**芸香**：芸草的香味，此借指花香。

7　**邂逅**：不期而遇。

8　**油壁**：車廂塗油的輕車。

9　　“又見”二句：韓翃《寒食》：“日暮漢宮傳蠟燭，輕煙散入
　　　五侯家。”傳燭，寒食禁火，須重新生火，稱乞火。五侯，
　　　漢桓帝同日封單超、徐璜、具瑗、左悺、唐衡五人為侯，
　　　稱五侯。此指權貴。

10　**前跡**：當年的遺跡。

夜遊宮

　　葉下斜陽照水，捲輕浪、沉沉千里。橋上酸風射眸子[1]。立多時，看黃昏，燈火市。　　古屋寒窗底，聽幾片、井桐飛墜[2]。不戀單衾再三起。有誰知，為蕭娘，書一紙[3]。

注釋

1　“橋上”句：用李賀《金銅仙人辭漢歌》中“東關酸風射眸子”句意。酸風，指刺人的寒風。

2　井桐：井邊的梧桐葉。

3　“為蕭娘”二句：化用唐楊巨源《崔娘詩》“風流才子多春思，斷腸蕭娘一紙書”句意。蕭娘，女子的泛稱。

賀　鑄

1052 － 1125

　　賀鑄（1052－1125），字方回，號慶湖遺
老，衛州（今河南汲縣）人。曾任泗州、太平
州通判，晚年退居蘇州。以詞名家，善於錘煉
字句，詞集名《賀方回詞》，一名《東山詞》。
著有詩集《慶湖遺老集》。

更漏子

上東門，門外柳，贈別每煩纖手[1]。一葉落，幾番秋，江南獨倚樓。　　曲闌干，凝佇久，薄暮更堪搔首。無際恨，見閒愁，侵尋天盡頭[2]。

注釋

1　煩纖手：即勞纖手折柳相贈意。纖手，指女子的細手。
2　侵尋：漸次發展、延伸。

青玉案

　　凌波不過橫塘路[1]，但目送、芳塵去[2]。錦瑟華年誰與度[3]？月橋花院[4]，瑣窗朱戶[5]，只有春知處。　　飛雲冉冉蘅皋暮[6]，彩筆新題斷腸句。試問閒愁都幾許[7]？一川煙草，滿城風絮，梅子黃時雨[8]。

注釋

1　**凌波**：形容女子步態輕盈。**橫塘**：地名，在蘇州胥門外九里，賀鑄在此建有別墅。

2　**芳塵**：原指美人行步帶起的微塵，此代指美人蹤影。

3　**錦瑟華年**：指美女的青春年華。

4　**月橋**：彎月形的拱橋。**花院**：花木掩映的庭院。

5　**瑣窗**：雕刻着連鎖紋的窗子。**朱戶**：朱紅色的大門，指官宦人家。

6　**蘅皋**：長着香草的水邊高地。蘅，香草名。

7　**都幾許**：共有多少。

8　**梅子黃時雨**：即黃梅雨。

感 皇 恩

　　蘭芷滿汀洲 [1]，游絲橫路。羅襪塵生步 [2]，
迎顧。整鬟顰黛 [3]，脈脈兩情難語。細風吹柳
絮，人南渡。　　回首舊遊，山無重數。花底深
朱戶，何處？半黃梅子，向晚一簾疏雨。斷魂分
付與，春將去 [4]。

注釋

1　蘭芷：均為香草名。這裡泛指各種香草。
2　"羅襪"句：典出曹植《洛神賦》。見周邦彥《瑞鶴仙》（悄
　　郊原帶郭）注 3（頁 182）。
3　顰黛：微皺眉頭。
4　將去：帶去，帶走。

薄　倖

　　淡妝多態，更的的、頻回眄睞[1]。便認得琴
心先許[2]，欲綰合歡雙帶[3]。記畫堂、風月逢迎，
輕顰淺笑嬌無奈。向睡鴨爐邊[4]，翔鴛屏裡，羞
把香羅暗解。　　自過了燒燈後[5]，都不見、踏青
挑菜[6]。幾回憑雙燕，丁寧深意[7]，往來卻恨重簾
礙。約何時再，正春濃酒困，人閒晝永無聊賴。
厭厭睡起，猶有花梢日在。

注釋

1　**的的**：明媚貌。**眄睞**：斜視。

2　**琴心**：指春心。

3　**綰合歡雙帶**：喻結為相好。綰，繫，結。

4　**睡鴨爐**：形如睡鴨的熏爐。

5　**燒燈**：指元宵節放燈。

6　**踏青**：舊以清明節為踏青節，清明前後人們有到郊外遊覽
　　的習俗。**挑菜**：古時以農曆二月二日為挑菜節，屆時女子
　　可以外出遊賞。

7　**丁寧**：同 "叮嚀"。

浣溪沙

　　不信芳春厭老人，老人幾度送餘春。惜春行樂莫辭頻[1]。　　巧笑艷歌皆我意，惱花顛酒拚君瞋[2]。物情惟有醉中真。

注釋

1　辭頻：即頻辭，反復推辭。
2　顛酒：醉酒。

浣溪沙

　　樓角初消一縷霞，淡黃楊柳暗棲鴉。玉人和月摘梅花[1]。　　笑撚粉香歸洞戶[2]，更垂簾幕護窗紗，東風寒似夜來些[3]。

注釋

1　和月：趁着月光。
2　洞戶：互相貫通、數重的門戶，指庭戶深處。
3　些：句末語氣詞，多見於楚地方言。

石州慢

　　薄雨收寒，斜照弄晴，春意空闊。長亭柳色才黃，倚馬何人先折？煙橫水漫，映帶幾點歸鴻，平沙消盡龍沙雪[1]。猶記出關來，恰如今時節。　　將發。畫樓芳酒，紅淚清歌，頓成輕別。回首經年，杳杳音塵都絕。欲知方寸[2]，共有幾許新愁？芭蕉不展丁香結[3]。憔悴一天涯，兩厭厭風月[4]。

注釋

1　龍沙：泛指北方荒寒之地。
2　方寸：指心。
3　"芭蕉"句：用李商隱《代贈》原句："芭蕉不展丁香結，同向春風各自愁。"形容人愁心不展。
4　厭厭：不暢貌。

蝶戀花

幾許傷春春復暮，楊柳清陰，偏礙游絲度。天際小山桃葉步，白蘋花滿湔裙處[1]。　竟日微吟長短句[2]，簾影燈昏，心寄胡琴語。數點雨聲風約住，朦朧淡月雲來去。

注釋

1　湔：洗。古時自正月初一至月底，仕女有在水邊酹酒洗衣，祓除不祥之俗。

2　長短句：指詞。因其句式長短不齊，故稱。

天門謠

登採石蛾眉亭 [1]

牛渚天門險 [2]，限南北、七雄豪佔 [3]。清霧斂，與閒人登覽。　　待月上潮，平波艷艷，塞管輕吹新阿濫 [4]。風滿檻，歷歷數、西州更點 [5]。

注釋

1　**採石蛾眉亭**：在安徽當塗縣境內。《輿地紀勝》云："採石山北臨江有磯，曰採石，曰牛渚，上有蛾眉亭。"據《安徽通志》載，蛾眉亭在當塗縣北，因與二梁山夾江對峙，形似蛾眉而得名。

2　**牛渚**：即牛渚磯，在長江南岸，突入江中。

3　**七雄**：當指先後攻取並駐守過這裡的東漢孫策、三國周瑜、晉王渾、梁侯景、隋韓擒虎和宋曹彬。

4　**阿濫**：指《阿濫堆》，為笛曲名，相傳為唐玄宗所創。

5　**西州**：指西州城，本為晉揚州刺史治所，在今江寧縣西。因其在金陵台城之西而得名。

天　香

　　煙絡橫林，山沉遠照，迤邐黃昏鐘鼓[1]。燭映簾櫳，蛩催機杼[2]，共苦清秋風露。不眠思婦，齊應和、幾聲砧杵[3]。驚動天涯倦宦，駸駸歲華行暮[4]。　　當年酒狂自負，謂東君、以春相付。流浪征驂北道[5]，客檣南浦[6]，幽恨無人晤語。賴明月、曾知舊遊處，好伴雲來，還將夢去。

注釋

1　**迤邐**：連續不絕。

2　**催機杼**：因蟋蟀鳴叫的聲音似在說"織，織"，又蟋蟀叫意味着天將轉涼，人們需加緊織布趕製寒衣，故云。

3　**砧杵**：指搗衣之聲。

4　**駸駸**：本指駿馬奔馳，此處形容時光消逝之迅速。

5　**征驂**：浪遊者所乘之馬。

6　**客檣**：客中漂泊所乘之船。

望湘人

厭鶯聲到枕，花氣動簾，醉魂愁夢相半。
被惜餘薰，帶驚剩眼[1]，幾許傷春春晚。淚竹痕
鮮[2]，佩蘭香老，湘天濃暖。記小江風月佳時，
屢約非煙遊伴[3]。　　須信鸞絃易斷[4]，奈雲和再
鼓[5]，曲中人遠。認羅襪無蹤，舊處弄波清淺。
青翰棹艤[6]，白蘋洲畔，盡目臨皐飛觀。不解
寄、一字相思，幸有歸來雙燕。

注釋

1 "帶驚"句：典出《南史・沈約傳》，沈約言己身老多病，
   "百日數旬，革帶常應移孔"。此言因相思而致人憔悴變
   瘦，腰圍漸細，腰帶上的孔眼常得向裡移動。

2 淚竹：指斑竹。據《博物志》，堯有二女名娥皇、女英，為
   舜妃。舜死，二女淚灑於竹，成斑竹。

3 非煙：泛指美女。

4 鸞絃：典出《漢武外傳》："西海獻鸞膠，武帝絃斷，以膠
   續之，絃兩頭遂相著。" 後稱男子續娶為續絃。此以鸞絃
   指男女情事。

5 雲和：琴瑟琵琶等絃樂器的統稱。

6 青翰：指上面刻有青鳥的船。艤：船靠岸。

綠頭鴨

　　玉人家，畫樓珠箔臨津[1]。託微風、彩簫流怨，斷腸馬上曾聞。宴堂開、艷妝叢裡，調琴思、認歌顰。麝蠟煙濃，玉蓮漏短，更衣不待酒初醺[2]。繡屏掩、枕鴛相就，香氣漸暾暾[3]。迴廊影、疏鐘淡月，幾許消魂？　　翠釵分、銀箋封淚，舞鞋從此生塵。任蘭舟、載將離恨，轉南浦、背西曛[4]。記取明年，薔薇謝後，佳期應未誤行雲。鳳城遠、楚梅香嫩[5]，先寄一枝春。青門外，只憑芳草，尋訪郎君。

注釋

1　珠箔：珠簾。

2　醺（xūn 勳）：醉。

3　暾暾（tūn 吞）：溫暖濃郁貌。

4　曛（xūn 勳）：落日的餘光。

5　鳳城：指京城。

張元幹
1091 － 1170

　　張元幹（1091－1170），字仲宗，號蘆川
居士、真隱山人，福建永福（今福建永泰）人。
靖康元年（1126），金兵南侵，張元幹為李綱
幕府僚屬，後秦檜當權，致仕南歸，先後閒居
二十多年。其間因作詞送李綱、胡銓，遭秦檜
迫害，於紹興二十一年（1151）下獄，被削
籍。著有《蘆川歸來集》和《蘆川詞》。

石州慢

　　寒水依痕，春意漸回，沙際煙闊。溪梅晴照生香，冷蕊數枝爭發。天涯舊恨，試看幾許消魂。長亭門外山重疊。不盡眼中青，是愁來時節。　　情切。畫樓深閉，想見東風，暗消肌雪[1]。辜負枕前雲雨[2]，尊前花月。心期切處，更有多少淒涼，殷勤留與歸時說。到得再相逢，恰經年離別。

注釋

1　　肌雪：如雪的肌膚。
2　　枕前雲雨：指男女歡愛之事。

蘭陵王

　　捲珠箔，朝雨輕陰乍閣[1]。闌干外、煙柳弄晴，芳草侵階映紅藥。東風妬花惡，吹落梢頭嫩萼。屏山掩、沉水倦熏[2]，中酒心情怯杯勺。

　　尋思舊京洛[3]，正年少疏狂，歌笑迷著。障泥油壁催梳掠[4]，曾馳道同載，上林携手[5]，燈夜初過早共約[6]，又爭信飄泊[7]。寂寞，念行樂。甚粉淡衣襟，音斷絃索，瓊枝璧月春如昨。悵別後華表，那回雙鶴[8]。相思除是，向醉裡、暫忘卻。

注釋

1　"朝雨"句：用王維《書事》"輕陰閣小雨，深院畫慵開"之典。閣，擱，停止。

2　屏山：指屏風。沉水：沉水香，一種香料名。

3　舊京洛：指北方未淪陷時的汴京和洛陽。

4　障泥油壁：指由腹上裹有障泥布的馬所駕的油壁車子。

5　上林：秦漢時帝王的園林，在長安西。後泛指一般的園林。

6　燈夜：指元宵之夜。

7　爭信：怎能相信。

8　"悵別後"二句：用丁令威化鶴事。典出《搜神後記》卷一。見王安石《千秋歲引》(別館寒砧) 注 6 (頁 071)。

葉夢得

1077 － 1148

　　葉夢得（1077－1148），字少蘊。蘇州吳縣（今江蘇蘇州）人。紹聖四年（1097）進士，授丹徒尉，累遷翰林學士，建炎三年（1129）遷尚書左丞。紹興間，兩鎮建康，致全力於抗金防務。致仕後隱居湖州卞山石林谷，自號石林居士。夢得精熟掌故，著有《石林燕語》、《避暑錄話》、《石林詩話》、《建康集》。《全宋詞》錄其詞一百零二首。

賀新郎

　　睡起流鶯語。掩蒼苔、房櫳向晚[1]，亂紅
無數[2]。吹盡殘花無人見，惟有垂楊自舞。漸暖
靄、初回輕暑。寶扇重尋明月影[3]，暗塵侵、上
有乘鸞女[4]。驚舊恨，遽如許。　　江南夢斷橫江
渚。浪粘天、葡萄漲綠[5]，半空煙雨。無限樓前
滄波意，誰採蘋花寄取？但悵望、蘭舟容與[6]。
萬里雲帆何時到？送孤鴻、目斷千山阻。誰為
我，唱金縷[7]？

注釋

1　櫳：有窗櫺的窗子。

2　亂紅：指落花。

3　明月影：指圓形的團扇。此用班婕妤《怨歌行》"裁為合歡
　　扇，團團似明月"之典。

4　乘鸞女：指扇面上所繪的圖案。該典出《龍城錄》："九月
　　望日，明皇遊月宮，見素娥千餘人，皆皓衣，乘白鸞。"

5　"浪粘天"句：化用李白《襄陽歌》"遙看漢水鴨頭綠，恰
　　似葡萄初潑醅"句意。

6　容與：船行舒緩的樣子。

7　金縷：即《金縷曲》，為歌曲名。

虞美人

雨後同幹譽、才卿置酒來禽花下作 [1]

落花已作風前舞，又送黃昏雨。曉來庭院半殘紅，惟有游絲千丈罥晴空。　　殷勤花下同携手，更盡杯中酒。美人不用斂蛾眉，我亦多情無奈酒闌時 [2]。

注釋

1　**來禽**：即林檎。北方稱沙果，南方叫花紅。

2　**酒闌**：飲酒將盡。

汪　藻
1079 － 1154

汪藻（1079－1154），字彥章，饒州德
興（今屬江西）人。崇寧二年（1103）進士。
高宗朝擢中書舍人，累拜翰林學士。紹興元年
（1131）除龍圖閣直學士，知湖州，八年陞顯
謨閣學士，後奪職居永州。著有《浮溪集》、
《浮溪文粹》。《全宋詞》存其詞四首。

點絳唇 [1]

　　新月娟娟 [2]，夜寒江靜山啣斗 [3]。起來搔
首，梅影橫窗瘦。　　好個霜天，閒卻傳杯手 [4]。
君知否？亂鴉啼後，歸興濃如酒。

注釋

1　此詞黃昇以為是蘇過詞，《全宋詞》兩人名下並見。

2　娟娟：美好貌。

3　山啣斗：指北斗星隱現於山頂。

4　"閒卻"句：言無酒可飲。傳杯手，慣持酒杯的手。

劉一止
1078 — 1160

劉一止（1078－1160），字行簡，號苕溪，湖州歸安（今浙江湖州）人。宣和三年（1121）進士。紹興初除秘書省校書郎，遷給事中，以忤秦檜罷去。檜死，除敷文閣直學士。著有《苕溪集》。《彊村叢書》收《苕溪詞》一卷。

喜遷鶯

曉行

　　曉光催角，聽宿鳥未驚，鄰雞先覺。迤邐煙村[1]，馬嘶人起，殘月尚穿林薄[2]。淚痕帶霜微凝，酒力衝寒猶弱。歎倦客，悄不禁重染，風塵京洛。　　追念人別後，心事萬重，難覓孤鴻託。翠幌嬌深，曲屏香暖，爭念歲寒飄泊[3]。怨月恨花煩惱，不是不曾經著。這情味、望一成消減，新來還惡。

注釋

1　迤邐：連綿貌。

2　林薄：草木雜叢之地。

3　爭：怎。

韓疁
生卒年不詳

　　韓疁（生卒年不詳），字子耕，號蕭閒。

有近人趙萬里《蕭閒詞》輯本。

高陽台

除夜

　　頻聽銀籤[1]，重然絳蠟，年華袞袞驚心[2]。餞舊迎新[3]，能消幾刻光陰？老來可慣通宵飲，待不眠、還怕寒侵。掩清尊、多謝梅花，伴我微吟。　　鄰娃已試春妝了，更蜂腰簇翠，燕股橫金[4]。勾引東風，也知芳思難禁。朱顏那有年年好，逞艷遊、贏取如今。恣登臨、殘雪樓台，遲日園林。

注釋

1　銀籤：指更漏。

2　袞袞：滔滔不絕。形容時日匆促。

3　餞：餞行。此指送別。

4　燕股：指燕子形的髮飾。

李 邴
1085 — 1146

　　李邴（1085-1146），字漢老，號雲龕，
鉅野（今屬山東）人，一作任城（今山東濟寧）
人。崇寧五年（1106）進士，歷官翰林學士。
建炎三年（1129）拜尚書左丞，未幾改參知
政事，尋罷職閒居。寓泉州卒，謚文敏。著有
《雲龕草堂集》。

漢宮春

　　瀟灑江梅，向竹梢疏處，橫兩三枝。東君也不愛惜[1]，雪壓霜欺。無情燕子，怕春寒、輕失花期。卻是有、年年塞雁，歸來曾見開時。

　　清淺小溪如練，問玉堂何似，茅舍疏籬。傷心故人去後，冷落新詩。微雲淡月，對江天、分付他誰。空自憶、清香未減，風流不在人知。

注釋

1　東君：指司春之神。

陳與義
1090 － 1138

　　陳與義（1090－1138），字去非，號簡齋居士。洛陽（今屬河南）人。歷任中書舍人、吏部侍郎、翰林學士，官至參知政事。於詩尊杜甫，亦推重蘇軾、黃庭堅和陳師道。詩風原屬江西一派，多閒情逸致，流連光景之作；南渡後，經歷亡國之痛，備嚐流離之苦，詩風一變而臻於悲涼慷慨，多憂國憂民，感時傷時之作。他是兩宋之交的重要作家。著有《簡齋集》、《無住詞》。

臨江仙

　　高詠楚詞酬午日[1]，天涯節序匆匆。榴花不似舞裙紅。無人知此意，歌罷滿簾風。　　萬事一身傷老矣，戎葵凝笑牆東[2]。酒杯深淺去年同。試澆橋下水，今夕到湘中[3]。

注釋

1　　午日：陰曆五月初五日。
2　　戎葵：即蜀葵，夏日開花。
3　　湘中：指屈原沉江之地。

臨 江 仙

夜登小閣，憶洛中舊遊 [1]

憶昔午橋橋上飲 [2]，坐中多是豪英。長溝流月去無聲 [3]。杏花疏影裡，吹笛到天明。 二十餘年如一夢，此身雖在堪驚 [4]。閒登小閣看新晴。古今多少事，漁唱起三更 [5]。

注釋

1　洛中：指洛陽，北宋時為西京。舊遊：過去遊過之地和交遊之友。

2　午橋：在洛陽南面。

3　長溝：指河道。流月：月光泛在流水上。

4　此身雖在：自己雖然還健在。

5　漁唱：漁夫的歌唱。

蔡 伸
1088 － 1156

　　蔡伸（1088－1156），字伸道，自號友
古居士，莆田（今屬福建）人。蔡襄孫。政和
五年（1115）進士。南渡後通判真州，除知
滁州。秦檜當國時被罷，後起知徐州、和州等
處。著有《友古居士詞》一卷。

蘇武慢

雁落平沙[1]，煙籠寒水[2]，古壘鳴笳聲斷[3]。青山隱隱，敗葉蕭蕭，天際暝鴉零亂[4]。樓上黃昏，片帆千里歸程，年華將晚。望碧雲空暮，佳人何處，夢魂俱遠[5]。　　憶舊遊、邃館朱扉[6]，小園香徑，尚想桃花人面[7]。書盈錦軸[8]，恨滿金徽[9]，難寫寸心幽怨。兩地離愁，一尊芳酒，淒涼危闌倚遍[10]。盡遲留、憑仗西風，吹乾淚眼。

注釋

1 平沙：廣闊的沙原。何遜《慈姥磯》："野雁平沙合，連山遠霧泛。"

2 "煙籠"句：杜牧《泊秦淮》："煙籠寒水月籠沙，夜泊秦淮近酒家。"

3 鳴笳：吹響的胡笳。笳，古管樂器，漢時流行於塞北西域一帶，其聲悲涼。

4 暝鴉：傍晚歸棲的烏鴉。

5 "望碧雲"三句：從江淹《休上人怨別》："日暮碧雲合，佳人殊未來"二句化出。

6 邃館：深館，幽深的館舍。朱扉：朱紅色的大門。古富貴之家，門多漆以紅色。

7　　"小園"二句：晏殊《浣溪沙》（一曲新詞酒一杯）："小園香徑獨徘徊。"又崔護《過都城南莊》："去年今日此門中，人面桃花相映紅。人面不知何處去，桃花依舊笑春風。"

8　　錦軸：裝成捲軸形的帛，供書、畫用。

9　　金徽：古時稱繫絃之繩為徽，後亦指七絃琴琴面上十三個指示章節的標識。李肇《國史補》："蜀中雷氏斫琴，常自品第，第一者以玉徽，次者以瑟瑟徽，又次者以金徽，又次者以螺蚌之徽。"這裡以"金徽"代指華美的琴。

10　　"一尊"二句：范仲淹《蘇幕遮》（碧雲天）："明月樓高休獨倚，酒入愁腸，化作相思淚。"這裡反用其意。

柳梢青

數聲鵜鴂，可憐又是、春歸時節[1]。滿面東風，海棠鋪繡，梨花飄雪[2]。　丁香露泣殘枝，算未比、愁腸寸結[3]。自是休文，多情多感，不干風月[4]。

注釋

1　**"數聲"三句**：屈原《離騷》："恐鵜鴂之先鳴兮，使夫百草為之不芳。"三句本此。

2　**"梨花"句**：岑參《白雪歌送武判官歸京》："忽如一夜春風來，千樹萬樹梨花開。"彼以雪比梨花，此以梨花比雪。

3　**"丁香"三句**：李商隱《代贈》："芭蕉不展丁香結，同向春風各自愁。"又李璟《山花子》（手卷真珠上玉鈎）："青鳥不傳雲外信，丁香空結雨中愁。"丁香，一名鷄舌香，子黑色，可用作香料。古人常以丁香集結未開的花蕾喻指愁思不解。一説丁香結指其枝條柔弱糾結。

4　**"自是"三句**：據《梁書·沈約傳》，沈約晚年不見重用，"與徐勉素善，遂以書陳情於勉曰：'……百日數旬，革帶常應移孔，以手握臂，率計月小半分。以此推算，豈能久支？'"這裡作者是以沈約自況。休文，沈約的字。

220

周紫芝

1082 - 1155

周紫芝（1082－1155），字少隱，自號
竹坡居士，宣州（今安徽宣城）人。歷右司員
外郎、知興軍，後退隱廬山。著有《太倉稊米
集》、《竹坡詩話》、《竹坡詞》。

鷓鴣天

　　一點殘釭欲盡時[1]，乍涼秋氣滿屏幃[2]。梧桐葉上三更雨，葉葉聲聲是別離[3]。　　調寶瑟，撥金猊[4]，那時同唱鷓鴣詞[5]。如今風雨西樓夜，不聽清歌也淚垂。

注釋

1　**殘釭**：將燃盡的油燈。

2　**乍涼**：初涼。**秋氣**：秋天淒清肅殺之氣。《呂氏春秋‧義賞》："春氣至，則草木產；秋氣至，則草木落。"

3　**"梧桐"二句**：溫庭筠《更漏子》(玉爐香)："梧桐樹，三更雨，不道離情正苦。一葉葉，一聲聲，空階滴到明。"二句由之變化而來。

4　**金猊**：華美的狻猊形銅香爐。這裡指香爐裡焚的香。

5　**鷓鴣詞**：用"鷓鴣天"詞牌所填的詞。

踏莎行

情似游絲[1]，人如飛絮，淚珠閣定空相覷[2]。一溪煙柳萬絲垂，無因繫得蘭舟住[3]。

雁過斜陽，草迷煙渚[4]，如今已是愁無數。明朝且做莫思量[5]，如何過得今宵去！

注釋

1　游絲：飄動着的春蟲吐的絲。皎然《效古》："萬丈游絲是妾心，惹蝶縈花亂相續。"

2　"淚珠"句：這裡形容含淚凝視的樣子。閣定，靜止。覷，注目凝視。

3　蘭舟：木蘭舟。亦用作小舟的美稱。

4　"草迷"句：言芳草離離，遮蔽了煙水迷濛的水中陸地。渚，水中的小塊陸地。這裡代指愛人所處之地。

5　且做：猶言就算，即便。

李 甲
生卒年不詳

李甲（生卒年不詳），字景元，華亭（今
上海松江）人。善畫翎毛，兼工寫竹。《樂府雅
詞》存其詞九首。

帝台春

　　芳草碧色，萋萋遍南陌[1]。暖絮亂紅[2]，也似知人，春愁無力。憶得盈盈拾翠侶[3]，共攜賞、鳳城寒食[4]。到今來，海角逢春，天涯為客[5]。　　愁旋釋[6]，還似織；淚暗拭，又偷滴。漫倚遍危闌，盡黃昏，也只是暮雲凝碧。拚則而今已拚了，忘則怎生便忘得[7]。又還問鱗鴻[8]，試重尋消息。

注釋

1　**萋萋**：草木茂盛的樣子。**南陌**：南面的道路。沈約《鼓吹曲同諸公賦·臨高台》：“所思竟何在，洛陽南陌頭。”

2　**暖絮**：春天的飛絮。**亂紅**：紛亂的落花。

3　**拾翠侶**：指春日一起嬉遊的女伴。拾翠，拾取翠鳥羽毛以為首飾。曹植《洛神賦》：“或採明珠，或拾翠羽。”後多以指婦女遊春。

4　**鳳城**：指京城。杜甫《夜》：“步檐倚杖看牛斗，銀漢遙應接鳳城。”仇兆鰲注引趙次公曰：“秦穆公女吹簫，鳳降其城，因號丹鳳城。其後言京城曰鳳城。”

5　**"海角"二句**：海角、天涯皆指極遠的地方。張世南《游
　　宦紀聞》："今之遠宦及遠服賈者，皆曰天涯海角，蓋俗談
　　也。"

6　**旋**：即，很快。

7　**怎生**：怎麼，如何。

8　**鱗鴻**：即魚雁。古有魚雁代人傳書的傳說。

李重元

生卒年不詳

李重元，生平未詳，《全宋詞》收詞四首。

憶王孫

春詞

　　萋萋芳草憶王孫[1]，柳外樓高空斷魂，杜宇聲聲不忍聞[2]。欲黃昏，雨打梨花深閉門[3]。

注釋

1. "萋萋"句：《楚辭·招隱士》："王孫遊兮不歸，春草生兮萋萋。"王孫，王的子孫。後用作對人的尊稱。
2. 杜宇：即子規，其鳴聲如曰"不如歸去"。
3. "欲黃昏"二句：劉方平《春怨》："寂寞黃昏春欲晚，梨花滿地不開門。"二句由此化出。

万俟詠
生卒年不詳

万俟詠（生卒年不詳），字雅言，自號
大梁詞隱。遊上庠不第。徽宗朝曾任大晟府
制撰。

三　台

清明應制[1]

　　見梨花初帶夜月[2]，海棠半含朝雨。內苑春、不禁過青門[3]，御溝漲、潛通南浦[4]。東風靜，細柳垂金縷[5]，望鳳闕非煙非霧[6]。好時代、朝野多歡，遍九陌、太平簫鼓[7]。　　乍鶯兒百囀斷續，燕子飛來飛去。近綠水、台榭映秋千，鬥草聚、雙雙遊女[8]。餳香更、酒冷踏青路[9]，會暗識、夭桃朱戶[10]。向晚驟、寶馬雕鞍[11]，醉襟惹、亂花飛絮。　　正輕寒輕暖漏永[12]，半陰半晴雲暮。禁火天、已是試新妝[13]，歲華到、三分佳處[14]。清明看、漢宮傳蠟炬，散翠煙、飛入槐府[15]。斂兵衛、閶闔門開[16]，住傳宣、又還休務[17]。

注釋

1　應制：應皇帝之命而作詩文。

2　"見梨花"句：晏殊詩"梨花院落溶溶月，柳絮池塘淡淡風。"似為此句所本。

3　內苑：皇宮之內。青門：漢長安城的東南門，因其門色青，故稱。這裡泛指京城之門。

4 **御溝**：流經宮苑的河道。

5 **金縷**：黃色絲縷。這裡用以形容嫩芽初長的柳條。

6 **鳳闕**：漢宮殿名，後泛指宮殿。

7 **九陌**：漢長安城的九條大道。《三輔黃圖‧長安八街九陌》："《三輔舊事》云：長安城中八街、九陌。" 後泛指都城大道和繁華鬧市。**簫鼓**：泛指樂奏。

8 **鬥草**：古代婦女兒童拿草來作比賽的一種遊戲。南朝梁代宗懍《荊楚歲時記》："五月五日，四民並踏百草，又有鬥百草之戲。"

9 **餳**：古 "糖" 字。亦特指用麥芽、穀芽製的糖。沈佺期《嶺表逢寒食》："嶺外無寒食，春來不見餳。"

10 **"會暗識" 二句**：用崔護《過都城南莊》詩意。夭桃，艷麗的桃花。語出《詩經‧周南‧桃夭》："桃之夭夭，灼灼其華。"

11 **驟**：急。這裡指跑得快。**寶馬雕鞍**：鞍轡華美的名貴的馬。

12 **輕暖輕寒**：猶言微寒微暖，指天氣寒溫適宜。阮逸女《花心動》："乍晴乍雨，輕暖輕寒，漸近賞花時節。" 與此意境相近。

13 **禁火天**：即寒食節。**試新妝**：指試穿輕薄的春裝。

14 **三分佳處**：指春天。葉清臣《賀聖朝》："三分春色二分愁，更一分風雨。" 又蘇軾《水龍吟》(似花還似非花)："春色三分，二分塵土，一分流水。"

15 **"清明" 四句**：韓翃《寒食》："春城無處不飛花，寒食東風御柳斜。日暮漢宮傳蠟燭，輕煙散入五侯家。" 兩句由此化出，言皇恩浩蕩，賜新火於近臣。漢宮，即指皇宮。傳蠟炬，寒食禁火，清明後則取新火。據《輦下歲時記》："清明日取榆柳之火以賜近臣。" 槐府，三公的官署或宅地。

《周禮・秋官・朝士》："面三槐，三公位焉。" 鄭玄注："槐之言懷也，懷來遠人於此，欲與之謀。" 後遂稱三公之位為槐府、槐庭。

16　**斂**：斂氣，斂神。這裡形容恭敬整飭的樣子。**閶闔**：傳說中的天門，後用以泛指宮門。《楚辭・離騷》："吾令帝閽開關兮，倚閶闔而望予。"

17　**休務**：指停止辦公，給官員放假。

徐　伸

生卒年不詳

徐伸（生卒年不詳），字幹臣，三衢（今浙江衢州）人。政和初，以知音律為太常典樂，出知常州。詞存一首。

二郎神

悶來彈鵲,又攪破、一簾花影[1]。漫試著春衫,還思纖手,薰徹金爐爐冷。動是愁多如何向[2],但怪得、新來多病。想舊日沈腰[3],而今潘鬢[4],怎堪臨鏡? 重省。別時淚滴,羅衣猶凝。料為我厭厭[5],日高慵起,長託春酲未醒[6]。雁足不來[7],馬蹄輕駐,門閉一庭芳景。空佇立,盡日闌干倚遍,晝長人靜。

注釋

1. "又攪破"二句:張先有"雲破月來花弄影"之句,兩句似本此。

2. 動是:動輒。如何向:怎麼辦。

3. 沈腰:言人因煩愁而日益消瘦。參見蔡伸《柳梢青》(數聲鶗鴂)注4(頁220)。

4. 潘鬢:潘指潘岳。潘岳《秋興賦》:"斑鬢髟以承弁兮,素髮颯以垂頷。"序云:"余春秋三十有二,始見二毛。"後遂以"潘鬢"形容人之易老。

5. 厭厭:精神不振的樣子。

6. 酲:病酒,飲酒過量。

7. 雁足:據《漢書·李廣蘇建傳》,漢皇為從匈奴要回蘇武,謊稱天子於上林苑中射得一雁,足繫帛書,言蘇武尚在人世。後人遂以大雁為信使的代稱。

田　為

生卒年不詳

　　田為（生卒年不詳），字不伐。政和末充
大晟府典樂，宣和元年（1119）八月為大晟府
樂令。善琵琶。著有《芋嘔集》，佚。近人趙
萬里輯其詞六首。

江神子慢

　　玉台掛秋月[1]，鉛素淺、梅花傳香雪[2]。冰
姿潔[3]，金蓮襯、小小凌波羅襪[4]。雨初歇。樓
外孤鴻聲漸遠，遠山外、行人音信絕[5]。此恨對
語猶難[6]，那堪更寄書說。　　教人紅消翠減[7]，
覺衣寬金縷[8]，都為輕別。太情切。消魂處、畫
角黃昏時節[9]，聲嗚咽。落盡庭花春去也，銀蟾
迥[10]，無情圓又缺[11]。恨伊不似餘香[12]，惹鴛鴦
結[13]。

注釋

1　**玉台**：鏡台的美稱。王昌齡《朝來曲》："龍盤玉台鏡，唯
　　待畫眉人。" **秋月**：秋天的滿月。這裡喻指女子美麗的面
　　龐。

2　**鉛素淺**：言女子的素面淡妝。鉛，鉛粉，古代婦女的化妝
　　用品。

3　**冰姿**：形容女子淡雅的身姿。蘇軾《西江月·梅花》："玉
　　骨那愁瘴霧，冰姿自有仙風。"

4　**金蓮**：《南史·齊紀·廢帝東昏侯》："鑿金為蓮花以帖地，
　　令潘妃行其上，曰：'此步步生蓮花也。'"後因以稱美人

步態之美。**凌波羅襪**：襪子的美稱。語出曹植《洛神賦》："凌波微步，羅襪生塵。"

5　**"遠山"句**：歐陽修《踏莎行》（候館梅殘）："平蕪盡處是春山，行人更在春山外。"本句似由此化出。

6　**對語**：對面傾訴。

7　**紅消翠減**：指肌膚消瘦，容顏憔悴。

8　**"覺衣寬"句**：《古詩十九首》："相去日已遠，衣帶日以緩。"金縷，金縷衣，飾以金縷的衣服。語出劉孝威《擬古應教》："青鋪綠璅琉璃扉，瓊筵玉笥金縷衣。"這裡形容女子美麗的衣服。

9　**畫角**：古管樂器，以竹木或皮革等製成，因表面有彩繪，故稱。傳自西羌，其聲哀厲高亢。

10　**銀蟾**：指明月。**迥**：遠。

11　**"無情"句**：蘇軾《水調歌頭》（明月幾時有）："人有悲歡離合，月有陰晴圓缺，此事古難全。"

12　**伊**：她，即詞中所寫女子。

13　**惹**：這裡指沾染，殘留。**鴛鴦結**：即同心結。舊時用錦帶編成的連環迴文樣式的結子，用以象徵堅貞的愛情。

曹　組

? － 1125

曹組（?－1125），字彥章，後更字元寵，
陽翟（今河南禹縣）人。六舉未第，賜同進士
出身，官至閤門宣贊舍人。近人趙萬里輯有
《箕潁詞》。

驀山溪

梅

　　洗妝真態 [1]，不作鉛華御 [2]。竹外一枝斜，想佳人天寒日暮 [3]。黃昏院落，無處著清香，風細細，雪垂垂 [4]，何況江頭路。　　月邊疏影，[5] 夢到消魂處。結子欲黃時，又須作廉纖細雨 [6]。孤芳一世，供斷有情愁 [7]，消瘦損，東陽也 [8]，試問花知否？

注釋

1　"洗妝"句：謂洗盡鉛華，露出真實面貌。由此句可知，這裡詠的是白梅。

2　"不作"句：曹植《洛神賦》："芳澤無加，鉛華不御。"御，猶施。

3　"竹外"二句：蘇軾《和秦太虛梅花》："江頭千樹春欲暗，竹外一枝斜更好。"又杜甫《佳人》："天寒翠袖薄，日暮倚修竹。"此以佳人喻梅花。

4　垂垂：下落的樣子。辛棄疾《江神子·賦梅寄余叔良》："暗香橫路雪垂垂。"

5　"月邊"句：林逋《山園小梅》："疏影橫斜水清淺，暗香浮動月黃昏。"

6 **"結子"二句**：賀鑄《青玉案》（凌波不過橫塘路）："試問
閒愁都幾許？一川煙草，滿城飛絮，梅子黃時雨。"結子
欲黃，指梅子將熟。廉纖，纖細的樣子。形容細雨。

7 **供斷**：供盡。**有情**：指對梅花有感情的人。

8 **"消瘦"二句**：用沈約消瘦事，詳見蔡伸《柳梢青》（數聲
鶗鴂）注 4（頁 220）。東陽，指沈約。沈約曾為東陽（今
屬浙江）守，故後人往往以東陽稱之。

李 玉

生卒年不詳

李玉，生平未詳。

賀新郎

春情

篆縷消金鼎[1]。醉沉沉、庭陰轉午，畫堂人靜。芳草王孫知何處？惟有楊花糝徑[2]。漸玉枕、騰騰春醒。簾外殘紅春已透，鎮無聊、殢酒厭厭病[3]。雲鬢亂，未忺整[4]。　　江南舊事休重省。遍天涯尋消問息，斷鴻難倩。月滿西樓憑闌久，依舊歸期未定。又只恐、瓶沉金井[5]。嘶騎不來銀燭暗，枉教人、立盡梧桐影。誰伴我，對鸞鏡[6]。

注釋

1 **篆縷**：形容旋繞如古代篆字形的香煙。
2 **糝徑**：飄落在路面上。糝，本指米和肉汁摻和在一起，古代詩詞多指柳絮鋪在路面上。
3 **鎮**：全，都。**殢酒**：沉溺在酒裡。
4 **忺**：情願。
5 **"瓶沉"句**：比喻愛情破裂無可挽回。
6 **鸞鏡**：飾有鸞鳳紋的鏡子。

廖世美

生卒年不詳

廖世美，生平未詳。

燭影搖紅

題安陸浮雲樓 [1]

　　靄靄春空 [2]，畫樓森聳凌雲渚 [3]。紫薇登覽最關情 [4]，絕妙誇能賦。悄悵相思遲暮，記當日、朱闌共語 [5]。塞鴻難問 [6]，崖柳何窮 [7]，別愁紛絮 [8]。　　催促年光，舊來流水知何處 [9]？斷腸何必更殘陽，極目傷平楚 [10]。晚霽波聲帶雨，悄無人、舟橫野渡 [11]。數峰江上，芳草天涯，參差煙樹。

注釋

1　**安陸浮雲樓**：在今湖北安陸城內，杜甫、杜牧等在此均有題詠。安陸，郡名，治所在今湖北安陸。

2　**靄靄**：雲氣密集的樣子。

3　**雲渚**：指銀河。

4　**紫薇**：這裡指杜牧。唐開元元年（713）改中書省為紫薇省，中書舍人為紫薇舍人。杜牧曾為中書舍人，故稱。杜牧曾登浮雲樓，作有《題安州浮雲寺樓寄湖州張郎中》。

5　**"悄悵"三句**：杜牧於浮雲樓題詩云："去夏疏雨餘，同倚朱闌語。當時樓下水，今日到何處。恨如春草多，事與孤鴻去。楚岸柳何窮，別愁紛若絮。"三句本此。

6　　**塞鴻**：邊塞的大雁，代指信使。

7　　**崖柳**：河畔的楊柳。柳永《雨霖鈴》(寒蟬淒切)："今宵酒醒何處？楊柳岸、曉風殘月。"

8　　**"別愁"句**：別愁如飛絮般紛亂。

9　　**"催促"二句**：《論語》："子曰：逝者如斯夫，不舍晝夜。"杜牧《題安州浮雲寺樓寄湖州張郎中》："當時樓下水，今日到何處。"二句本此。

10　 **平楚**：謂從高處遠望，叢林樹梢齊平。謝朓《宣城郡內登望》："寒城一以眺，平楚盡蒼然。"

11　 **"晚霽"三句**：韋應物《滁州西澗》："春潮帶雨晚來急，野渡無人舟自橫。"三句由此化出。

呂渭老

生卒年不詳

　　呂渭老（生卒年不詳），一作濱老，字聖
求，嘉興（今屬浙江）人。宣和末朝士，著有
《聖求詞》一卷，見《六十家詞》。

薄倖

　　青樓春晚[1]，晝寂寂梳勻又懶。乍聽得、鴉
啼鶯弄[2]，惹起新愁無限。記年時、偷擲春心，
花前隔霧遙相見。便角枕題詩[3]，寶釵貰酒[4]，共
醉青苔深院。　　怎忘得迴廊下，攜手處花明月
滿。如今但暮雨，蜂愁蝶恨，小窗閒對芭蕉展。
卻誰拘管？盡無言閒品秦箏，淚滿參差雁[5]。腰
肢漸小，心與楊花共遠。

注釋

1　**青樓**：青漆塗飾的豪華精緻的樓房。

2　**弄**：禽鳥鳴叫。

3　**角枕**：飾有獸角的枕頭。《詩經‧唐風‧葛生》：“角枕粲
　　兮，錦衾爛兮。”

4　**貰酒**：賒酒，換酒。

5　**參差雁**：指箏柱。箏柱斜行排列，形似雁陣，故稱。

查荃

生卒年不詳

查荃，生平未詳。

透碧霄

　　艤蘭舟[1]，十分端是載離愁[2]。練波送遠[3]，屏山遮斷[4]，此去難留。相從爭奈[5]，心期久要[6]，屢更霜秋。歎人生、杳似萍浮，又翻成輕別[7]，都將深恨，付與東流。　　想斜陽影裡，寒煙明處，雙槳去悠悠。愛渚梅、幽香動，須採掇、倩纖柔[8]。艷歌粲發[9]，誰傳餘韻，來說仙遊。念故人留此遐洲[10]。但春風老後，秋月圓時，獨倚西樓。

注釋

1　**艤**：使船靠岸。**蘭舟**：對船的美稱。
2　**端是**：確實。**載離愁**：由鄭文寶《柳枝詞》"載將離恨過江南"化出。
3　**練波**：言水波如練。練，白絹。
4　**屏山**：言山巒如屏風。
5　**爭奈**：怎奈，無奈。
6　**要**：約。
7　**翻**：反而。
8　**倩**：請。**纖柔**：指纖柔的女子。
9　**粲發**：言歌聲高亢嘹亮。
10　**遐洲**：遠洲。

魯逸仲

生卒年不詳

魯逸仲（生卒年不詳），元祐時人。一說
為孔夷（字方平，號滍皋先生）隱名。

南　浦

風悲畫角，聽單于三弄落譙門[1]。投宿駸駸征騎[2]，飛雪滿孤村。酒市漸闌燈火[3]，正敲窗、亂葉舞紛紛。送數聲驚雁，乍離煙水，嘹唳度寒雲。　好在半朧淡月，到如今、無處不消魂。故國梅花歸夢，愁損綠羅裙[4]。為問暗香閒艷，也相思萬點付啼痕。算翠屏應是[5]，兩眉餘恨倚黃昏。

注釋

1　**單于**：唐代樂曲名，又稱《小單于》。**弄**：樂曲一闋或演奏一遍稱一弄。**譙門**：建有瞭望樓的城門。

2　**駸駸**：馬行迅疾的樣子。

3　**闌**：盡，衰。

4　**綠羅裙**：指穿綠羅裙的女子。牛希濟《生查子》(春山煙欲收)："記得綠羅裙，處處憐芳草。"

5　**翠屏**：指倚翠屏之人。

岳 飛

1103 — 1141

岳飛（1103－1141），字鵬舉，相州湯陰
（今屬河南）人，為南宋抗金名將，傑出的民
族英雄。工詩詞，惜傳作不多，今所見詞僅三
首，《滿江紅》詞為其代表作，影響甚大。

滿江紅

　　怒髮衝冠[1]，憑欄處、瀟瀟雨歇[2]。抬望眼、仰天長嘯[3]，壯懷激烈。三十功名塵與土[4]，八千里路雲和月[5]。莫等閒、白了少年頭[6]，空悲切。　　靖康恥[7]，猶未雪。臣子恨，何時滅？駕長車、踏破賀蘭山缺[8]。壯志飢餐胡虜肉[9]，笑談渴飲匈奴血[10]。待從頭、收拾舊山河，朝天闕[11]。

注釋

1　"怒髮"句：形容異常憤怒。《史記·廉頗藺相如列傳》："卻立倚柱，怒髮上衝冠。"

2　憑欄：倚着欄杆。瀟瀟：風雨急驟的樣子。歇：停止。

3　抬望眼：抬頭遙望。嘯：撮口發出長而清越的聲音。古人常用長嘯來發洩胸中抑鬱不平之氣。

4　三十：指年齡的約數。塵與土：指在風塵中四處奔走。

5　雲和月：指披雲戴月。

6　等閒：隨便，輕易。

7　靖康恥：靖康元年（1126）金兵攻陷汴京，次年擄徽、欽二宗，故云"靖康恥"。

253

8　　**長車**：戰車。**賀蘭山**：在今寧夏與內蒙古交接處，此處代
　　　指金人所在地。**缺**：指山口。

9　　**胡虜**：對敵人之蔑稱。

10　**匈奴**：代指金人。

11　**朝天闕**：拜見皇帝。天闕，指帝王所居。

張　掄

生卒年不詳

　　張掄（生卒年不詳），字才甫，一作材甫，自號蓮社居士。開封（今屬河南）人。曾於紹興三十年（1160）、淳熙五年（1178）兩知閣門事，有《蓮社詞》一卷。

燭影搖紅

上元有懷 [1]

雙闕中天 [2]，鳳樓十二春寒淺 [3]。去年元夜奉宸遊 [4]，曾侍瑤池宴 [5]。玉殿珠簾盡捲，擁羣仙、蓬壺閬苑 [6]。五雲深處 [7]，萬燭光中，揭天絲管 [8]。　　馳隙流年 [9]，恍如一瞬星霜換 [10]。今宵誰念泣孤臣 [11]，回首長安遠 [12]。可是塵緣未斷？漫惆悵、華胥夢短 [13]。滿懷幽恨，數點寒燈，幾聲歸雁。

注釋

1　上元：即農曆正月十五元宵節。

2　"雙闕"句：言皇宮巍峨，直聳雲天。雙闕，古代宮殿兩邊高樓上的樓觀，常代指宮門。此指皇宮。

3　鳳樓：宮內的樓閣。鮑照《代陳思王京洛篇》："鳳樓十二重，四戶八綺窗。"

4　宸遊：專指帝王的巡遊。宸，北極星所居，借指帝王之所居，又引申為王位或帝王的代稱。

5　瑤池宴：古代傳說中崑崙山上有瑤池，《穆天子傳》載西王母曾觴周穆王於瑤池之上。這裡代指御宴。宋時上元節，皇帝放燈賜宴，與官民同樂。

6　　**羣仙**：此言聖朝人物如神仙一般。**蓬壺、閬苑**：傳說中神仙居住的地方。這裡用以比喻皇宮內苑。

7　　**五雲**：五色瑞雲，多作吉祥的象徵。《南齊書·樂志》："聖祖降，五雲集。"

8　　**"揭天"句**：言絃樂管樂，響遏雲天。

9　　**"馳隙"句**：言時光如白馬過隙，轉瞬即逝。《莊子·知北遊》："人生天地之間，若白駒之過隙，忽然而已。"

10　　**星霜換**：言年歲已改。白居易《代書詩一百韻寄微之》："荏苒星霜換，回還節候催。"

11　　**孤臣**：孤立無助，不受重用的遠臣。柳宗元《入黃溪聞猿》："孤臣淚已盡，虛作斷腸聲。"

12　　**長安**：這裡指宋代都城汴梁（今河南開封）。

13　　**華胥**：《列子·黃帝》："（黃帝）晝寢而夢，遊於華胥氏之國。"後遂以之為夢境的代稱。趙鼎《鷓鴣天》（客路那知歲序移）："分明一覽華胥夢，回首東風淚滿衣。"

程　垓

1140? - ?

程垓（1140?－?），字正伯，眉山（今屬
四川）人。蘇軾中表程之才孫。嘗遊臨安，"當
塗諸公以制舉論薦"未果。有《書舟詞》。

水龍吟

　　夜來風雨匆匆，故園定是花無幾[1]。愁多怨極，等閒孤負，一年芳意。柳困桃慵，杏青梅小，對人容易。算好事長在，好花長見，元只是、人憔悴。　　回首池南舊事，恨星星、不堪重記[2]。如今但有，看花老眼，傷時清淚[3]。不怕逢花瘦，只愁怕、老來風味。待繁紅亂處，留雲借月，也須拚醉[4]。

注釋

1　故園：故鄉。

2　星星：指白髮。此以喻年老。

3　傷時：憂傷時世。

4　拚醉：拚得一醉。

張孝祥
1132 － 1169

　　張孝祥（1132－1169），字安國，別號
于湖居士，歷陽烏江（今安徽和縣）人。紹興
二十四年（1154）進士，曾任中書舍人、顯
謨閣直學士，又任建康（今南京）留守，因極
力支持張浚北伐，反對"隆興和議"，受投降
派打擊而免職。後知荊南府兼湖北路安撫使。
他在詩詞創作上受蘇軾影響很大，風格豪放雄
麗，境界闊大。著有《于湖居士文集》、《于湖
居士長短句》。

六州歌頭

　　長淮望斷[1]，關塞莽然平[2]。征塵暗[3]，霜風勁，悄邊聲[4]，黯銷凝[5]。追想當年事[6]，殆天數[7]，非人力。洙泗上[8]，絃歌地[9]，亦膻腥[10]。隔水氈鄉[11]，落日牛羊下[12]，區脫縱橫[13]。看名王宵獵[14]，騎火一川明[15]。笳鼓悲鳴[16]，遣人驚[17]。　　念腰間箭，匣中劍[18]，空埃蠹[19]，竟何成！時易失，心徒壯，歲將零[20]。渺神京[21]，干羽方懷遠[22]，靜烽燧[23]，且休兵。冠蓋使[24]，紛馳騖[25]，若為情[26]！聞道中原遺老，常南望、翠葆霓旌[27]。使行人到此，忠憤氣填膺[28]，有淚如傾。

注釋

1　**長淮**：即淮河。宋高宗紹興十一年（1141），宋金和約，以淮河為兩國分界。**望斷**：極目遠望。

2　**關塞**：指設在淮河南岸的關隘要塞。**莽然**：草木茂盛的樣子。

3　**征塵**：路上揚起的塵埃。

4　**悄邊聲**：指南宋前沿一片寂靜，沒有戰鬥氣氛。

261

5　**黯銷凝**：暗自傷神，以寫遙望時的悲憤心情。

6　**當年事**：指徽欽二宗被擄，中原失守，北宋滅亡之事。

7　**殆**：恐怕，大概。**天數**：猶言氣數，天意。

8　**洙泗**：指洙水和泗水，均流經山東曲阜。春秋末年，孔子
　　曾聚徒講學於此。

9　**絃歌地**：指禮樂之鄉。絃歌，指彈奏琴瑟和唱歌，為孔子
　　禮樂教育的重要內容。

10　**膻腥**：牛羊的腥臊氣。這裡指被金兵所蹂躪。

11　**水**：指淮河。**氈鄉**：指金人用帳篷搭起的居所。

12　**"落日"句**：語本《詩經・王風・君子于役》："日之夕矣，
　　牛羊下來。"

13　**區脫**：即土室，漢代匈奴用以偵察窺視的建築物。此處指
　　金兵的哨所。

14　**名王**：指金兵首領。**宵獵**：猶言夜獵。

15　**騎火**：指手執火把的騎兵。**川**：指淮河。

16　**笳鼓**：胡笳和鼙鼓，均為金兵所用的軍中樂器。

17　**遣**：使。

18　**匣**：劍鞘。

19　**空埃蠹**：徒然佈滿塵土，遭到蠹蟲蛀蝕。此指武器長久放
　　置不用。

20　**歲將零**：一年將盡。零，盡。

21　**渺**：渺茫遙遠。**神京**：指北宋都城汴京（今河南開封）。

22　**干羽**：語出《尚書・虞書・大禹謨》："帝乃誕敷文德，舞
　　干羽於兩階。"干，即盾牌。羽，指翟羽，即雉尾長羽。
　　干與羽均為舞者所持道具。**懷遠**：即以禮樂來安撫、懷柔
　　遠方的意思。

23　**烽燧**：烽火，古代用來報警的信號。

24　**冠蓋使**：指衣冠楚楚，乘坐車馬，前往金營求和的使節。
冠蓋，冠服和車蓋。

25　**馳騖**：奔馳忙碌。

26　**若為情**：猶言何以為情。

27　**翠葆霓旌**：指天子的車駕儀仗。

28　**填膺**：充滿胸膛。

念奴嬌

過洞庭¹

  洞庭青草²，近中秋、更無一點風色³。玉界瓊田三萬頃⁴，着我扁舟一葉⁵。素月分輝⁶，明河共影⁷，表裡俱澄澈⁸。悠然心會⁹，妙處難與君說。 應念嶺海經年¹⁰，孤光自照¹¹，肝膽皆冰雪¹²。短髮蕭疏襟袖冷¹³，穩泛滄溟空闊¹⁴。盡挹西江¹⁵，細斟北斗¹⁶，萬象為賓客¹⁷。扣舷獨嘯¹⁸，不知今夕何夕¹⁹。

注釋

1 **洞庭**：即洞庭湖，在今湖南北部。

2 **青草**：湖名，與洞庭湖相連，自古並稱。

3 **風色**：風勢。

4 **玉界**：如玉一般潔淨的世界。**瓊田**：美玉般的原野。此處
   形容月下湖面的景色。

5 **扁舟**：小船。

6 **素月**：潔白的月亮。

7 **明河**：銀河。

8 **表裡**：上下，裡外。

9 **悠然**：安閒舒適的樣子。一作"怡然"。

10 嶺海：此指廣西一帶。經年：一年。

11 孤光：指月光。

12 "肝膽"句：謂自己襟懷坦白，潔白無瑕。

13 蕭疏：稀少。

14 滄溟：大海。

15 "盡挹"句：語本宋代道原《景德傳燈錄》卷八："待汝一口，吸盡西江水，即向汝道。" 詞人借用佛教禪宗語來寫飲酒的豪邁胸懷。

16 北斗：天上由七顆星組成的星座，狀如長柄勺，故詞人將其想像成人間使用的酒斗。

17 萬象：宇宙之間的萬物。

18 扣舷：拍打船邊。

19 "不知"句：語本《詩經・唐風・綢繆》："今夕何夕，見此良人。" 後常用以讚歎良辰美景。

韓元吉

1118－1187

　　韓元吉（1118－1187），字無咎，開封雍丘（《全宋詞》作許昌）人。晚居上饒，號南澗翁。韓維四世孫，以蔭為龍泉縣主簿。淳熙五年（1178）除龍圖閣學士。嘗自編詞集《焦尾集》，佚。《彊村叢書》輯為《南澗詩餘》一卷。

六州歌頭

　　東風着意[1]，先上小桃枝。紅粉膩，嬌如醉，倚朱扉，記年時[2]。隱映新妝面，臨水岸，春將半，雲日暖，斜橋轉，夾城西。草軟莎平[3]，跋馬垂楊渡[4]，玉勒爭嘶[5]。認蛾眉凝笑，臉薄拂燕脂[6]，繡戶曾窺，恨依依。　　共携手處，香如霧，紅隨步[7]，怨春遲。消瘦損，憑誰問？只花知，淚空垂。舊日堂前燕[8]，和煙雨，又雙飛。人自老，春長好，夢佳期。前度劉郎[9]，幾許風流地，花也應悲。但茫茫暮靄，目斷武陵溪，往事難追。

注釋

1　**着意**：有意，有心。

2　**"紅粉"四句**：化用崔護《過都城南莊》"去年今日此門中，人面桃花相映紅。人面不知何處去，桃花依舊笑春風"詩意。

3　**莎平**：長滿莎草的平野。莎，草名，多生於潮濕地區或河邊沙地。

4　跋馬：騎馬馳逐。王安石《金明池》："跋馬未堪塵滿眼，夕陽偷理釣魚絲。"

5　玉勒：玉製的馬勒頭。這裡代指馬。

6　燕脂：即胭脂。

7　紅：指落紅，落花。

8　"舊日"句：化用劉禹錫《烏衣巷》"舊時王謝堂前燕，飛入尋常百姓家"成句。

9　前度劉郎：指劉晨。據劉義慶《幽明錄》，東漢劉晨、阮肇入天台山，迷不知返。飢食桃果，尋水得大溪（即武陵溪），溪邊遇仙女，並獲款留。及出，已歷七世。後復武陵，仙人已不知去處。這裡以劉晨自指。

好事近

凝碧舊池頭[1]，一聽管絃淒切。多少梨園聲在[2]，總不堪華髮。　　杏花無處避春愁，也傍野煙發。惟有御溝聲斷[3]，似知人嗚咽。

注釋

1　**凝碧**：唐禁苑內舊池名，在今陝西西安。據鄭處誨《明皇雜錄》，安史之亂，安祿山攻破長安，曾令樂人於凝碧池頭奏樂取樂。時王維被拘菩提寺，作《菩提寺禁裴迪來相看說逆賊等凝碧池……》云："秋槐葉落空宮裡，凝碧池頭奏管絃。"這裡指北宋汴梁城內舊宮。據《全宋詞》此詞前小序，知此詞作於詞人作為南宋使者到汴京賀金帝萬春節時。

2　**梨園**：唐玄宗教授伶人的地方。《舊唐書·音樂志》："玄宗又於聽政之暇，教太常樂工子弟三百人為絲竹之戲，音響齊發，有一聲誤，玄宗必覺而正之，號為皇帝弟子，又云梨園弟子，以置院近於禁苑之梨園。"這裡指宮廷歌舞。

3　**御溝**：流經皇宮內苑的河道。**聲斷**：聲住。

袁去華
生卒年不詳

　　袁去華（生卒年不詳），字宣卿，豫章奉新（今屬江西）人。紹興十五年（1145）進士，曾知石首縣。著有《適齋類稿》、《宣卿詞》。

瑞鶴仙

　　郊原初過雨[1]，見數葉零亂，風定猶舞。斜陽掛深樹，映濃愁淺黛[2]，遙山眉嫵。來時舊路，尚岩花、嬌黃半吐[3]。到而今惟有、溪邊流水，見人如故。　　無語。郵亭深靜[4]，下馬還尋，舊曾題處。無聊倦旅，傷離恨，最愁苦。縱收香藏鏡[5]，他年重到，人面桃花在否？念沉沉小閣幽窗，有時夢去。

注釋

1　郊原：原野。

2　淺黛：以美人之眉喻遠山。

3　岩花：開在岩石邊的花。王勃《冬郊行望》：“桂密岩花白，梨疏林葉紅。”半吐：這裏形容花蕊欲開未開的形態。

4　郵亭：驛館，遞送文書者投止之處。

5　收香：用韓壽典。據《晉書·賈充傳》，韓壽與賈充私通。時西域貢奇香，著人經月不歇，帝惟賜賈充及大司馬陳騫。充女竟盜其香以遺壽。事遂露，充竟以女妻壽。藏鏡：用秦嘉典。據《藝文類聚》，秦嘉為郡上掾，與婦徐淑書曰：“頃得此鏡，既明且好。形觀文彩，世所希有。意甚愛之，故以相與。”淑答書曰：“今君征未旋，鏡將何施行。素琴之作，當須君歸；明鏡之鑒，當待君還。”這裏用收香、藏鏡言女子感情堅貞不渝。

劍器近

　　夜來雨。賴倩得、東風吹住[1]。海棠正妖嬈
處，且留取。悄庭戶。試細聽鶯啼燕語，分明共
人愁緒。怕春去。　　佳樹。翠陰初轉午。重簾
未捲，乍睡起，寂寞看風絮。偷彈清淚寄煙波，
見江頭故人，為言憔悴如許。彩箋無數[2]，去卻
寒暄[3]，到了渾無定據[4]。斷腸落日千山暮。

注釋

1　倩：請。吹住：謂風吹雨止。

2　彩箋：代指情書。

3　去卻：除去。寒暄：指問寒問暖的話。

4　渾無定據：指沒有確切的歸期。

安公子

　　弱柳千絲縷，嫩黃勻遍鴉啼處[1]。寒入羅衣春尚淺[2]，過一番風雨[3]。問燕子來時，綠水橋邊路。曾畫樓、見個人人否[4]？料靜掩雲窗[5]，塵滿哀絃危柱[6]。　　庾信愁如許[7]，為誰都著眉端聚[8]。獨立東風彈淚眼，寄煙波東去。念永晝春閒[9]，人倦如何度。閒傍枕、百囀黃鸝語。喚覺來厭厭[10]，殘照依然花塢[11]。

注釋

1　**嫩黃**：柳枝初抽芽時，枝條呈鵝黃色。

2　**春尚淺**：謂尚是初春時節。

3　**"過一番"句**：春日多風雨，故辛棄疾《摸魚兒》（更能消）有"更能消幾番風雨，匆匆春又歸去"之句。

4　**人人**：對所思女子的暱稱，為宋時人口語。

5　**雲窗**：華美的窗戶，常借以指女子的居處。

6　**哀絃**：指哀怨的樂曲。**危柱**：指琴。謝靈運《道路憶山中》："殷勤訴危柱，慷慨命促管。"李善注："危柱，謂琴也。"

7　**"庾信"句**：庾信有《愁賦》（今不傳），故云。庾信，字蘭成，南北朝著名文學家。愁如許，如此憂愁。

8 **眉端聚**：言眉頭緊皺。

9 **永晝**：日長。

10 **懨懨**：同"懕懕"，精神不振的樣子。

11 **花塢**：栽滿鮮花的低窪之地。塢，四面高中央低的地方。

嚴維《酬劉員外見寄》："柳塘春水漫，花塢夕陽遲。"

陸 淞
1109－1182

陸淞（1109－1182），字子逸，小字斗哥，號雲溪，山陰（今浙江紹興）人，陸游長兄。官至左朝請大夫。《全宋詞》存其詞二首。

瑞鶴仙

　　臉霞紅印枕[1]，睡覺來、冠兒還是不整[2]。屏閒麝煤冷[3]。但眉峰壓翠，淚珠彈粉。堂深畫永，燕交飛、風簾露井。恨無人說與相思，近日帶圍寬盡[4]。　　重省。殘燈朱幌[5]，淡月紗窗，那時風景。陽台路迥，雲雨夢，便無準[6]。待歸來，先指花梢教看，卻把心期細問[7]。問因循過了青春[8]，怎生意穩[9]？

注釋

1. **"臉霞"句**：言紅枕映照得臉龐如朝霞。

2. **冠兒**：女子頭上所飾花冠。白居易《長恨歌》："雲鬢半偏新睡覺，花冠不整下堂來。"

3. **麝煤**：即麝墨，含有麝香的名貴的墨，後多用作對墨的美稱。韓偓《橫塘》："蜀紙麝煤添筆媚，越甌犀液發茶香。"

4. **帶圍寬盡**：言人因相思而日益消瘦。《古詩十九首》："相去日已遠，衣帶日以緩。"

5. **朱幌**：紅色的帷幕。

6. **"陽台"三句**：用楚襄王夢交神女事，典見宋玉《高唐賦》。此借用朝雲暮雨之典言與情人相會無期。

7. **心期**：心願，心意。

8. **因循**：遲延，拖沓。**青春**：這裡語含雙關，既言時令，又言人之青春時光。

9. **怎生**：怎麼，怎能。

陸　游

1125 － 1210

陸游（1125－1210），字務觀，號放翁，越州山陰（今浙江紹興）人。生當北宋滅亡之際，生活環境中深受愛國思想薰陶。紹興中應進士試，為秦檜所黜。孝宗時賜進士出身，曾任鎮江、隆興通判。乾道六年（1170）入蜀任夔州通判；八年（1172）入四川宣撫使王炎幕府，官至寶章閣待制。一生力主抗金，晚年退居鄉里。詩詞內容豐富，詞作纖麗處似秦觀，雄慨處似蘇軾。著有《劍南詩稿》、《渭南文集》、《老學庵筆記》等。

卜算子

詠梅

驛外斷橋邊[1]，寂寞開無主。已是黃昏獨自愁，更着風和雨[2]。　　無意苦爭春[3]，一任羣芳妒[4]。零落成泥碾作塵[5]，只有香如故[6]。

注釋

1　**驛**：古代大路上的交通站。

2　**更着**：又加上，又遭到。

3　**爭春**：與百花在春風中爭艷鬥芳。

4　**羣芳**：百花。**妒**：妒忌。

5　**碾**：被車輪軋碎。**作塵**：變成塵土。

6　**如故**：同以前一樣。

漁家傲

東望山陰何處是 [1]，往來一萬三千里 [2]。
寫得家書空滿紙。流清淚，書回已是明年事。

寄語紅橋橋下水 [3]，扁舟何日尋兄弟？行遍
天涯真老矣。愁無寐，鬢絲幾縷茶煙裡 [4]。

注釋

1　**東望山陰**：山陰，地名，即今浙江紹興，作者故鄉。作者
　　時遊宦西蜀，故曰東望。
2　**"往來"句**：西蜀距山陰約四千里，此言"一萬三千里"乃
　　泛言距離之遠。
3　**紅橋**：地名，在山陰西七里。
4　**"鬢絲"句**：杜牧《題禪院》："今日鬢絲禪榻畔，茶煙輕颺
　　落花風。"為此句所本。鬢絲，鬢髮雪白如絲。茶煙，烹
　　茶時冒出的白煙。

定風波

進賢道上見梅[1]，贈王伯壽[2]。

敧帽垂鞭送客回[3]，小橋流水一枝梅。衰病逢春都不記，誰謂？幽香卻解逐人來。　安得身閒頻置酒，携手，與君看到十分開。少壯相從今雪鬢[4]，因甚？流年羈恨兩相催[5]。

注釋

1　**進賢**：地名，今屬江西，陸游有《進賢驛感懷》。

2　**王伯壽**：人名，生平未詳。

3　**敧帽**：斜戴着帽子，形容一種不拘小節的情態。陸游《布金院》："萬里西來了宿緣，憑鞭敧帽過年年。"

4　**雪鬢**：鬢髮如雪，言年事已高。

5　**流年**：指光陰。**羈恨**：羈旅之恨。

釵頭鳳

　　紅酥手[1]，黃縢酒[2]，滿城春色宮牆柳[3]。東風惡[4]，歡情薄，一懷愁緒，幾年離索[5]。錯，錯，錯！　　春如舊，人空瘦，淚痕紅浥鮫綃透[6]。桃花落，閒池閣，山盟雖在[7]，錦書難託[8]。莫[9]，莫，莫！

注釋

1　**紅酥手**：言女子之手紅潤如酥。酥，酥油。這裡形容皮膚的滋潤細膩。

2　**黃縢酒**：即黃封酒，以黃紙封口的官釀酒。

3　**宮牆**：圍牆。

4　**東風**：春風。這裡指陸游之母。陸游與其前妻唐婉兩情相悅，然唐婉不得陸母歡心，兩人被迫離異。

5　**離索**："離羣索居"的省稱。這裡指離散。

6　**紅**：指淚水因沾染胭脂而變紅。**浥**：沾濕。**鮫綃**：傳說中鮫人所織的絹紗。《太平御覽》引張華《博物志》："鮫人從水出，寓人家積日，賣綃將去，從主人索一器，泣而成珠滿盤，以與主人。"又任昉《述異志》："南海出鮫綃紗，泉室（指鮫人）潛織，一名龍紗。"這裡指手帕。

7　　**山盟**：指愛情誓言。古人盟約，多指山河為誓，故稱。

8　　**錦書**：前秦竇滔妻蘇氏曾織錦為迴文詩贈其夫，後遂以錦
　　　書稱夫妻間表達愛情的書信。

9　　**莫**：猶"罷"。司空圖《耐辱居士歌》："休休休，莫莫莫。"

陳 亮
1143 — 1194

　　陳亮（1143－1194），字同甫，號龍川。
婺州永康（今屬浙江）人。才氣超邁，喜談兵，
因遭人嫉恨，三次入獄。紹熙四年（1193）策
進士第一，逾年而卒。與葉適共創經世濟用的
"事功之學"。著有《龍川文集》、《龍川詞》。

水龍吟

春恨

鬧花深處樓台[1]，畫簾半捲東風軟[2]。春歸翠陌，平莎茸嫩[3]，垂楊金淺[4]。遲日催花[5]，淡雲閣雨[6]，輕寒輕暖[7]。恨芳菲世界，遊人未賞，都付與、鶯和燕[8]。　　寂寞憑高念遠，向南樓、一聲歸雁。金釵鬥草[9]，青絲勒馬[10]，風流雲散。羅綬分香[11]，翠綃封淚[12]，幾多幽怨。正銷魂又是，疏煙淡月，子規聲斷。

注釋

1　鬧花：指開得正盛的繁花。語出宋祁《玉樓春》（東城漸覺風光好）：“紅杏枝頭春意鬧。”

2　東風軟：言春風輕柔和煦。杜甫《端午日賜衣》：“細葛含風軟，香羅疊雪輕。”

3　平莎：長滿莎草的平野。莎，草名，多生於潮濕地區或河邊沙地。茸：初生的草。這裡用如形容詞，同“嫩”。

4　金淺：淺黃色。柳枝初生芽呈鵝黃色。

5　遲日：春日。語出《詩經·豳風·七月》：“春日遲遲。”

6　閣雨：留住雨水。閣，同“擱”。

7　“輕寒”句：謂天氣冷暖適宜。

8 **"恨芳菲"** 四句：謂遺憾的是，百花盛開的世界卻只有鶯飛燕舞，沒有人來欣賞。恨，遺憾。

9 **"金釵"** 句：指婦女拿草來進行遊戲。南朝梁代宗懍《荊楚歲時記》："五月五日，四民並踏百草，又有鬥百草之戲。"

10 **青絲**：馬韁繩。王僧孺《古意》："青絲控燕馬，紫艾飾吳刀。"

11 **"羅綬"** 句：秦觀《滿庭芳》（山抹微雲）："香囊暗解，羅帶輕分。" 此以分香喻分別。

12 **"翠綃"** 句：言綠色絲巾上還留存着情人的離別之淚。

范成大
1126 — 1193

范成大（1126－1193），字致能，號石
湖居士。蘇州吳縣（今江蘇蘇州）人。紹興
二十四年（1154）進士。歷任處州知府、廣南
西道安撫使、四川制置使、參知政事等職。乾
道六年（1170）使金，不畏強暴，辭氣慷慨，
幾被殺。晚年退居故鄉石湖。能詩詞，著有
《石湖居士詩集》、《石湖詞》、《吳船錄》等。

憶秦娥

　　樓陰缺[1]，欄干影臥東廂月。東廂月，一天風露，杏花如雪。　　隔煙催漏金虬咽[2]，羅幃暗淡燈花結[3]。燈花結，片時春夢，江南天闊[4]。

注釋

1　**樓陰缺**：樓頭樹陰的缺口處。

2　**"隔煙"句**：煙霧迷濛的夜晚，時光不斷流逝。金虬，以龍頭為飾的漏壺。虬，有角的龍。咽，言漏壺滴水的聲音宛如人在嗚咽。

3　**燈花結**：油燈將盡時，燈芯有時會結花，古人認為是喜兆。

4　**"片時"二句**：岑參《春夢》："枕上片時春夢中，行盡江南數千里。"此化用其意。

醉落魄

棲鳥飛絕，絳河綠霧星明滅[1]。燒香曳簟眠清樾[2]。花影吹笙，滿地淡黃月[3]。　　好風碎竹聲如雪，昭華三弄臨風咽[4]。鬢絲撩亂綸巾折。涼滿北窗，休共軟紅說[5]。

注釋

1　絳河：即銀河。古代觀天象者以北極為準，天河在北極之南；南方屬火，尚赤，因借南方之色稱之。綠霧：青茫茫的霧氣。明滅：忽明忽暗。

2　清樾：清涼的樹蔭下。

3　淡黃月：林逋《山園小梅》："疏影橫斜水清淺，暗香浮動月黃昏。"

4　昭華：古代管樂器名。《西京雜記》："玉管長二尺三寸，二十六孔，吹之則見車馬山林，隱轔相次，吹息亦不復見，銘曰昭華之琯。"晏幾道《採桑子》（雙螺未學同心綰）："月白風清，長倚昭華笛聲裡。"弄：彈奏。

5　軟紅：軟紅之塵。這裡代指俗世之人。

眼 兒 媚

萍鄉道中乍晴[1]，臥輿中困甚，小憩柳塘。

酣酣日腳紫煙浮[2]，妍暖破輕裘[3]。困人天色，醉人花氣，午夢扶頭[4]。　春慵恰似春塘水，一片縠紋愁[5]。溶溶曳曳[6]，東風無力，欲避還休。

注釋

1　萍鄉：今屬江西。

2　日腳：透過雲縫斜射到地面的太陽光束。**紫煙：**"日腳"映照下的水霧。

3　妍暖：景色美好，風日和暖。**破輕裘：**指暖氣透衣。破，《范石湖集》作"試"。

4　"困人"三句：寫人在暖春天氣中的慵懶感覺。天色，本集作"天氣"。花氣，本集作"花底"。

5　縠紋：縐紗的細紋。此喻水紋，進由水紋喻"春慵"。

6　"溶溶"句：形容東風的和暖無邊和連綿不絕。溶溶，盛貌。曳曳，連綿不絕貌。唐孟浩然《行至汝墳寄盧徵君》寫殘雲曰："曳曳半空裡，溶溶五色分。"曳曳，即"洩洩"，舒暢和樂貌，亦通。惟《左傳》中與"洩洩"並出者作"融融"。

霜天曉角

　　晚晴風歇，一夜春威折[1]。脈脈花疏天淡[2]，雲來去、數枝雪。　　勝絕，愁亦絕。此情誰共說？惟有兩行低雁，知人倚、畫樓月。

注釋

1　　**春威折**：言春寒的威力已大大減弱。
2　　**脈脈**：含情的樣子。

蔡幼學

1154 — 1217

蔡幼學（1154－1217），字行之，瑞安（今屬浙江）人。乾道八年（1172）進士。歷官中書舍人，刑部、吏部侍郎，官至寶謨閣直學士、權兵部尚書。存詞一首。

好事近

　　日日惜春殘，春去更無明日[1]。擬把醉同春住，又醒來岑寂[2]。　　明年不怕不逢春，嬌春怕無力[3]。待向燈前休睡，與留連今夕。

注釋

1　**更無明日**：猶言不待明日。

2　**岑寂**：落寞無聊。

3　**嬌春**：春天易逝，故曰。李賀《浩歌》："嬌春楊柳含細煙。"

辛棄疾
1140－1207

辛棄疾（1140－1207），初字坦夫，後改幼安，晚號稼軒居士。歷城（今山東濟南）人。少時參加抗金義軍，為掌書記。後率師歸宋，歷任大理寺少卿，湖南、江西、福建、湖北、浙東安撫使等職。為人慷慨有大略，一生力主抗金，其議不見用，落職閒居信州凡二十年。詞與蘇軾齊名，時號“蘇辛”。著有《稼軒長短句》。

賀新郎

別茂嘉十二弟 [1]

綠樹聽鵜鴂 [2]，更那堪、鷓鴣聲住 [3]，杜鵑聲切 [4]。啼到春歸無尋處，苦恨芳菲都歇 [5]。算未抵、人間離別 [6]。馬上琵琶關塞黑 [7]，更長門翠輦辭金闕 [8]。看燕燕，送歸妾 [9]。　將軍百戰身名裂。向河梁、回頭萬里，故人長絕 [10]。易水蕭蕭西風冷，滿座衣冠似雪。正壯士、悲歌未徹 [11]。啼鳥還知如許恨，料不啼清淚長啼血 [12]。誰共我，醉明月？

注釋

1　**茂嘉**：辛棄疾族弟，因事貶桂林。劉過有《沁園春・送辛幼安弟赴桂林官》。

2　**鵜鴂**：鳥名，與伯勞、杜鵑相類。

3　**鷓鴣**：鳥名，古人認為牠的叫聲如"行不得也哥哥"。

4　**杜鵑**：又名子規，古人認為牠的叫聲如"不如歸去"。

5　**苦恨**：深恨，甚恨。**芳菲都歇**：言春花已落盡。《離騷》："恐鵜鴂之先鳴兮，使夫百草為之不芳。"

6　**未抵**：不及。

7　**馬上琵琶**：石崇《王明君辭序》："昔公主嫁烏孫，令琵琶馬上作樂，以慰其道路之思，其送明君亦必爾也。"此以昭君遠嫁之悲比離別之苦。**關塞黑**：形容北方邊塞荒涼。

杜甫《夢李白》之一：「魂返關塞黑。」

8　　**「更長門」句**：用陳皇后被漢武帝貶入長門宮事。據司馬相如《長門賦序》，武帝皇后陳阿嬌初頗得寵幸，因性妒失寵，別居長門宮，愁悶悲思，因求相如為文以解之。相如為文以悟主上，皇后復得幸。此亦以陳阿嬌之別居喻兄弟離別之苦。長門，漢宮名。翠輦，裝飾有翡翠羽毛的宮車。金闕，指皇帝所居的宮殿。

9　　**「看燕燕」二句**：《詩經·邶風·燕燕》：「燕燕于飛，差池其羽。之子于歸，遠送于野。」舊注以為詩寫衛莊公夫人莊姜送莊公妾陳女戴嬀返陳事。戴嬀子被衛君所殺，不得已而歸國。

10　　**「將軍」四句**：用李陵事。據《漢書·李廣蘇建傳》，李陵與匈奴大小不止百戰，終因戰敗投降，身敗名裂。蘇武出使匈奴，被扣留十九年，終不失節，被朝廷迎歸故里。又《文選》有李陵《與蘇武詩》三首，為李陵贈別蘇武之作，其中有句「携手上河梁，游子暮何之」。然後人多以《與蘇武詩》係古樂府，非李陵所作。河梁，橋。故人，指蘇武。長絕。謂永無相見之期。

11　　**「易水」四句**：用荊軻入秦刺秦王事。據《史記·刺客列傳》，燕太子丹派荊軻入秦刺殺嬴王政，在易水邊為其餞行。座中之人皆白衣白冠，高漸離擊筑，荊軻唱曰：「風蕭蕭兮易水寒，壯士一去兮不復還。」易水，在今河北西部。蕭蕭，風聲。壯士，指荊軻。徹，完，盡。

12　　**長啼血**：用望帝事。據揚雄《蜀王本紀》，蜀民稀少，有男子杜宇從天而墮，為蜀王，號望帝。百餘年後蜀地大水，望帝不能治，乃讓位於鱉靈而去。又《十三州志》謂杜宇「遂自亡去，化為子規」。《爾雅》曰子規「夜啼達旦，血漬草木，凡鳴皆北向」。呂渭老《情長久》（鎖窗夜永）：「春心償未足，怎忍聽、啼血催歸杜宇。」

念奴嬌

書東流村壁 [1]

　　野棠花落，又匆匆過了，清明時節。剗地東風欺客夢 [2]，一枕雲屏寒怯。曲岸持觴，垂楊繫馬，此地曾經別。樓空人去，舊遊飛燕能說。

　　聞道綺陌東頭 [3]，行人曾見，簾底纖纖月 [4]。舊恨春江流不斷，新恨雲山千疊。料得明朝，尊前重見，鏡裡花難折。也應驚問：近來多少華髮？

注釋

1　東流：今安徽東至。
2　剗地：無端。
3　綺陌：繁華的街道。
4　纖纖月：喻女子。

漢宮春

立春

　　春已歸來，看美人頭上，裊裊春幡 ¹。無端風雨，未肯收盡餘寒。年時燕子，料今宵、夢到西園。渾未辦、黃柑薦酒，更傳青韭堆盤 ²。

　　卻笑東風從此，便薰梅染柳，更沒些閒。閒時又來鏡裡，轉變朱顏。清愁不斷，問何人、會解連環 ³？生怕見、花開花落，朝來塞雁先還 ⁴。

注釋

1　**春幡**：《歲時風土記》：「立春之日，士大夫之家，剪彩為小旛，或懸於家人之頭，或綴於花枝之下。」幡，通「旛」，旗幟。

2　**「渾未辦」三句**：《遵生八箋》「立春日作五辛盤，以黃柑釀酒，謂之『洞庭春色』。故蘇詩云：『辛盤得青韭，臘酒是黃柑。』」渾未辦，還未辦，完全沒有準備。

3　**解連環**：一種傳統益智遊戲。以繩或玉石、金屬製成連環扣套，巧妙開解者為勝。《戰國策·齊策》：「秦始皇嘗使使者遺君王后玉連環曰：『齊多智，而解此環不？』君王后以示羣臣，羣臣不知解。君王后引椎椎破之，謝秦使曰：『謹已解矣。』」此喻愁情如連環套，無人能解。

4　**塞雁先還**：指秋天到來。

賀新郎

賦琵琶

鳳尾龍香撥[1]，自開元霓裳曲罷[2]，幾番風月。最苦潯陽江頭客，畫舸亭亭待發[3]。記出塞、黃雲堆雪。馬上離愁三萬里，望昭陽宮殿孤鴻沒，絃解語，恨難說[4]。　　遼陽驛使音塵絕[5]，瑣窗寒、輕攏慢撚[6]，淚珠盈睫。推手含情還卻手[7]，一抹梁州哀徹[8]。千古事，雲飛煙滅。賀老定場無消息[9]，想沉香亭北繁華歇[10]。彈到此，為嗚咽。

注釋

1　**"鳳尾"句**：鄭嵎《津陽門》："玉奴琵琶龍香撥"，其自注
　　云："貴妃妙彈琵琶，其樂器聞於人間者，有邏逤檀為槽，
　　龍香柏為撥者。"鳳尾，古琴尾部的美稱。李煜《書琵琶
　　背》："天香留鳳尾，餘暖在檀槽。"龍香撥，龍香木料製
　　成的撥子，用以彈奏月琴、琵琶等絃樂器。龍香，又稱垂
　　柏，木質細膩有芳香。

2　**開元**：唐玄宗年號。**霓裳曲**：即《霓裳羽衣曲》。郭茂倩
　　《樂府詩集》："《唐逸史》曰，羅公遠多秘術，嘗與玄宗至
　　月宮，仙女數百，皆素練霓衣，舞於廣庭。問其曲，曰《霓

裳羽衣》。帝默記其音調而還，明日召樂工，依其音調作《霓裳羽衣曲》。"白居易《長恨歌》："漁陽鼙鼓動地來，驚破《霓裳羽衣曲》。"以上用楊貴妃事。

3　**"最苦"二句**：白居易《琵琶行》："潯陽江頭夜送客，楓葉荻花秋瑟瑟。主人下馬客在船，舉酒欲飲無管絃。醉不成歡慘將別，別時茫茫江浸月。忽聞水上琵琶聲，主人忘歸客不發。"潯陽江頭客，指白居易。畫舸，對船的美稱。

4　**"記出塞"六句**：用昭君出塞事。昭君姓王名嬙，西漢元帝時被選入宮。公元三十三年，匈奴首領呼韓邪單于入漢求和親，昭君自請遠嫁匈奴。據石崇《王明君辭序》："昔公主嫁烏孫，令琵琶馬上作樂，以慰其道路之思，其送明君亦必爾也。"黃雲，邊塞之雲。塞外沙漠地區黃沙飛揚，天常呈黃色，故云。昭陽，漢宮名。

5　**遼陽**：今屬遼寧，這裏泛指北方。**驛使**：指信使。**音塵絕**：音訊斷絕。李白《憶秦娥》（簫聲咽）："樂遊原上清秋節，咸陽古道音塵絕。"

6　**瑣窗**：雕花的窗戶。**輕攏慢撚**：白居易《琵琶行》："輕攏慢撚抹復挑，初為《霓裳》後《六幺》。"攏、撚，皆琵琶演奏手法。

7　**推手、卻手**：皆琵琶演奏手法。《釋名》："琵琶，本出於胡中，馬上所鼓也。推手前曰枇，引手卻曰杷，像其鼓時，因以為名。"

8　**梁州**：即《涼州曲》。據《楊太真外傳》："歌《涼州》之詞，貴妃所制也。上御玉笛，為之倚曲。"宋以後誤為"梁州"。

9　**賀老**：指賀懷智，玄宗時著名琵琶藝人。**定場**：猶言壓場。元稹《連昌宮詞》："夜半月高絃索鳴，賀老琵琶定場屋。"

10　**沉香亭北**：沉香亭在唐內苑中。據《太平廣記》卷二〇四
"李龜年"條，沉香亭內多植牡丹，會花繁開，明皇乘月
夜，召太真妃以步輦從之，詔選梨園弟子中尤者。有樂工
李龜年以歌擅一時之名，手捧檀板押眾樂。將歌，明皇
曰："賞名花，對妃子，焉用舊樂？"遽命李龜年持金花
箋，宣賜翰林李白進《清平樂》詞三章。其第三章云："名
花傾國兩相歡，常得君王帶笑看。解釋春風無限恨，沉香
亭北倚欄杆。"後遂以"沉香亭北"喻人之風流快活事。

水龍吟

登建康賞心亭 [1]

楚天千里清秋，水隨天去秋無際。遙岑遠目 [2]，獻愁供恨，玉簪螺髻 [3]。落日樓頭，斷鴻聲裡，江南游子，把吳鈎看了 [4]，欄干拍遍，無人會、登臨意。　　休說鱸魚堪膾，盡西風，季鷹歸未 [5]？求田問舍，怕應羞見，劉郎才氣 [6]。可惜流年 [7]，憂愁風雨，樹猶如此 [8]！倩何人喚取，紅巾翠袖，搵英雄淚。

注釋

1 建康：今江蘇南京。賞心亭：在建康下水門城上，面臨秦淮河。

2 "遙岑" 句：遠望遠山。

3 "玉簪" 句：比喻山形。高而尖者如玉簪，韓愈《送桂州嚴大夫同用南字》："水作青羅帶，山如碧玉簪。" 低而圓者如青螺髻，皮日休《縹緲峰》："似將青螺髻，撒在明月中。"

4 吳鈎：吳地所製彎形寶刀。

5 "休說" 三句：出典晉張翰（字季鷹）棄官歸鄉故事。據《世說新語‧識鑒》，西晉張翰在洛陽為官，見秋風起，因思吳中菰菜羹、鱸魚膾，遂棄官南歸。

301

6　**"求田"三句：**《三國志‧陳登傳》載，劉備與劉表、許汜
　　共論天下人時，曾責備許汜只知"求田問舍，言無可采"。
　　求田問舍，購置田地和房屋。劉郎，指劉備。

7　**流年：**光陰。

8　**"樹猶"句：**《世說新語‧言語》載，晉桓溫北征，見其早
　　年所種柳樹，粗已十圍，歎息道："木猶如此，人何以堪？"

摸魚兒

淳熙己亥，自湖北漕移湖南。同官王正之置酒小山亭，為賦[1]。

更能消、幾番風雨，匆匆春又歸去。惜春長怕花開早，何況落紅無數。春且住，見說道，天涯芳草無歸路。怨春不語。算只有殷勤，畫簷蛛網，盡日惹飛絮。　　長門事[2]，準擬佳期又誤，蛾眉曾有人妬[3]。千金縱買相如賦[4]，脈脈此情誰訴！君莫舞，君不見，玉環飛燕皆塵土[5]！閑愁最苦。休去倚危欄，斜陽正在，煙柳斷腸處。

注釋

1　淳熙己亥：宋孝宗淳熙六年（1179）。王正之：王正己，字正之，作者友人。

2　長門事：指陳皇后失寵被漢武帝貶入長門宮事。

3　蛾眉：美女的代稱。此指陳皇后。

4　"千金"句：陳皇后以黃金百斤，請司馬相如作《長門賦》，以此賦感動漢武帝，復得寵。

5　玉環：楊玉環，唐明皇貴妃。安史之亂，死於馬嵬坡。飛燕：趙飛燕，漢成帝皇后。後廢為平民，自殺而死。

永遇樂

京口北固亭懷古 [1]

千古江山，英雄無覓、孫仲謀處 [2]。舞榭歌台 [3]，風流總被、雨打風吹去。斜陽草樹，尋常巷陌 [4]，人道寄奴曾住 [5]。想當年，金戈鐵馬，氣吞萬里如虎 [6]。　　元嘉草草，封狼居胥，贏得倉皇北顧 [7]。四十三年 [8]，望中猶記，烽火揚州路 [9]。可堪回首 [10]，佛狸祠下 [11]，一片神鴉社鼓 [12]。憑誰問，廉頗老矣，尚能飯否 [13]？

注釋

1　京口：古城名，故址在今江蘇鎮江。《元和郡縣圖志》："孫權自吳徙丹徒，號曰京城。後徙建業，於此置京口鎮。"北固亭：一名北固樓，在今鎮江東北北固山上，晉人蔡謨為儲備軍械而建。

2　孫仲謀：孫權，字仲謀，三國時吳國君主。辛棄疾對孫權頗為推崇，又有《南鄉子》（何處望神州）曰："天下英雄誰敵手？曹劉。生子當如孫仲謀。"

3　"舞榭"句：歌舞的樓台。榭，高台上的建築物。

4　"尋常"句：猶言普通街巷。

5　寄奴：南朝宋武帝劉裕的小名。劉裕生長京口，並在此起兵，滅鮮卑所建南燕、後燕、後秦，最後又取東晉而代之，做了皇帝。

6　　"想當年"三句：寫北伐時劉裕的英雄豪邁。

7　　"元嘉"三句：寫劉裕之子劉義隆在準備不足的情況下，急欲建功，終至失敗。元嘉，宋文帝劉義隆年號。草草，言準備不足。封狼居胥，據《史記·衛將軍驃騎列傳》，漢代霍去病追擊匈奴，封狼居胥而還。又《宋書·王玄謨傳》載，劉義隆曾對殷景仁曰：聽王玄謨論兵，使人有封狼居胥之意。封，設壇祭天。狼居胥，古山名，約在今內蒙古克什克騰旗西北至阿巴嘎旗一帶。一說即今河套西北的狼山。倉皇北顧，元嘉八年（431），劉義隆北伐失敗，滑台失陷，曾賦詩云："悵恨懼遷逝，北顧涕交流。"按，這裡作者是以劉義隆北伐事提醒南宋統治者不能打無準備之仗。

8　　"四十"句：辛棄疾南歸時為1162年，至寫是詞時（1205），正四十三年。

9　　烽火：指抗金的戰火。揚州路：指今江蘇揚州一帶。

10　可堪：怎堪，怎能。

11　佛狸祠：北魏太武帝拓跋燾小名佛狸，曾率兵追趕王玄謨，駐軍長江北岸瓜步山（今江蘇六合東南），在山上修建了一座行宮，後稱佛狸祠。

12　神鴉：吃祀神祭品的烏鴉。社鼓：社日祭神的鼓聲。

13　"廉頗"二句：據《史記·廉頗藺相如列傳》，廉頗晚年被黜奔魏，秦攻趙，趙王欲用之，恐其年老，派使者前往探看。廉頗為之一飯斗米，肉十斤，以示尚可用。然使者受廉頗仇人賄賂，回報趙王言廉頗雖尚能飯，而坐頃三遺矢。趙王遂不用。這裡是作者以廉頗自況，表明自己有用而不得施展。

木蘭花慢

滁州送范倅[1]

老來情味減，對別酒，怯流年[2]。況屆指
中秋[3]，十分好月，不照人圓。無情水都不管，
共西風、只管送歸船。秋晚蓴鱸江上[4]，夜深兒
女燈前[5]。　　征衫[6]，便好去朝天[7]，玉殿正思
賢[8]。想夜半承明，留教視草，卻遣籌邊[9]。長安
故人問我[10]，道愁腸殢酒只依然[11]。目斷秋霄落
雁，醉來時響空絃[12]。

注釋

1　范倅：名昂，任滁州通判，助稼軒理政事。時年秋任滿，
　　奉詔返京，稼軒作是詞以送。倅，副職。

2　怯流年：謂深感時光一去不返的可怕。

3　屆指："屈指可數"之省，猶言不久。

4　"秋晚"句：用張翰典。見辛棄疾《水龍吟》（楚天千里清
　　秋）注 5（頁 301）。這裡借言范昂將由水路回家。蓴，即
　　蒓菜羹。

5　"夜深"句：黃庭堅《寄叔父夷仲》："弓刀陌上望行色，兒
　　女燈前語夜深。"此句本此，借以想像范昂抵家後享受天
　　倫之樂的情景。

6 **征衫**：旅行時所着的衣服。

7 **朝天**：朝見天子。

8 **玉殿**：代指皇帝。**思賢**：指希盼賢才。

9 **"想夜半"三句**：懸想范昂被重用的情景。承明，漢制宮中設承明廬，以為文學侍臣值班和起草文稿之處。視草，起草詔書。卻遣籌邊，謂又被派去籌劃邊防事務。

10 **長安**：這裡代指南宋都城臨安（今浙江杭州）。

11 **殢酒**：沉溺於酒，為酒所困。

12 **"目斷"二句**：用更贏典。據《戰國策·楚策》，更贏與魏王立京台下，仰見飛鳥，更贏曰能以空絃令鳥下。時有雁自東方來，更贏空發而鳥果下。王問其故，更贏答曰：此箭傷未癒之孤雁，聞弓響而欲高飛以致傷口迸裂而下。這裡稼軒借以表達憂讒畏譏的心情。

祝英台近

晚春

　　寶釵分[1]，桃葉渡[2]，煙柳暗南浦[3]。怕上層樓，十日九風雨。斷腸片片飛紅，都無人管，更誰勸啼鶯聲住？　　鬢邊覷，試把花卜歸期[4]，才簪又重數。羅帳燈昏，哽咽夢中語：是他春帶愁來，春歸何處？卻不解帶將愁去。

注釋

1　**寶釵分**：釵有兩股，古時婦女有分釵股贈別的習俗。南朝梁代陸罩《閨怨》詩：“偏恨分釵時。”

2　**桃葉渡**：在秦淮河與青溪合流處。晉王獻之曾於此地送別其妾桃葉，因而得名。

3　**南浦**：水邊送別處。江淹《別賦》：“送君南浦，傷如之何！”

4　**“試把”句**：以頭上所簪花占卜丈夫歸家的日期。

青玉案

元夕[1]

　　東風夜放花千樹[2]，更吹落，星如雨[3]。寶馬雕車香滿路。鳳簫聲動，玉壺光轉[4]，一夜魚龍舞。　　蛾兒雪柳黃金縷[5]，笑語盈盈暗香去。眾裡尋他千百度，驀然回首，那人卻在，燈火闌珊處[6]。

注釋

1　元夕：舊稱農曆正月十五日為上元節，這一夜叫元夕。

2　花千樹：元宵節，結彩燈為樹形，如千樹開花。

3　星如雨：燈如眾星降落。

4　"玉壺"句：謂時光消逝。玉壺，指漏壺。

5　蛾兒、雪柳、黃金縷：古代婦女的三種首飾。《大宋宣和遺事》載，汴京元宵賞燈，婦女"盡頭上戴着玉梅、雪柳、鬧蛾兒"。

6　"眾裡"四句：言在人羣中尋找意中人。驀然，突然。闌珊，稀落。王國維引此四句作為古今成大事業、大學問的一種境界。

鷓鴣天

鵝湖歸[1]，病起作。

枕簟溪堂冷欲秋[2]，斷雲依水晚來收[3]。紅蓮相倚渾如醉，白鳥無言定自愁。　書咄咄[4]，且休休[5]，一丘一壑也風流[6]。不知筋力衰多少，但覺新來懶上樓[7]。

注釋

1. **鵝湖**：據《鉛山縣志》、《鄱陽記》載，江西鉛山縣東北有鵝湖山，山上有湖，原名荷湖，後因東晉龔氏居山蓄鵝，更名鵝湖。鵝湖風景優美，是詞人閒居家鄉時常遊之地。

2. **枕簟**：枕蓆。

3. **斷雲**：片雲。**收**：這裡指雲氣消散。

4. **書咄咄**：用殷浩典。據《世説新語·黜免》："殷中軍被廢，在信安，終日恆書空作字。揚州吏民尋義逐之，唯作'咄咄怪事'四字而已。"

5. **且休休**：姑且隱居自適。據《新唐書·卓行傳》，司空圖隱於中條山，作亭名"休休"，自為文曰："休，美也，既休而美具。故量才，一宜休；揣分，二宜休；耄而聵，三宜休；又少也惰，長也率，老也迂，三者非濟時用，則又宜休。"

6. **一丘一壑**：泛言山水。《漢書·敘傳》載班嗣書簡云："漁釣於一壑，則萬物不奸其志；棲遲於一丘，則天下不易其樂。"

7. **"不知"二句**：劉禹錫《秋日書懷寄白賓客》："興情逢酒在，筋力上樓知。"兩句由此化出。

菩薩蠻

書江西造口壁[1]

鬱孤台下清江水[2]，中間多少行人淚。西北望長安[3]，可憐無數山。　青山遮不住，畢竟東流去。江晚正愁余[4]，山深聞鷓鴣。

注釋

1　江西造口：在今江西萬安西南。

2　鬱孤台：在今江西贛州西南賀蘭山上。宋王象之《輿地紀勝》云：“隆阜鬱然，孤起平地數丈。”

3　望長安：唐李勉為虔州刺史，曾登鬱孤台望京都長安，感慨地説：“心在魏闕”，見《輿地紀勝》。此借指望汴京。

4　愁余：一作“愁予”。《楚辭‧九歌‧湘夫人》：“目眇眇兮愁予。”

姜 夔
1155? – 1221?

　　姜夔（1155?－1221?），字堯章，號白石
道人。鄱陽（今江西波陽）人。一生不仕，往
來鄂、贛、皖、蘇、浙間，依人做幕客。與楊
萬里、范成大、辛棄疾等人有交。精於音律，
工詩詞。姜詞偏於技巧，善煉字、煉句，有一
種清曠高遠的意境。著有《白石道人歌曲》、
《白石道人詩集》、《詩説》、《續書譜》等著作。

點 絳 脣

丁未冬過吳淞作 [1]

　　燕雁無心 [2]，太湖西畔隨雲去。數峰清苦，
商略黃昏雨 [3]。　　第四橋邊 [4]，擬共天隨住 [5]。今
何許 [6]？憑闌懷古，殘柳參差舞 [7]。

注釋

1　**丁未**：宋孝宗淳熙十四年（1187）。**吳淞**：今江蘇吳江。

2　**無心**：言無留戀之意。

3　**商略**：商量，這裡猶言醞釀。

4　**第四橋**：即甘泉橋，在蘇州境內。《蘇州府志·津梁》："甘
　　泉橋一名第四橋，以泉品居第四也。"

5　**天隨**：晚唐詩人陸龜蒙自號天隨子，居松江上甫里。辛文
　　房《唐才子傳》云："（陸）時放扁舟，掛篷蓆，賫束書、
　　茶竈、筆牀、釣具，鼓棹鳴榔，太湖三萬六千頃，水天一
　　色，直入空明。"姜夔每以陸龜蒙自比，如他《除夜自石
　　湖歸苕溪》中云："三生定是陸天隨，又向吳淞作客歸。"

6　**何許**：如何，怎樣。

7　**參差**：形容柳條長短不齊。

鷓 鴣 天

元夕有所夢[1]

　　肥水東流無盡期[2]，當初不合種相思[3]。夢中未比丹青見[4]，暗裡忽驚山鳥啼[5]。　　春未綠，鬢先絲[6]，人間別久不成悲。誰教歲歲紅蓮夜[7]，兩處沉吟各自知。

注釋

1　元夕：農曆正月十五元宵節的當夜。

2　肥水：水名，分東、西二流，繞安徽合肥分流入淮河及巢湖，合肥之名即由此而得。

3　"當初"句：據夏承燾《姜白石詞編年箋校》，姜夔曾流寓合肥，與一對勾欄姐妹發生戀情，留下許多纏綿悱惻的詞篇，此即其一。

4　"夢中"句：言夢中恍惚，戀人之面尚不及畫像看得清楚。化用杜甫《詠懷古蹟五首》之三"畫圖省識春風面，環佩空歸夜月魂"句意。

5　"暗裡"句：金昌緒《春怨》："打起黃鶯兒，莫教枝上啼。啼時驚妾夢，不得到遼西。"與此句意相似。

6　鬢先絲：言鬢髮已雪白如絲。

7　紅蓮夜：張掛起紅蓮狀花燈的夜晚，即指元宵夜。

踏莎行

自沔東來[1]，丁未元日至金陵[2]，江上感夢而作。

　　燕燕輕盈，鶯鶯嬌軟[3]。分明又向華胥見[4]。夜長爭得薄情知[5]，春初早被相思染。

　　別後書詞，別時針線。離魂暗逐郎行遠。淮南皓月冷千山[6]，冥冥歸去無人管[7]。

注釋

1　沔：古地名，即今湖北漢陽。姜夔幼年隨父居留沔地先後近二十年。

2　丁未元日：指宋孝宗淳熙十四年（1187）元旦。

3　"燕燕"二句：蘇軾《張子野八十五歲尚聞買妾，述古令作詩》："詩人老去鶯鶯在，公子歸來燕燕忙。"這裡以鶯鶯、燕燕借指詞人在合肥結識的兩位女子。

4　華胥：指夢中。典見《列子·黃帝》。

5　爭得：怎得，哪得。

6　淮南：指合肥，宋時屬淮南路。

7　冥冥：暮夜，夜晚。徐陵《雜曲》："只應私將琥珀枕，冥冥來上珊瑚林。"

慶宮春

紹熙辛亥除夕[1]，予別石湖歸吳興[2]，雪後夜過垂虹[3]，嘗賦詩云："笠澤茫茫雁影微[4]，玉峰重疊護雲衣。長橋寂寞春寒夜，只有詩人一舸歸。"後五年冬，復與俞商卿、張平甫、鋯樸翁自封禺同載詣梁溪[5]，道經吳淞。山寒天迥，雪浪四合。中夕相呼步垂虹，星斗下垂，錯雜漁火，朔吹凜凜，舳酒不能支。樸翁以衾自纏，猶相與行吟。因賦此闋，蓋過旬塗稿乃定[6]。樸翁咎余無益[7]，然意所耽[8]，不能自已也。平甫、商卿、樸翁皆工於詩，所出奇詭，予亦強追逐之。此行既歸，各得五十餘解[9]。

雙槳蒪波[10]，一蓑松雨[11]，暮愁漸滿空闊。呼我盟鷗[12]，翩翩欲下，背人還過木末[13]。那回歸去，蕩雲雪，孤舟夜發。傷心重見，依約眉山[14]，黛痕低壓[15]。　採香徑裡春寒[16]，老子婆娑[17]，自歌誰答。垂虹西望，飄然引去，此興平生難遏。酒醒波遠，政凝想、明璫素襪[18]，如今安在？惟有闌干，伴人一霎。

注釋

1 **紹熙辛亥**：即宋光宗紹熙二年（1191）。

2 **石湖**：指范成大，范晚年居住於蘇州西南的石湖，因以為號。**吳興**：今屬江蘇。

3 **垂虹**：橋名，在江蘇吳江東。一説為亭名。

4 **笠澤**：即太湖，與石湖相連。

5 **俞商卿、張平甫、鉏樸翁**：三人皆作者朋友。俞商卿名灝，張平甫即張鑒，鉏樸翁是葛天民的號。**封禺**：山名，在今浙江武康。**梁溪**：今江蘇無錫。

6 **"蓋過旬"句**：謂十餘日後才最終改定文稿。

7 **咎余無益**：謂以作詞無益於世責備我。

8 **耽**：愛好，沉迷。

9 **解**：樂曲、詩歌的章節。這裡猶言"首"。

10 **蒪波**：蒪菜雜生的水波。

11 **松雨**：松林間飄來的雨點。

12 **盟鷗**：謂與鷗鳥訂盟同住水鄉，喻退隱。陸游《雨夜懷唐安》："小閣簾櫳頻夢蝶，平湖煙水已盟鷗。"

13 **木末**：樹梢。

14 **眉山**：《西京雜記》："文君姣好，眉色如望遠山。"後遂以"眉山"指女子秀麗的眉毛。

15 **黛**：古代女子用以畫眉的顏料。

16 **採香徑**：溪名，即箭徑。據《蘇州府志》："採香徑在香山之旁，小溪也。吳王種香於香山，使美人泛舟於溪水採香。今自靈岩山望之，一水直如矢，故俗名箭徑。"

17 **老子**：詞人自稱。**婆娑**：醉態蹣跚的樣子。范成大《慶充自黃山歸》："鳴騶如電馬如雷，知是婆娑醉尉回。"

18 **政**：通"正"。**明璫素襪**：代指詞人心儀的女子。明璫，耳墜上的明珠。

齊天樂

丙辰歲[1]，與張功父會飲張達可之堂[2]。聞屋壁間蟋蟀有聲，功父約予同賦，以授歌者。功父先成，辭甚美。予徘徊茉莉花間，仰見秋月，頓起幽思，尋亦得此。蟋蟀，中都呼為促織[3]，善鬥，好事者或以三二十萬錢致一枚，鏤象齒為樓觀以貯之。

庾郎先自吟愁賦[4]，淒淒更聞私語。露濕銅鋪[5]，苔侵石井，都是曾聽伊處。哀音似訴，正思婦無眠，起尋機杼[6]。曲曲屏山[7]，夜涼獨自甚情緒？　西窗又吹暗雨，為誰頻斷續，相和砧杵[8]？候館迎秋[9]，離宮弔月[10]，別有傷心無數。幽詩漫與[11]，笑籬落呼燈，世間兒女[12]。寫入琴絲[13]，一聲聲更苦[14]。

注釋

1　丙辰歲：指宋寧宗慶元二年（1196）。

2　功父：又作功甫，張鎡的字。張鎡乃南宋名將張俊之後代，能詩，喜交遊。有《南湖集》。張達可：不詳。或謂可

318

能為張鎡之堂弟。

3　**中都**：都城的泛稱。這裡指南宋都城臨安（今浙江杭州）。

　　促織：蟋蟀別名。古人認為牠的鳴聲如催人趕快織布，製衣過冬。

4　**"庾郎"句**：庾信有《愁賦》（今不傳），故云。庾郎，指庾信，字蘭成，南北朝著名文學家。

5　**銅鋪**：銅鋪首。鋪，鋪首，啣門環的獸形底座。

6　**機杼**：紡織的工具。

7　**屏山**：畫有遠山的屏風。

8　**砧杵**：古代婦女用以搗衣的工具。

9　**"候館"句**：化用王褒《四子講德論》"蟋蟀候秋吟"句意。候館，迎候賓客的館舍，旅館。《周禮·地官·遺人》："五十里有市，市有候館。"

10　**"離宮"句**：化用李賀《宮娃歌》"啼蛄弔月鈎欄下"句意。離宮，皇帝出行所住的行宮。

11　**豳詩**：指《詩經·豳·七月》，其第五章有"十月蟋蟀入我牀下"的詩句。**漫與**：這裡指詩句即景而生，率然而成。杜甫《江上值水如海勢聊短述》："老去詩篇渾漫與，春來花鳥莫深愁。"

12　**"笑籬落"二句**：寫民間兒童提燈籠在籬落間捉蟋蟀的情景。

13　**琴絲**：這裡代指曲譜。

14　**"一聲聲"句**：此句下作者自注云："宣政間，有士大夫制《蟋蟀吟》。"

琵琶仙

　　《吳都賦》云[1]：戶藏煙浦，家具畫船。"惟吳興為然[2]，春遊之盛，西湖未能過也。己酉歲[3]，余與蕭時父載酒南郭[4]，感遇成歌。

　　雙槳來時，有人似、舊曲桃根桃葉[5]。歌扇輕約飛花[6]，蛾眉正奇絕。春漸遠，汀洲自綠，更添了幾聲啼鴂[7]。十里揚州，三生杜牧[8]，前事休說。　　又還是宮燭分煙[9]，奈愁裡匆匆換時節。都把一襟芳思，與空階榆莢。千萬縷、藏鴉細柳，為玉尊、起舞回雪[10]。想見西出陽關[11]，故人初別。

注釋

1　《吳都賦》：左思作，見《文選》。

2　吳興：今屬江蘇。

3　己酉歲：宋孝宗淳熙十六年（1189）。

4　蕭時父：蕭德藻之姪，作者的妻族。南郭：城南。

5　**桃根桃葉**：據郭茂倩《樂府詩集》引《古今樂錄》及《隋書・五行志》，晉王獻之有妾名桃葉，其妹名桃根。獻之嘗於秦淮河畔送別桃葉桃根，其辭曰：「桃葉復桃葉，渡江不用楫。但渡無所苦，我自迎接汝。」這裡似以桃根、桃葉喻合肥兩姐妹。

6　**輕約**：輕掠，輕輕拂過。此句意境與晏幾道《鷓鴣天》（彩袖殷勤捧玉鍾）「歌盡桃花扇底風」相近。

7　**啼鴂**：啼鳴的杜鵑。

8　**"十里"二句**：杜牧，唐代著名詩人，曾任職揚州，留下大量詩篇。其《贈別》有句云「春風十里揚州路，捲上珠簾總不如」。這裡作者以杜牧自況。三生，前生、今生、來生。

9　**"又還是"句**：寒食禁火，清明後則取新火。詳見《輦下歲時記》及韓翃《寒食》所記。宮燭分煙即指所謂賜新火，言皇恩浩蕩，賜新火於近臣。

10　**起舞回雪**：曹植《洛神賦》：「彷彿兮若輕雲之蔽月，飄搖兮若流風之回雪。」為此句所本。

11　**西出陽關**：王維《渭城曲》：「勸君更盡一杯酒，西出陽關無故人。」這裡泛指送別友人。

八 歸[1]

湘中送胡德華[2]

　　芳蓮墜粉[3]，疏桐吹綠[4]，庭院暗雨乍歇。
無端抱影消魂處，還見篠牆螢暗[5]，蘚階蛩切[6]。
送客重尋西去路，問水面琵琶誰撥[7]？最可惜、
一片江山，總付與啼鴂。　　長恨相從未款[8]，而
今何事，又對西風離別！渚寒煙淡，棹移人遠，
縹緲行舟如葉。想文君望久[9]，倚竹愁生步羅
襪[10]。歸來後，翠尊雙飲，下了珠簾，玲瓏閒看
月[11]。

注釋

1　八歸：有平韻、仄韻兩式。此仄韻《八歸》，為姜夔自度曲。

2　湘中：指湖南地區。胡德華：生平未詳。

3　"芳蓮"句：由杜甫《秋興八首》之七 "露冷蓮房墜粉紅"
　　生發，指荷花凋謝。

4　吹綠：風吹葉落。

5　篠牆：細竹枝編成的籬笆。

6　蛩切：蟋蟀鳴聲淒切。

7　"送客"二句：用白居易潯陽江送客典事。《琵琶行》："潯
　　陽江頭夜送客，楓葉荻花秋瑟瑟。……忽聞水上琵琶聲，

主人忘歸客不發。尋聲暗問彈者誰,琵琶聲停欲語遲。"
西去,疑胡德華是溯長江西上入蜀,故篇中用白居易送客
及卓文君典事。

8　**未款**:未能盡歡。款,款密,親熱。

9　**文君**:漢司馬相如之妻卓文君。嫁相如後,二人曾在成都
當壚賣酒。此以比胡德華之妻。

10　**"倚竹"句**:攝用李杜詩意。杜甫《佳人》:"天寒翠袖薄,
日暮倚修竹。"李白《玉階怨》:"玉階生白露,夜久侵羅
襪。"

11　**"下了"二句**:仍用李白《玉階怨》句意:"卻下水精簾,
玲瓏望秋月。"

念奴嬌

予客武陵[1],湖北憲治在焉[2]。古城野水,喬木參天。予與二三友日蕩舟其間,薄荷花而飲[3]。意象幽閒,不類人境。秋水且涸[4],荷葉出地尋丈[5]。因列坐其下,上不見日,清風徐來,綠雲自動[6],間於疏處,窺見遊人畫船,亦一樂也。掲來吳興[7],數得相羊荷花中[8];又夜泛西湖,光景奇絕。故以此句寫之。

鬧紅一舸[9],記來時、嘗與鴛鴦為侶。三十六陂人未到[10],水佩風裳無數[11]。翠葉吹涼,玉容銷酒[12],更灑菰蒲雨[13]。嫣然搖動,冷香飛上詩句。　日暮。青蓋亭亭[14],情人不見,爭忍凌波去?只恐舞衣寒易落[15],愁入西風南浦。高柳垂陰,老魚吹浪,留我花間住。田田多少[16],幾回沙際歸路。

注釋

1 **武陵**：今湖南常德。

2 **憲治**：指提刑官署。宋時湖北提刑官署設在武陵。

3 **薄**：近。

4 **且涸**：將枯。

5 **尋丈**：八尺為尋，二尋為丈。

6 **綠雲**：言荷葉茂密如雲。

7 **羯**：發詞語，無實意。

8 **相羊**：同"徜徉"，留連，徘徊。

9 **鬧紅**：這裡指荷花，"鬧"字形容荷花的繁盛。語出宋祁《玉樓春》（東城漸覺風光好）："綠楊煙外曉寒輕，紅杏枝頭春意鬧。"

10 **三十六陂**：地名，在今江蘇揚州。王安石《題西太一宮壁二首》之一："三十六陂流水，白頭想見江南。"常用以泛指陂塘。

11 **水佩風裳**：李賀《蘇小小墓》："風為裳，水為佩。"此用以形容荷花、荷葉。

12 **"玉容"句**：言荷花微紅，如美人玉容帶酒暈。

13 **菰蒲**：菰和蒲，兩種水生植物。這裡泛指各種水草。

14 **青蓋**：言荷葉團團如綠色的車蓋。**亭亭**：高高聳立的樣子。

15 **舞衣**：此指荷葉。

16 **田田**：繁盛的樣子。

揚 州 慢

淳熙丙申至日[1]，余過維揚[2]。夜雪初霽，薺麥
彌望[3]。入其城，則四顧蕭條，寒水自碧；暮色漸起，
戍角悲吟[4]。余懷愴然，感慨今昔，因自度此曲。
千岩老人以為有黍離之悲也[5]。

淮左名都[6]，竹西佳處[7]，解鞍少駐初程[8]。
過春風十里[9]，盡薺麥青青。自胡馬窺江去
後[10]，廢池喬木[11]，猶厭言兵。漸黃昏、清角吹
寒，都在空城。　杜郎俊賞[12]，算而今、重到
須驚。縱豆蔻詞工[13]，青樓夢好[14]，難賦深情。
二十四橋仍在[15]，波心蕩，冷月無聲。念橋邊紅
藥[16]，年年知為誰生！

注釋

1　淳熙丙申：即宋孝宗淳熙三年（1176）。至日：冬至日。

2　維揚：揚州的別名。《尚書·禹貢》："淮海維揚州"，因稱。

3　薺麥：野生的小麥。彌望：滿眼。

4　戍角：軍營中吹響的號角。

5　　千岩老人：蕭德藻，字東夫，號千岩老人，福建閩清人。
　　　　作者曾向其學詩，並娶了其侄女。**黍離之悲**：懷念故國的
　　　　悲思。《詩經·王風》有《黍離》，寫西周大夫路過故京，
　　　　見宮殿中長滿禾黍，歎周室衰微，彷徨不忍離去。後人常
　　　　以此詩代指國破家亡後的悲傷。

6　　淮左：宋代置淮南路，後分淮南東路、西路，東路又稱淮
　　　　左，治揚州。

7　　竹西：亭名，在揚州城東禪智寺側。杜牧《題揚州禪智
　　　　寺》：「誰知竹西路，歌吹是揚州。」

8　　少：同「稍」。**初程**：初始的行程。

9　　春風十里：杜牧《贈別》：「春風十里揚州路，捲上珠簾總
　　　　不如。」

10　　胡馬窺江：指金兵渡江南侵。按宋高宗建炎三年（1129）
　　　　和紹興三十一年（1161），金兵兩次侵佔揚州等地，其中
　　　　第二次揚州受禍尤烈。

11　　廢池：被毀壞的城池。**喬木**：高大的古樹。

12　　杜郎：指杜牧。**俊賞**：對美有高度鑒賞能力。杜牧在揚州
　　　　生活時期，寫過不少讚美揚州繁華景色的詩篇。

13　　豆蔻詞工：豆蔻詞寫得很好。杜牧《贈別》有句云「娉娉
　　　　裊裊十三餘，豆蔻梢頭二月初。」

14　　「青樓」句：杜牧《遣懷》：「落魄江南載酒行，楚腰纖細掌
　　　　中輕。十年一覺揚州夢，贏得青樓薄倖名。」

15　　二十四橋：據沈括《夢溪筆談》，唐時揚州有二十四橋。杜
　　　　牧《寄揚州韓綽判官》：「二十四橋明月夜，玉人何處教吹
　　　　簫。」

16　　紅藥：紅芍藥。王觀《揚州芍藥譜》：「揚之芍藥甲天下。」

長亭怨慢

　　予頗喜自製曲[1]，初率意為長短句[2]，然後協以律[3]，故前後闋多不同。桓大司馬云[4]："昔年種柳，依依漢南。今看搖落，悽愴江潭。樹猶如此，人何以堪！"此語余深愛之。

　　漸吹盡、枝頭香絮，是處人家，綠深門戶。遠浦縈迴[5]，暮帆零亂向何許？閱人多矣，誰得似、長亭樹[6]？樹若有情時，不會得、青青如此。

　　日暮，望高城不見，只見亂山無數。韋郎去也[7]，怎忘得、玉環分付。第一是早早歸來，怕紅萼、無人為主[8]。算空有并刀[9]，難剪離愁千縷。

注釋

1　自製曲：即自度曲，自製詞調。

2　長短句：參差不齊的句子。

3　協以律：配上樂曲。

4　桓大司馬：指東晉桓溫。據《世說新語·言語》，桓溫以大司馬都督中外軍事。當其率兵北伐，看到以前手植之樹已長大，不禁感歎：「木猶如此，人何以堪！」詞序中所引之句出自庾信《枯樹賦》，作者蓋誤記。

5　　**縈迴**：曲折迂迴。

6　　**長亭樹**：種在長亭附近的柳樹。古代路邊設有長亭，行人常於此折柳送別。

7　　**韋郎**：指唐人韋皋。據范攄《雲溪友議》，韋皋遊於江夏，住在姜氏家，與姜氏婢玉簫有情，相約七年後來聚，留玉指環為憑。然韋於八年後尚未踐約，玉簫遂不食而死。後韋得一姬，絕似玉簫，而中指肉隱如玉環。這裡作者以韋郎自比。

8　　**紅萼**：紅花。代指所愛女子。

9　　**并刀**：古并州（今山西太原）出產的剪刀以鋒利著稱，後遂以并刀為剪刀的代稱。

淡黃柳

　　客居合肥南城赤闌橋之西，巷陌淒涼，與江左異[1]；惟柳色夾道，依依可憐。因度此曲[2]，以紓客懷。

　　空城曉角[3]，吹入垂楊陌。馬上單衣寒惻惻[4]。看盡鵝黃嫩綠，都是江南舊相識。　　正岑寂[5]，明朝又寒食。強攜酒、小橋宅[6]，怕梨花落盡成秋色[7]。燕燕飛來[8]，問春何在？惟有池塘自碧。

注釋

1　江左：指江南。

2　因度此曲：因而創製了《淡黃柳》的詞調。

3　曉角：拂曉的畫角。

4　惻惻：同"側側"，輕寒的樣子。韓偓《夜深》："惻惻輕寒剪剪風。"

5　岑寂：孤獨冷清。唐彥謙《樊登見寄》："良夜最岑寂，旅況何蕭條。"

6　強攜酒：周邦彥《應天長》（條風布暖）："強載酒，細尋前跡。"小橋宅：指情人居處。

7　"怕梨花"句：李賀《三月》："曲水飄香去不歸，梨花落盡
　　成秋苑。"

8　"燕燕"句：《詩經・邶風・燕燕》："燕燕于飛，差池其羽。"
　　舊以為詩詠女兒出嫁。

暗 香

　　辛亥之冬，予載雪詣石湖[1]。止既月，授簡索句，且徵新聲，作此兩曲[2]。石湖把玩不已，使工妓隸習之，音節諧婉，乃名之曰《暗香》、《疏影》[3]。

　　舊時月色，算幾番照我，梅邊吹笛[4]。喚起玉人，不管清寒與攀摘[5]。何遜而今漸老，都忘卻春風詞筆[6]。但怪得竹外疏花，香冷入瑤席[7]。

　　江國，正寂寂[8]。歎寄與路遙[9]，夜雪初積。翠尊易泣，紅萼無言耿相憶[10]。長記曾攜手處，千樹壓、西湖寒碧[11]。又片片、吹盡也，幾時見得[12]？

注釋

1　辛亥：宋光宗紹熙二年（1191）。載雪：冒雪乘船。詣：到。石湖：范成大。蘇州西南有石湖，范成大晚年隱居於此，號石湖居士。

2　**止既月**：住了一個月。**授簡**：給以紙筆。**徵新聲**：徵求新的詞調。

3　**把玩不已**：反復吟味、欣賞。**工妓**：樂工、歌女。**隸習**：學習。**諧婉**：和諧動聽。**《暗香》、《疏影》**：出自林逋《山園小梅》："疏影橫斜水清淺，暗香浮動月黃昏。"

4　**舊時**：從前。**幾番**：幾次。

5　**"喚起"二句**：説過去曾和美人一起冒着清寒攀折梅花。玉人，美人。

6　**何遜**：南朝梁代詩人，字仲信，酷愛梅花，寫過有名的《詠早梅》。杜甫在《和裴迪登蜀州東亭送客逢早梅相憶見寄》詩中説："東閣官梅動詩興，還如何遜在揚州。"這裡詞人以何遜自比。**春風詞筆**：指才情與興致。

7　**竹外疏花**：竹林外幾枝稀疏的梅花。**香冷**：指梅花的幽香。**瑤席**：席座的美稱。

8　**江國**：指江南小鄉。這兩句説江南的雪夜格外靜寂，使人更生孤獨之感。

9　**寄與路遙**：想把梅花寄去，又感到路途遙遠。此處暗用南朝陸凱寄梅的故事。見秦觀《踏莎行》（霧失樓台）注4（頁121）。

10　**翠尊**：碧綠的酒樽。這裡指酒。**紅萼**：紅梅。**耿**：忠誠的樣子。

11　**千樹**：指梅林。**寒碧**：指西湖寒冷的碧水。

12　**"又片片"三句**：言如今眼看梅花就要凋落殆盡，何時才能再見到自己思念的那位佳人呢？

疏　影

苔枝綴玉[1]，有翠禽小小[2]，枝上同宿。客裡相逢，籬角黃昏，無言自倚修竹[3]。昭君不慣胡沙遠[4]，但暗憶、江南江北。想佩環、月夜歸來，化作此花幽獨[5]。　　猶記深宮舊事，那人正睡裡，飛近蛾綠[6]。莫似春風，不管盈盈[7]，早與安排金屋[8]。還教一片隨波去，又卻怨、玉龍哀曲[9]。等恁時、重覓幽香，已入小窗橫幅[10]。

注釋

1　苔枝：長有苔蘚的梅枝。據范成大《梅譜》，有一種梅樹
　　"其枝樛曲萬狀，蒼蘚鱗皴，封滿花身，又有苔鬚垂於枝
　　間，或長數寸，風至，綠絲飄飄可玩"。綴玉：言梅花依於
　　枝上如玉製成一般。

2　翠禽小小：暗用趙師雄事。據曾慥《類說》所引《異人錄》，
　　隋人趙師雄路過羅浮山時遇一美人，相與飲酒，又有綠衣
　　童子，戲舞其側。趙醉後入睡，及醒見大梅花樹上有一翠
　　鳥鳴而相顧，始知所遇美人乃梅花神，童子則化而為鳥。

3　"無言"句：用杜甫《佳人》"天寒翠袖薄，日暮倚修竹"
　　詩意。此以佳人喻梅花。

334

4　　**昭君**：即王嬙，自願出宮遠嫁匈奴呼韓邪單于為閼氏。見辛棄疾《賀新郎》（鳳尾龍香撥）注 4（頁 299）。**胡沙**：指西北沙漠地區。

5　　**"想佩環"三句**：杜甫《詠懷古蹟五首》其三："一去紫台連朔漠，獨留青塚向黃昏。畫圖省識春風面，環佩空歸夜月魂。"為三句所本。此以昭君喻梅花。

6　　**"猶記"三句**：用南朝宋武帝劉裕女壽陽公主事。據《太平御覽‧時序部》引《雜五行書》，壽陽公主人日臥於含章殿簷下，梅花落公主額上，拂之不去。宮女奇其異，競效之，號梅花妝。蛾綠，猶眉黛。這裡指眉間。

7　　**盈盈**：形容女子美好的儀態。這裡形容梅花。

8　　**安排金屋**：用漢武帝與陳皇后事。據《漢武故事》，漢武帝年幼時，其姑母手指阿嬌問其娶妻如此則何如。武帝答曰："若得阿嬌作婦，當作金屋貯之也。"阿嬌後嫁武帝，是為陳皇后。

9　　**玉龍**：指笛。馬融《長笛賦》："龍鳴水中不見已，截竹吹之聲相似。"**哀曲**：指笛曲《梅花落》。

10　　**橫幅**：指圖畫。

翠樓吟

　　淳熙丙午冬[1]，武昌安遠樓成[2]，與劉去非諸友落之[3]，度曲見志[4]。余去武昌十年，故人有泊舟鸚鵡洲者[5]，聞小姬歌此詞，問之，頗能道其事；還吳，為余言之，興懷昔遊，且傷今之離索也[6]。

　　月冷龍沙[7]，塵清虎落[8]，今年漢酺初賜[9]。新翻胡部曲[10]，聽氈幕、元戎歌吹[11]。層樓高峙，看檻曲縈紅，簷牙飛翠[12]。人姝麗[13]，粉香吹下，夜寒風細。　　此地。宜有詞仙[14]，擁素雲黃鶴，與君遊戲。玉梯凝望久，但芳草萋萋千里[15]。天涯情味，仗酒祓清愁[16]，花消英氣。西山外，晚來還捲，一簾秋霽。

注釋

1　淳熙丙午：宋孝宗淳熙十三年（1186）。時姜夔離漢陽往湖州，經武昌。

2　安遠樓：又名南樓，在今湖北武漢蛇山南。

3　劉去非：作者友人，生平未詳。落之：謂祝賀樓的落成。

4　度曲：自創詞調。**見志**：表明心志。

5　**鸚鵡洲**：在武昌附近長江中，為遊覽勝地。

6　**離索**：流落寂寞。

7　**龍沙**：《後漢書‧班超傳贊》："坦步蔥嶺，咫尺龍沙。"後
　　稱塞外沙漠之地為龍沙。這裡泛指沙灘。

8　**虎落**：護城籬笆稱虎落。這裡泛指城牆。

9　**漢酺**：指酒宴。《漢書‧文帝紀》："十六年九月，得玉杯，
　　刻曰：'人主延壽，令天下大酺。'"出錢為釀，出食為酺。
　　據《宋史‧孝宗紀》，南宋朝廷曾於淳熙十三年（1186）
　　正月賜酺。

10　**新翻**：新編，新奏。**胡部曲**：由西北少數民族地區傳入的
　　音樂。

11　**氈幕**：氈製的帳幕。**元戎歌吹**：即指前所言"胡部曲"。

12　**"簷牙"句**：謂從屋簷上露出綠色。

13　**姝麗**：美麗。

14　**詞仙**：李白人稱詩仙，此蓋指詞才超凡者。

15　**"擁素雲"四句**：崔顥《黃鶴樓》："昔人已乘黃鶴去，此地
　　空餘黃鶴樓。黃鶴一去不復返，白雲千載空悠悠。晴川歷
　　歷漢陽樹，芳草萋萋鸚鵡洲。日暮鄉關何處是，煙波江上
　　使人愁。"為此數句所本。

16　**祓**：消除。

杏花天影

丙午之冬[1]，發沔口[2]。丁未正月二日[3]，道金陵[4]，北望淮、楚，風日清淑[5]，小舟掛席，容與波上[6]。

綠絲低拂鴛鴦浦[7]，想桃葉、當時喚渡[8]。又將愁眼與春風，待去。倚蘭橈、更少駐[9]。

金陵路，鶯吟燕舞。算潮水知人最苦。滿汀芳草不成歸[10]，日暮。更移舟、向甚處？

注釋

1　丙午：宋孝宗淳熙十三年（1186）。

2　沔口：漢水入長江處。

3　丁未：宋孝宗淳熙十四年（1187）。

4　金陵：今江蘇南京。

5　風日清淑：天氣晴朗，風和日麗。

6　容與：遲緩不前。此言小舟悠閒地蕩漾波上。

7　綠絲：指柳條。

8　"想桃葉"二句：用王獻之別桃葉、桃根事。見姜夔《琵琶仙》（雙槳來時）注5（頁321）。

9　蘭橈：對船槳的美稱。少：同"稍"。

10　汀：水中沙洲。

一萼紅

　　丙午人日[1]，予客長沙別駕之觀政堂[2]。堂下曲沼，沼西負古垣，有盧橘幽篁[3]，一徑深曲。穿徑而南，官梅數十株[4]，如椒如菽[5]，或紅破白露，枝影扶疏。著屐蒼苔細石間[6]，野興橫生，亟命駕登定王台[7]。亂湘流、入麓山[8]，湘雲低昂，湘波容與[9]，興盡悲來，醉吟成調。

　　古城陰，有官梅幾許，紅萼未宜簪[10]。池面冰膠，牆腰雪老，雲意還又沉沉。翠藤共、閒穿徑竹，漸笑語、驚起臥沙禽[11]。野老林泉[12]，故王台榭[13]，呼喚登臨。　　南去北來何事？蕩湘雲楚水，目極傷心。朱戶粘雞[14]，金盤簇燕[15]，空歎時序侵尋[16]。記曾共、西樓雅集，想垂柳、還裊萬絲金。待得歸鞍到時，只怕春深。

注釋

1　　丙午：宋孝宗淳熙十三年（1186）。人日：農曆正月初七。

2　　長沙別駕：指蕭德藻，時任湖南通判。別駕，通判的別稱。

3　**盧橘**：金橘的別稱。司馬相如《上林賦》：「盧橘夏熟，黃甘橙楱。」**幽篁**：指竹子。

4　**官梅**：公家種植的梅花。

5　**如椒如菽**：此言梅花花苞尚小，如椒子、豆粒一般。

6　**屐**：鞋的一種，通常為木底，或有齒，或無齒，可以踐泥。

7　**命駕**：命人駕馬車，謂立即動身。《世說新語·簡傲》：「嵇康與呂安善，每一相思，千里命駕。」**定王台**：在長沙東，漢長沙定王所築。

8　**亂**：橫渡。**麓山**：即岳麓山，在長沙西南。

9　**容與**：水流舒緩的樣子。

10　**未宜簪**：言花尚未開，不宜摘取插於鬢邊。

11　**「驚起」句**：蘇軾《卜算子》（缺月掛疏桐）：「驚起卻回頭，有恨無人省。揀盡寒枝不肯棲，寂寞沙洲冷。」

12　**野老**：鄉野的老人，常用以指隱士。這裡是作者自稱。

13　**「故王」句**：指定王台。

14　**「朱戶」句**：據《歲時廣記》，古時有人日畫雞粘於門上以驅邪的風俗。

15　**「金盤」句**：據《武林舊事》，古時立春日供春盤，有「翠縷紅絲，金雞玉燕，備極精巧」。

16　**侵尋**：漸進，漸次發展。

霓裳中序第一

　　丙午歲[1]，留長沙，登祝融[2]，因得其祠神之曲，曰《黃帝鹽》、《蘇合香》[3]。又於樂工故書中得商調《霓裳曲》十八闋[4]，皆虛譜無辭。按沈氏《樂律》[5]：《霓裳》道調[6]，此乃商調。樂天詩云[7]：“散序六闋。”此特兩闋，未知孰是。然音節閒雅，不類今曲。余不暇盡作，作“中序”一闋傳於世[8]。余方羈遊，感此古音，不自知其辭之怨抑也。

　　亭皋正望極[9]，亂落江蓮歸未得。多病卻無氣力，況紈扇漸疏，羅衣初索[10]。流光過隙[11]，歎杏樑、雙燕如客[12]。人何在？一簾淡月，彷彿照顏色[13]。　　幽寂。亂蛩吟壁，動庾信、清愁似織[14]。沉思年少浪跡，笛裡關山[15]，柳下坊陌[16]。墜紅無信息[17]，漫暗水、涓涓溜碧[18]。飄零久、而今何意，醉臥酒壚側。[19]

注釋

1　丙午歲：宋孝宗淳熙十三年（1186）。

2　祝融：山峰名，為衡山七十二峰之最高者。

3　《黃帝鹽》：據沈括《夢溪筆談》，《黃帝鹽》乃杖鼓曲。《蘇合香》：據段安節《樂府雜錄》，《蘇合香》乃軟舞曲。

4　商調：古樂調式之一，其音悽愴哀婉。

5　沈氏《樂律》：指沈括《夢溪筆談・樂律篇》。

6　道調：宮調名。宋代王溥《唐會要・諸樂》："林鐘宮，時號道調、道曲、垂拱樂、萬國歡。"

7　樂天詩：指白居易《霓裳羽衣歌和微之》："散序六奏未動衣，陽台宿雲慵不飛。"樂天，即白居易，號樂天。

8　中序：《霓裳》全曲分三大段：一散序，六遍；二中序，遍數不詳；三破，十二遍。

9　亭皋：水邊平地。望極：極目遠望。

10　"況紈扇"二句：兩句言時已近秋。索，蕭索，冷落。

11　"流光"句：言時光如白馬過隙，轉瞬即逝。《莊子・知北遊》："人生天地之間，若白駒之過隙，忽然而已。"

12　杏樑：杏木房樑。對房樑的美稱。

13　"彷彿"句：杜甫《夢李白》之一："落月滿屋樑，猶疑照顏色。"為此句所本。

14　"動庾信"句：庾信有《愁賦》（今不傳）。

15　關山：關隘與山川。代指旅途的辛苦。

16　坊陌：街坊巷陌。

17　墜紅：落花。

18　"漫暗水"句：杜甫《夜宴左氏莊》："暗水流花徑"。

19　酒壚：酒店中安置酒甕的土墩。

章良能

? － 1214

章良能（？－1214），字達之，處州麗水
（今屬浙江）人。淳熙五年（1178）進士，累
官御史中丞、參知政事。詞存一首。

小重山

　　柳暗花明春事深。小闌紅芍藥[1]，已抽
簪[2]。雨餘風軟碎鳴禽[3]。遲遲日，猶帶一分陰。

　　往事莫沉吟，身閒時序好[4]，且登臨。舊遊
無處不堪尋。無尋處，惟有少年心。

注釋

1　**闌**：同 "欄"。

2　**抽簪**：本指棄官隱退，這裡指花已凋殘。

3　**碎鳴禽**：鳥鳴聲稀疏零亂。杜荀鶴《春宮怨》："風暖鳥聲
　　碎，日高花影重"。

4　**時序**：時令，時光。

劉　過

1154 — 1206

　　劉過（1154－1206），字改之，號龍洲道
人。太和（江西泰和）人，一說廬陵（江西吉
安）人。流落江湖間，曾從辛棄疾遊。其抒發
抗金抱負的詩詞，語意峻拔，風格豪放。韓侂
冑嘗欲官之，使金，輕率漏言。卒以窮死。著
有《龍洲集》、《龍洲詞》。

唐多令

　　安遠樓小集，侑觴歌板之姬黃其姓者[1]，乞詞於龍洲道人[2]，為賦此《唐多令》。同柳阜之、劉去非、石民瞻、周嘉仲、陳孟參、孟容。時八月五日也。

　　蘆葉滿汀洲，寒沙帶淺流。二十年重過南樓。柳下繫船猶未穩，能幾日，又中秋。　　黃鶴斷磯頭[3]，故人今在否[4]？舊江山渾是新愁。欲買桂花同載酒，終不似，少年遊！

注釋

1　**侑觴**：佐酒，謂以歌舞助酒興。**黃其姓者**：姓黃的。

2　**龍洲道人**：劉過自稱。

3　**磯**：臨江的山崖叫磯。此指黃鶴磯，在黃鵠山西北，上有黃鶴樓，西臨長江，為遊覽勝地。

4　**今在否**：一本作"曾到否"。

嚴　仁
生卒年不詳

嚴仁（生卒年不詳），字次山，邵武（今屬福建）人。與嚴羽同族。詞集名《清江欸乃集》，今有輯本。

木蘭花

　　春風只在園西畔，薺菜花繁蝴蝶亂。冰池晴綠照還空[1]，香徑落紅吹已斷。　　意長翻恨游絲短，盡日相思羅帶緩[2]。寶奩如月不欺人[3]，明日歸來君試看。

注釋

1　　晴綠：指池水。

2　　"盡日"句：《古詩十九首》："相去日已遠，衣帶日已緩。"

3　　寶奩：鏡匣。這裡指鏡子。

俞國寶

生卒年不詳

俞國寶（生卒年不詳），號醒庵，臨川（今江西撫州）人。淳熙年間太學生。《全宋詞》輯其詞五首，《全宋詞輯補》從《詩淵》又輯其詞八首。

風入松

　　一春長費買花錢，日日醉湖邊。玉驄慣識西湖路[1]，驕嘶過、沽酒樓前。紅杏香中歌舞[2]，綠楊影裡秋千。　　暖風十里麗人天[3]，花壓鬢雲偏。畫船載取春歸去，餘情付、湖水湖煙。明日重扶殘醉[4]，來尋陌上花鈿。

注釋

1　玉驄：毛色青白相雜的馬。

2　歌舞：一本作"簫鼓"。

3　麗人天：麗人遊冶的時節，指踏青遊春的時節。杜甫《麗人行》："三月三日天氣新，長安水邊多麗人。"

4　"明日"句：據《武林舊事》，此詞原題於酒肆，本句作"明日重攜殘酒"。宋高宗偶見之，笑曰："此詞甚好，但末句未免寒酸。"因改為"明日重扶殘醉"。

張　鎡
1153 － 1211?

　　張鎡（1153－1211?），字功甫，又字功
父，號約齋，西秦（今陝西）人，曾任司農丞。
居臨安，卜居南湖。嘗學詩於陸游。著有《南
湖集》、《玉照堂詞》。

滿 庭 芳

促織兒 [1]

　　月洗高梧，露溥幽草 [2]，寶釵樓外秋深 [3]。土花沿翠 [4]，螢火墜牆陰。靜聽寒聲斷續 [5]，微韻轉、悽咽悲沉。爭求侶，殷勤勸織 [6]，促破曉機心 [7]。　　兒時曾記得，呼燈灌穴，斂步隨音 [8]。任滿身花影 [9]，獨自追尋。攜向華堂戲鬥。亭台小、籠巧妝金 [10]。今休說，從渠牀下 [11]，涼夜伴孤吟。

注釋

1　促織兒：蟋蟀的別名。

2　月洗：形容月光皎潔如洗。溥：露多的樣子。

3　寶釵樓：故址在今陝西咸陽市。

4　土花：指苔蘚。沿翠：言苔蘚順着牆角鋪去，像一條蒼翠的帶子。

5　寒聲：蟋蟀的鳴聲。

6　勸織：勸人織布。

7　破：盡。

8　斂步：放輕腳步。隨音：根據鳴聲尋找蟋蟀。

9　滿身花影：指匍匐在地上。

10　亭台：指放蟋蟀的罐子。籠巧妝金：形容罐子的外觀很漂亮。

11　渠：牠。指蟋蟀。

燕山亭

　　幽夢初回，重陰未開，曉色催成疏雨。竹檻氣寒，蕙畹聲搖[1]，新綠暗通南浦。未有人行，才半啓、迴廊朱戶。無緒。空望極霓旌[2]，錦書難據。　苔徑追憶曾遊，念誰伴秋千，彩繩芳柱。犀簾黛捲[3]，鳳枕雲孤，應也幾番凝佇。怎得伊來，花霧繞、小堂深處。留住，直到老、不教歸去。

注釋

1　**蕙畹**：種滿香草的園地。屈原《離騷》：“余既滋蘭之九畹兮，又樹蕙之百畝。”蕙，香草名。這裡泛指香草。畹，十二畝為一畹。

2　**望極**：猶極望，極目遠望。**霓旌**：相傳仙人以雲霞為旗幟。這裡即指雲彩。

3　**“犀簾”句**：簾下人眉頭緊鎖。犀簾，以薄犀皮製成的簾子。

史達祖

1160? － 1210?

史達祖（1160?－1210?），字邦卿，號梅溪，汴京（今河南開封）人。開禧元年（1205）曾隨李壁使金，開禧三年（1207）韓侂冑被殺後遭牽連貶死。有《梅溪詞》。

綺羅香

詠春雨

做冷欺花，將煙困柳[1]，千里偷催春暮[2]。盡日冥迷，愁裡欲飛還住。驚粉重、蝶宿西園[3]，喜泥潤、燕歸南浦[4]。最妙它佳約風流，鈿車不到杜陵路[5]。　　沉沉江上望極，還被春潮晚急，難尋官渡[6]。隱約遙峰，和淚謝娘眉嫵[7]。臨斷岸、新綠生時，是落紅、帶愁流處。記當日門掩梨花[8]，剪燈深夜語。

注釋

1　做冷、將煙：擬人手法，指春雨增寒、瀰漫似煙。

2　偷催春暮：悄然催促春的腳步。

3　驚粉重（zhòng 種）：彩蝶驚異身上的花粉因雨濕而變重。
　　西園：泛指庭園。

4　泥潤：與“粉重”相對，燕子啣泥，喜其因雨而濕潤。

5　杜陵：漢宣帝陵墓，在長安城南，為唐代郊遊勝地。

6　官渡：官府的渡口。此指渡船。

7　謝娘：泛指美女。此句以婦女之愁眉喻雨中遠山。

8　門掩梨花：門掩黃昏，聽細雨打梨花。語出李重元《憶王孫》詞：“雨打梨花深閉門。”一說出自唐劉方平《春怨》：“梨花滿地不開門。”

雙雙燕

詠燕

　　過春社了，度簾幕中間[1]，去年塵冷[2]。差池欲住[3]，試入舊巢相並[4]。還相雕樑藻井[5]，又軟語商量不定[6]。飄然快拂花梢，翠尾分開紅影[7]。　　芳徑，芹泥雨潤[8]。愛貼地爭飛，競誇輕俊。紅樓歸晚[9]，看足柳昏花暝[10]。應自棲香正穩[11]，便忘了、天涯芳信[12]。愁損翠黛雙蛾[13]，日日畫欄獨憑。

注釋

1　度：穿越。

2　"去年"句：舊日的塵土堆積得很厚。此喻指主人生活的清冷寂寞和情緒低落。

3　差池：形容雙燕齊飛時翅膀搧抖。參差不齊的姿態。

4　相並：雙雙並棲。

5　還：同"旋"，不久。相：端詳，打量。藻井：上有水草圖案的天花板。

6　軟語：柔語，細語。

7　紅影：花影。

8　芳徑：花草芳香的小路。芹泥：水邊長芹草的軟泥。

9　紅樓：富貴之家婦女住的樓房。

10　**柳昏花暝**：黃昏中的柳色花容。

11　**棲香正穩**：在花草的芬芳中睡得十分香甜。

12　**天涯芳信**：來自遠方的情書。

13　**翠黛**：古代婦女畫眉用的一種青黑色顏料。**雙蛾**：雙眉，因蠶蛾的觸角細長而曲，故用以形容女子彎曲細長的眉毛。

東風第一枝

詠春雪

巧沁蘭心，偷粘草甲[1]，東風欲障新暖[2]。漫凝碧瓦難留[3]，信知暮寒輕淺。行天入鏡[4]，做弄出、輕鬆纖軟。料故園、不捲重簾，誤了乍來雙燕。　青未了、柳回白眼[5]。紅欲斷、杏開素面。舊遊憶着山陰[6]，後盟遂妨上苑[7]。寒爐重熨，便放慢、春衫針線。怕鳳靴、挑菜歸來[8]，萬一灞橋相見[9]。

注釋

1　蘭心：蘭花蕊。草甲，花草破土而出時頂部帶的種子殼。

2　障：阻擋。

3　難留：言春雪易化，難以留存。

4　行天入鏡：化用唐韓愈《春雪》："入鏡鸞窺沼，行天馬度橋。"喻雪積池塘和橋上，明淨如鏡，鸞進池如入鏡、馬度橋如行天。

5　柳回白眼：初發的柳葉形狀如眼，顏色嫩綠，蒙雪變白。

6　"舊遊"句：用《世說新語·任誕》典："王子猷居山陰，夜大雪。眠覺，開室，命酌酒，四望皎然。因起彷徨，詠左思《招隱》詩，忽憶戴安道，時戴在剡，即便夜乘小船就之。經宿方至，造門不前而返。人問其故，王曰：「吾本乘興而行，興盡而返，何必見戴。」」

7　**「後盟」句**：用西漢司馬相如雪天赴梁王兔園宴會遲到的典故。後盟，比約定的時間遲了。上苑，指兔園。以上兩句憶古人踏雪出行的往事。

8　**鳳靴**：飾以鳳紋圖案的繡鞋。**挑菜**：唐代民俗，每逢農曆二月初二日，士民匯集到曲江遊觀挑菜，稱為挑菜節。宋沿唐習。

9　**灞橋**：在長安城東。

喜遷鶯

　　月波疑滴，望玉壺天近[1]，了無塵隔。翠眼圈花[2]，冰絲織練[3]，黃道寶光相直[4]。自憐詩酒瘦，難應接、許多春色。最無賴[5]，是隨香趁燭，曾伴狂客。　　蹤跡，漫記憶。老了杜郎[6]，忍聽東風笛。柳院燈疏，梅廳雪在，誰與細傾春碧[7]？舊情拘未定，猶自學、當年遊歷。怕萬一，誤玉人、夜寒簾隙。

注釋

1　**玉壺**：月亮的代稱。

2　**圈花**：一說指花燈。

3　**冰絲**：本指冰蠶所吐之絲，這裡是對蠶絲的美稱。**練**：白色的絹帛，此處形容銀河。

4　**黃道**：指太陽。**寶光**：神奇的光輝。**相直**：相應、相當。

5　**無賴**：無聊、無奈。

6　**杜郎**：一說指杜牧。

7　**春碧**：指美酒。

三姝媚

　　煙光搖縹瓦¹，望晴簷多風，柳花如灑。錦瑟橫牀²，想淚痕塵影，鳳絃常下³。倦出犀幃⁴，頻夢見、王孫驕馬⁵。諳道相思，偷理綃裙，自驚腰衩⁶。　　惆悵南樓遙夜，記翠箔張燈，枕肩歌罷。又入銅駝⁷，遍舊家門巷，首詢聲價。可惜東風，將恨與、閒花俱謝。記取崔徽模樣⁸，歸來暗寫⁹。

注釋

1 　縹瓦：琉璃瓦。

2 　錦瑟：漆有織錦紋的瑟。

3 　鳳絃：琴上的絲絃。

4 　犀幃：帶有犀角裝飾的幃帳。

5 　王孫：古詩詞中常泛指貴家子弟，此處借指意中人。

6 　腰衩：衣裙下襬的開口，此處喻腰身減瘦。

7 　銅駝：銅駝巷，在洛陽，是繁華遊樂場地。

8 　崔徽：唐元稹有《崔徽歌序》，記叙了妓女崔徽與裴敬中相愛，敬中離開後，徽憂鬱怨結，託人畫了自己的像，帶給敬中並寄語說，"且為郎死"。

9 　寫：寫畫、畫像。

秋 霽

　　江水蒼蒼，望倦柳愁荷，共感秋色。廢閣先涼，古簾空暮，雁程最嫌風力。故園信息，愛渠入眼南山碧[1]。念上國[2]，誰是膾鱸江漢未歸客[3]。

　　還又歲晚、瘦骨臨風，夜聞秋聲，吹動岑寂[4]。露蛩悲、青燈冷屋，翻書愁上鬢毛白。年少俊遊渾斷得，但可憐處，無奈苒苒魂驚[5]，採香南浦，剪梅煙驛[6]。

注釋

1　　渠：代詞，它。南山：泛指南面的高山。一說暗用陶淵明
　　　"採菊東籬下，悠然見南山"詩意。

2　　上國：指南宋首府臨安，治所在今杭州市。

3　　膾（kuài 快）：切細的魚肉。鱸（lú）：鱸魚。江漢：長江、
　　　漢水。此句用西晉張翰事，一說暗借杜甫《江漢》詩意："江
　　　漢思歸客，乾坤一腐儒。"

4　　岑寂：孤獨、冷清、寂寞。

5　　苒苒（rǎn 染）：細膩柔軟的樣子。

6　　煙驛：雲霧如煙，籠罩着驛站和驛路。

夜合花

柳鎖鶯魂，花翻蝶夢，自知愁染潘郎 [1]。輕衫未攬，猶將淚點偷藏。念前事，怯流光，早春窺、酥雨池塘 [2]。向消凝裡，梅開半面，情滿徐妝 [3]。　　風絲一寸柔腸，曾在歌邊惹恨，燭底縈香。芳機瑞錦，如何未織鴛鴦 [4]。人扶醉，月依牆，是當初、誰敢疏狂！把閒言語，花房夜久，各自思量。

注釋

1　**愁染潘郎**：用潘岳典事。這裡指煩愁使人白了頭。

2　**酥雨**：稀疏的濛濛小雨。

3　**"梅開"二句**：用梁元帝徐妃典故。據《南史》載，徐妃因元帝一目失明，每次得知元帝要來，就化半面妝，帝見則大怒而去。這裡以半面妝形容梅花半開。

4　**"芳機"二句**：用蘇蕙迴文詩典故。據《晉書·列女傳》載，竇滔因罪被戍流沙，其妻蘇蕙織錦為《迴文旋圖詩》，五色相宣，縱橫八寸，題詩二百餘首，縱橫反復閱讀，皆成章句。

玉蝴蝶

　　晚雨未摧宮樹[1]，可憐閒葉，猶抱涼蟬。短景歸秋[2]，吟思又接愁邊。漏初長[3]、夢魂難禁[4]，人漸老、風月俱寒。想幽歡，土花庭甃[5]，蟲網闌干[6]。　　無端。啼蛄攪夜[7]，恨隨團扇[8]，苦近秋蓮。一笛當樓，謝娘懸淚立風前[9]。故園晚、強留詩酒，新雁遠、不致寒暄。隔蒼煙、楚香羅袖，誰伴嬋娟[10]。

注釋

1　宮樹：宮廷裡的樹木。

2　"短景"句：白天日照漸漸變短，知道已經進入秋天。景（yǐng 影），日照。

3　漏初長：夜晚慢慢變長。

4　禁：控制。

5　"土花"句：庭院中的水井已爬滿苔蘚。土花，苔蘚類植物。唐李賀《金銅仙人辭漢歌》："畫闌桂樹懸秋香，三十六宮土花碧。"甃，井。

6　"蟲網"句：欄杆上結滿了蜘蛛網。闌干，即欄杆。

7　蛄（gū 姑）：螻蛄，一種穴居土蟲，叫聲響亮。

8　　　"恨隨"句：用漢班婕妤典故。班婕妤失寵，作《怨歌行》
　　　　以自傷："新裂齊紈素，皎潔如霜雪。裁為合歡扇，團團似
　　　　明月。出入君懷袖，動搖微風發。常恐秋節至，涼風奪炎
　　　　熱。棄捐篋笥中，恩情中道絕。"用團扇的棄置不用，喻
　　　　恩斷義絕之幽恨。

9　　　謝娘：古詩詞中常用以泛指風塵女子。這裡代指所愛慕的
　　　　歌妓。

10　　嬋娟：容貌嬌好的女子。

八　歸

秋江帶雨，寒沙縈水，人瞰畫閣愁獨[1]。煙蓑散響驚詩思[2]，還被亂鷗飛去，秀句難續。冷眼盡歸圖畫上[3]，認隔岸、微茫雲屋[4]。想半屬、漁市樵村，欲暮競然竹[5]。　　須信風流未老，憑持尊酒、慰此淒涼心目。一鞭南陌，幾篙官渡，賴有歌眉舒綠[6]。只匆匆殘照[7]，早覺閒愁掛喬木。應難奈故人天際，望徹淮山，相思無雁足[8]。

注釋

1　瞰（kàn 看）：俯看。

2　**煙蓑散響**：煙雨迷濛中有身穿蓑衣的漁人往來，江面上亦散響着漁人的歌聲，唐王勃《滕王閣序》："漁舟唱晚，響窮彭蠡之濱。"這句描述俯瞰的景象。

3　**圖畫**：景致如畫。

4　**"認隔岸"句**：隔岸觀望，煙雲微雨之中，隱約可見的居民村落如在雲霧之中。

5　**競然竹**：競相燃竹火做飯。然，通"燃"。

6　**歌眉舒綠**：聞歌而眉目舒展。綠，古人以黛綠色畫眉，綠即代指眉。

7　**匆匆殘照**：微雨之中，夕陽偶爾露面，很快逝去。

8　**雁足**：古人認為將信件綁在鴻雁的腿上可以傳遞。典見《漢書・李廣蘇建傳》。

劉克莊

1187 － 1269

　　劉克莊（1187－1269），字潛夫，號後村居士。莆田（今屬福建）人。淳祐初賜同進士出身，累官至工部尚書兼侍講，以龍圖閣學士致仕。詩初學"永嘉四靈"，後轉學陸游、楊萬里，多感時憂國之聲。好典實，喜奇對，是江湖派中大家。著有《後村先生大全集》。

生查子

元夕戲陳敬叟[1]

　　繁燈奪霽華[2]，戲鼓侵明發[3]。物色舊時同，情味中年別。　　淺畫鏡中眉，深拜樓中月。人散市聲收[4]，漸入愁時節。

注釋

1　戲：非正式的，玩笑。**陳敬叟**：生平事跡無考，作者友人。

2　霽（jì 記）華：明月。

3　侵明：臨近黎明。侵，接近，臨近。

4　市聲收：街市上元夕節的喧鬧聲散去。

賀新郎

端午

　　深院榴花吐。畫簾開、練衣紈扇[1]，午風清暑。兒女紛紛誇結束[2]，新樣釵符艾虎[3]。早已有、遊人觀渡[4]。老大逢場慵作戲，任陌頭、年少爭旗鼓。溪雨急，浪花舞。　　靈均標致高如許[5]，憶生平、既紉蘭佩[6]，更懷椒糈[7]。誰信騷魂千載後，波底垂涎角黍[8]。又說是、蛟饞龍怒。把似而今醒到了[9]，料當年、醉死差無苦[10]。聊一笑，弔千古。

注釋

1　練（shū 疏）衣：粗蔴衣。

2　結束：裝束。

3　釵符：即釵頭符，端午節避邪的一種頭飾。《歲時雜記》：
　　"端午剪繒綵作小符兒，爭逞精巧，摻於鬟髻之上，都城亦
　　多撲賣。"艾虎：《歲時雜記》："端午以艾為虎形，至有如
　　黑豆大者，或剪綵為小虎，粘艾葉以戴之。"

4　觀渡：觀看端午節賽龍舟的活動。《荊楚歲時記》載："五
　　月五日競渡，俗為屈原投汨羅日，人傷其死，故命舟楫拯
　　之。"

5　**靈均**：屈原的字。**標致**：標識，此指屈原的塑像模型。

6　**紉蘭佩**：屈原《離騷》有"紉秋蘭以為佩"之句。

7　**椒糈**（xǔ 許）：以椒香拌精米製成的祭神的食物。《離騷》：
　　"巫咸將夕降兮，懷椒糈而要之。"

8　**角黍**：棕子。

9　**把似**：假如，假使。

10　**差**：比較，略微。

賀新郎

九日 [1]

　　湛湛長空黑 [2]。更那堪、斜風細雨，亂愁如織。老眼平生空四海，賴有高樓百尺 [3]。看浩蕩、千崖秋色。白髮書生神州淚，盡淒涼、不向牛山滴 [4]。追往事，去無跡。　　少年自負凌雲筆。到而今、春華落盡，滿懷蕭瑟。常恨世人新意少，愛說南朝狂客 [5]。把破帽、年年拈出。若對黃花孤負酒 [6]，怕黃花、也笑人岑寂。鴻去北，日西匿 [7]。

注釋

1　九日：即農曆九月九日重陽節。

2　湛湛（zhàn 占）：深沉、陰沉的樣子。

3　"賴有"句：用劉備和許汜的典故。《三國志·魏志·陳登傳》載，許汜與劉備一起在劉表那裡品評天下英傑，許汜論陳登說："昔遭難，過下邳，見元龍（陳登字）。元龍無客主之意，久不相與語，自上大牀臥，使客臥下牀。"劉備說："君有國士之名，今天下大亂，帝王失所，望君憂國忘家，有救世之意，而君求田問舍，言無可采，是元龍所諱也，何緣當與君語？如小人，欲臥百尺樓上，臥君於地，何但上下牀之間耶！”這裡曲折地表達出居高見遠，對國家大事的關注。

4　**牛山**：在今山東臨淄南面。《晏子春秋·內篇諫上》載，春秋時，齊景公遊牛山，遙望着遠處的都城臨淄，感慨而淚下，說：“若何滂滂去此而死乎？”表示對生命的珍惜。這裡結合上句，意思是書生有淚，只能為“神州”而灑，不會斤斤於個人的生死。

5　**南朝狂客**：指東晉孟嘉。據《晉書·孟嘉傳》載，九月九日，嘉等眾人隨桓溫遊龍山，忽然風起吹落了孟嘉的帽子，他自己卻全無察覺，於是桓溫叫人作文嘲笑他。這件事成為典故，在後代文人的作品中常常被引用，然而多數缺乏新意，所以以下句說，“把破帽，年年拈出”。

6　**“若對”句**：古人有重陽節對花飲酒的風俗。孤負，即“辜負”。

7　**日西匿**：化用江淹《恨賦》名句：“白日西匿，隴雁少飛。”

木 蘭 花

戲林推 [1]

年年躍馬長安市 [2]，客舍似家家似寄 [3]。青錢換酒日無何 [4]，紅燭呼盧宵不寐 [5]。　　易挑錦婦機中字 [6]，難得玉人心下事 [7]。男兒西北有神州，莫滴水西橋畔淚 [8]。

注釋

1 **戲林推**：一作"戲呈林節推鄉兄"，用《玉樓春》詞牌。戲，遊戲。林推，姓林的節度推官。據考證，可能為林起初，官平海軍節度推官。也可能是林興宗，官泉州節度推官。二人均為作者的同鄉。

2 **長安市**：漢、唐等朝的都城，在今陝西西安一帶。這裡借喻南宋都城臨安。

3 **客舍**：這裡借指酒樓妓館。寄：寄居、客居。

4 **"青錢"句**：每天用錢買酒喝，其他什麼事也不管。青錢，古時的銅錢因配鑄成色不同，分為黃錢和青錢，顏色青的稱作青錢。

5 **呼盧**：古代的一種賭博遊戲。

6 **"易挑"句**：用蘇蕙迴文詩典故，詳柳永《曲玉管》（隴首雲飛）注 5（頁 051）。這句婉轉表達妻子在家思念丈夫之意。

7 **玉人**：美女，此指歌妓。

8 **水西橋**：當時歌妓聚居之處。

盧祖皋

生卒年不詳

盧祖皋（生卒年不詳），字申之，又字次
夔，號蒲江。永嘉（今屬浙江）人。慶元五年
（1199）進士，歷官秘書郎、著作郎、軍器少
監、權直學士院。詩集不傳，著有《蒲江詞稿》
一卷。

江城子

　　畫樓簾幕捲新晴，掩銀屏，曉寒輕。墜粉飄香，日日喚愁生。暗數十年湖上路[1]，能幾度，著娉婷[2]。　　年華空自感飄零，擁春酲[3]，對誰醒？天闊雲閒，無處覓簫聲。載酒買花年少事[4]，渾不似，舊心情。

注釋

1　湖上路：湖邊小路。湖即都城臨安的西湖。
2　著：這裡是攜帶的意思。娉婷：美女婀娜多姿的體態。此處指美女。
3　酲（chéng 成）：醉酒。
4　買花：此指狎妓。

宴清都

初春

春訊飛瓊管[1]，風日薄、度牆啼鳥聲亂。江城次第[2]，笙歌翠合，綺羅香暖。溶溶潤淥冰泮[3]。醉夢裡、年華暗換。料黛眉重鎖隋堤，芳心還動梁苑[4]。　新來雁闊雲音，鸞分鑒影，無計重見。春啼細雨，籠愁淡月，恁時庭院[5]。離腸未語先斷，算猶有、憑高望眼。更那堪、芳草連天，飛梅弄晚。

注釋

1 　瓊管：玉笛。一說 "飛瓊管" 是古人占氣候的方法，以蘆葦灰塞入十二律管中，置密室內，某一節候至，某管中的灰就飛出來。

2 　次第：頃刻，轉眼。

3 　潤淥（lù 路）：潤水轉綠。冰泮（pàn 盼）：冰河解凍。

4 　梁苑：西漢梁孝王所建的東苑，故址在今河南開封東南。園林規模宏大，為遊賞馳獵之地。

5 　恁時：這時。

潘牥

1204 — 1246

　　潘牥（1204－1246），字庭堅，號紫岩，
閩縣（今屬福建）人。端平二年（1235）進士。
曾任太學正、潭州通判，卒於官。著有《紫岩
集》。

南鄉子

題南劍州妓館 [1]

　　生怕倚闌干 [2]，閣下溪聲閣外山。惟有舊時山共水，依然。暮雨朝雲去不還。　　應是躡飛鸞 [3]，月下時時整佩環。月又漸低霜又下，更闌 [4]。折得梅花獨自看。

注釋

1　南劍州：今福建南平。
2　闌干：同 "欄杆"。
3　躡飛鸞：追隨飛鸞仙去。據《列仙傳》載，簫史善吹簫，能作鳳鳴，秦穆公以女弄玉妻之，為築鳳台以居。一夕，吹簫引鳳，兩人一起乘鸞仙去。
4　更闌：更深夜晚。

陸 叡

? － 1266

陸叡（？－1266），字景思，號雲西，會稽（今浙江紹興）人。紹定五年（1232）進士。寶祐五年（1257）除秘書少監，遷起居舍人。景定五年（1264）為集英殿修撰、江南東路節度轉運副使兼淮西總領。《全宋詞》輯其詞三首。

瑞 鶴 仙

　　濕雲粘雁影。望征路，愁迷離緒難整。千金
買光景，但疏鐘催曉[1]，亂鴉啼暝。花悰暗省[2]，
許多情、相逢夢境。便行雲、都不歸來，也合寄
將音信。　　孤迥。盟鸞心在[3]，跨鶴程高[4]，後
期無準。情絲待剪，翻惹得，舊時恨。怕天教何
處，參差雙燕，還染殘朱剩粉。對菱花、與說相
思[5]，看誰瘦損。

注釋

1　　疏鐘：稀疏的鐘聲。

2　　花悰（cóng 從）：花的情緒，花的心情。省（xǐng 醒）：知
　　道，明白。

3　　盟鸞：與鸞鳳定盟。

4　　跨鶴：古代詩文中常常以騎鶴飛天喻成仙。

5　　菱花：鏡子的代稱。

蕭泰來

生卒年不詳

蕭泰來（生卒年不詳），字則陽，一字陽山，號小山。臨江（今江西清江）人。紹定二年（1229）進士。寶祐元年（1253）以起居郎出守隆興府。《全宋詞》輯其詞二首。

霜天曉角

梅

　　千霜萬雪，受盡寒磨折。賴是生來瘦硬，渾不怕、角吹徹[1]。　　清絕。影也別，知心惟有月。元沒春風情性[2]，如何共、海棠說。

注釋

1　角：號角、軍號。
2　情性：性格。

吳文英

1200? － 1260

　　吳文英（1200?－1260），字君特，號夢窗，晚又號覺翁，四明鄞縣（今浙江寧波）人。一生未第，做幕終生。著有《夢窗詞集》。

渡江雲

西湖清明[1]

　　羞紅鬢淺恨，晚風未落，片繡點重茵[2]。舊堤分燕尾[3]，桂棹輕鷗[4]，寶勒倚殘雲[5]。千絲怨碧[6]，漸路入、仙塢迷津。腸漫回[7]，隔花時見、背面楚腰身[8]。　　逡巡。題門惆悵[9]，墮履牽縈[10]。數幽期難準。還始覺、留情緣眼，寬帶因春[11]。明朝事與孤煙冷。做滿湖、風雨愁人。山黛暝[12]，塵波淡綠無痕。

注釋

1　西湖：杭州西湖。

2　片繡：指花瓣。重茵：厚的褥墊。喻指草地。

3　分燕尾：西湖的蘇堤、白堤交接，形如燕尾。

4　桂棹：桂木製成的槳。代指船。

5　寶勒：華貴的馬絡頭。代指馬。

6　千絲：指柳絲。

7　腸漫回：指心有所動。

8　楚腰身：細腰。《墨子‧兼愛》：“昔者楚靈王好士細腰，故靈王之臣皆以一飯為節。”所好細腰者是男人，後衍化為女人，《後漢書‧馬廖傳》：“楚王好細腰，宮中多餓死。”

9 **題門**：用呂安題鳳典事。《世說新語・簡傲》：「嵇康與呂安
    善，每一相思，千里命駕。安後來，值康不在，喜出戶延
    之，不入，題門上作鳳字而去。喜不覺，猶以為欣。故作
    鳳字，凡鳥也。」此作造訪不遇解。

10 **墮履**：用張良遇黃石公事。黃石公墮履橋下，以試張良人
    品態度，見《史記》。此處作留宿解。

11 **寬帶**：人瘦而衣帶寬緩。

12 **黛**：青黑色。

夜合花

白鶴江入京泊葑門有感 [1]

　　柳暝河橋 [2]，鶯清台苑，短策頻惹春香 [3]。當時夜泊，溫柔便入深鄉 [4]。詞韻窄，酒杯長。剪蠟花，壺箭催忙 [5]。共追遊處，凌波翠陌，連棹橫塘 [6]。　　十年一夢淒涼 [7]，似西湖燕去，吳館巢荒 [8]。重來萬感，依前喚酒銀罌 [9]。溪雨急，岸花狂。趁殘鴉、飛過蒼茫。故人樓上，憑誰指與，芳草斜陽 [10]。

注釋

1　**白鶴江**：又名鶴江，在蘇州城西北，與運河相通。**京**：指南宋都城臨安，今之杭州。**葑門**：蘇州東城門。

2　**暝**：暗，此用作動詞。下句之"清"字同。

3　**策**：馬鞭。此句寫馬上遊春。

4　**"溫柔"句**：言墮入男歡女愛之中。舊題漢伶玄《飛燕外傳》載，漢成帝對趙飛燕之妹非常滿意，"以輔屬體，無所不靡，謂為溫柔鄉。"又言："吾老是鄉矣，不能效武皇帝求白雲鄉也！"

5　**壺箭**：計時漏壺中的浮標，上有計時刻度。**催忙**：言時間過得快。

6　**橫塘**：在蘇州西南。

7　**十年一夢**：用唐杜牧《遣懷》詩意。

8　**吳館**：春秋時吳王夫差在蘇州靈岩山建館娃宮。此指昔日
作者與情人在蘇州的舊居。

9　**銀罌**：銀製酒器。罌，本集作"缸"。

10　**"芳草"句**：詞意同北宋范仲淹《蘇幕遮》（碧雲天）"芳草
無情，更在斜陽外"。

霜葉飛

重九

　　斷煙離緒，關心事，斜陽紅隱霜樹。半壺秋水薦黃花[1]，香噀西風雨[2]。縱玉勒、輕飛迅羽，淒涼誰弔荒台古[3]。記醉踏南屏，彩扇咽、寒蟬倦夢，不知蠻素[4]。　　聊對舊節傳杯，塵箋蠹管[5]，斷闋經歲慵賦。小蟾斜影轉東籬[6]，夜冷殘蛩語。怕白髮、緣愁萬縷，驚飆從捲烏紗去。漫細將、茱萸看[7]，但約明年，翠微高處[8]。

注釋

1　薦：祭奠。黃花：菊花。

2　噀：噴。

3　荒台：指項羽當年閱兵的戲馬台。詳見黃庭堅《定風波》（萬里黔中一漏天）注8（頁114）。

4　蠻素：小蠻和樊素，白居易的侍姬。這裡泛指歌妓。

5　"塵箋"句：信箋上落滿了塵土，毛筆被蠹蟲咬壞。

6　小蟾：傳說月亮裡有蟾蜍，所以常常用蟾代指月亮。小蟾，指初七或初八時的月亮。

7　"漫細將"句：化用唐杜甫《九日藍田崔氏莊》"明年此會知誰健，醉把茱萸仔細看"詩意。茱萸，植物名。據說重陽節戴在身上，可以避邪。

8　翠微：青山。

宴清都

連理海棠

繡幄鴛鴦柱[1]，紅情密、膩雲低護秦樹[2]。芳根兼倚，花梢細合，錦屏人妒。東風睡足交枝，正夢枕、瑤釵燕股[3]。障灩蠟[4]、滿照歡叢，嫠蟾冷落羞度[5]。　　人間萬感幽單，華清慣浴[6]，春盎風露。連鬟並暖，同心共結，向承恩處。憑誰為歌長恨[7]，暗殿鎖、秋燈夜語。敘舊期、不負春盟，紅朝翠暮。

注釋

1 **繡幄**：彩繡的帳篷。**鴛鴦柱**：指支帳篷的立柱成雙成對。

2 **秦樹**：指連理海棠。

3 **燕股**：釵有兩股，形狀像燕尾，故云。

4 **灩蠟**：形容蠟淚多。

5 **嫠蟾**：指月亮。嫠，寡婦。嫦娥獨居，因此稱"嫠"。

6 **"華清"句**：指唐明皇與楊貴妃曾在華清池沐浴。

7 **長恨**：唐白居易作《長恨歌》，寫唐明皇與楊貴妃的愛情故事。此處作者化用《長恨歌》詩意。

齊天樂

煙波桃葉西陵路[1]，十年斷魂潮尾。古柳重攀，輕鷗聚別，陳跡危亭獨倚。涼颸乍起[2]，渺煙磧飛帆，暮山橫翠。但有江花，共臨秋鏡照憔悴。　　華堂燭暗送客，眼波回盼處，芳艷流水。素骨凝冰[3]，柔蔥蘸雪[4]，猶憶分瓜深意。清尊未洗，夢不濕行雲[5]。漫沾殘淚。可惜秋宵，亂蛩疏雨裡。

注釋

1　**桃葉**：東晉王獻之的愛妾。這裡借指作者的亡妾。**西陵**：今浙江蕭山西興。南朝樂府《蘇小小歌》："妾乘油壁車，郎騎青驄馬。何處結同心，西陵松柏下。"

2　**颸**：涼風。

3　**"素骨"句**：《莊子·逍遙遊》："藐姑射之山，有神人居焉，肌膚若冰雪，淖約若處子。"

4　**柔蔥**：形容女子的手指。

5　**"夢不"句**：反用楚王夢巫山神女事，意思是連做夢都不能與意中人相愛。

花　犯

郭希道送水仙索賦

　　小娉婷，清鉛素靨[1]，蜂黃暗偷暈[2]，翠翹
欹鬢。昨夜冷中庭，月下相認。睡濃更苦淒風
緊，驚回心未穩。送曉色、一壺蔥茜，才知花夢
準。　　湘娥化作此幽芳[3]，凌波路，古岸雲沙遺
恨。臨砌影，寒香亂、凍梅藏韻。熏爐畔、旋移
傍枕，還又見、玉人垂紺鬌[4]。料喚賞、清華池
館，台杯須滿引。

注釋

1　　靨：酒窩。

2　　蜂黃：古代婦女用以塗額的黃色妝飾。這裡指水仙花的黃
蕊。

3　　湘娥：娥皇和女英。傳說是唐堯的兩個女兒，同嫁舜為姬。

4　　紺鬌：黑亮的頭髮。

浣溪沙

　　門隔花深夢舊遊，夕陽無語燕歸愁。玉纖香動小簾鈎[1]。　　落絮無聲春墮淚[2]，行雲有影月含羞，東風臨夜冷於秋。

注釋

1　玉纖：指女子纖細白皙的手。

2　"落絮"句：柳絮飄落，預示春將歸去，因此而"墮淚"。

浣溪沙

　　波面銅花冷不收[1]，玉人垂釣理纖鈎。月明池閣夜來秋。　　江燕話歸成曉別，水花紅減似春休[2]，西風梧井葉先愁[3]。

注釋

1　銅花：即銅鏡。這裡形容水面像銅鏡一樣平靜清澈。

2　水花：荷花。

3　"西風"句：梧桐落葉最早，《廣羣芳譜·木譜六·桐》："立秋之日，如某時立秋，至期一葉先墜，故云：梧桐一葉落，天下盡知秋。"

點絳唇

試燈夜初晴[1]

捲盡愁雲，素娥臨夜新梳洗[2]。暗塵不起，酥潤凌波地[3]。　輦路重來[4]，彷彿燈前事。情如水，小樓熏被，春夢笙歌裡。

注釋

1　**試燈夜**：《百城煙水》載："吳俗十三日為試燈日。" 一說農曆正月十四日為試燈日。

2　**素娥**：月宮仙女，一說指嫦娥。這裡代指月亮。

3　**凌波**：《洛神賦》："凌波微步，羅襪生塵。" 形容洛神在水上的亭亭仙姿。這裡借指步履輕盈的美女。

4　**輦路**：帝王車駕經過的道路。這裡借指京城繁華的街道。

祝英台近

春日客龜溪遊廢圃[1]

採幽香，巡古苑，竹冷翠微路。鬥草溪根[2]，沙印小蓮步[3]。自憐兩鬢清霜，一年寒食，又身在、雲山深處。　　畫閒度。因甚天也慳春[4]，輕陰便成雨。綠暗長亭，歸夢趁風絮。有情花影闌干，鶯聲門徑，解留我、霎時凝佇。

注釋

1 **龜溪**：在今浙江德清縣。《德清縣志》載："龜溪古名孔愉澤，即餘不溪之上游。昔孔愉見漁者得白龜於溪上，買而放之。"

2 **"鬥草"句**：在溪水邊用草進行遊戲。

3 **蓮步**：指女子的腳印。

4 **慳**（qiān 千）：吝嗇。

祝英台近

除夜立春 [1]

剪紅情，裁綠意，花信上釵股 [2]。殘日東風，不放歲華去。有人添燭西窗 [3]，不眠侵曉，笑聲轉、新年鶯語。　　舊尊俎 [4]。玉纖曾擘黃柑 [5]，柔香繫幽素 [6]。歸夢湖邊，還迷鏡中路。可憐千點吳霜，寒消不盡，又相對、落梅如雨。

注釋

1　除夜：除夕。

2　花信：指花信風，應花期而來的風。

3　添燭西窗：化用李商隱《夜雨寄北》"何當共剪西窗燭"詩意。

4　尊俎：古代盛酒肉的器皿，這裡借指宴席。

5　擘黃柑：明高濂《遵生八箋》載："立春日作五辛盤，以黃柑釀酒，謂之'洞庭春色'。"擘，掰。

6　幽素：幽情。指心底的情愫。

澡蘭香

淮安重午[1]

盤絲繫腕[2]，巧篆垂簪，玉隱紺紗睡覺[3]。銀瓶露井[4]，彩箑雲窗[5]，往事少年依約。為當時、曾寫榴裙[6]，傷心紅綃褪萼。黍夢光陰[7]，漸老汀洲煙蒻[8]。　　莫唱江南古調，怨抑難招，楚江沉魄[9]。薰風燕乳，暗雨槐黃，午鏡澡蘭簾幕[10]。念秦樓、也擬人歸，應剪菖蒲自酌[11]。但悵望、一縷新蟾[12]，隨人天角。

注釋

1　**重午**：即農曆五月五日端午節。

2　**盤絲**：指盤曲的五色彩絲。古人在端午節將五色絲繫在臂上，以避鬼驅邪。

3　**紺紗**：天青色的紗帳。

4　**銀瓶**：指銀製的酒器。這裡借指宴飲。

5　**彩箑**：彩扇。這裡借指歌舞。

6　**寫榴裙**：《宋書・羊欣傳》載，王獻之到羊欣家，正巧羊欣穿着新白絹裙午睡，王獻之在裙子上書寫數幅而去。作者借用此典，表達自己與意中人浪漫灑脫的愛情。

7　**黍夢**：指黃粱夢。這裡形容時間過得很快。

8 **蒻**：指嫩的香蒲。

9 **"楚江"句**：指戰國時代楚大夫屈原，因楚王不聽其諫言，投汨羅江而死。後人為紀念他，每逢端午節都要唱為他招魂的歌。

10 **澡蘭**：《大戴禮記·夏小正》載，每逢端午節，人們都要用蘭湯洗浴。因此，端午節又稱"浴蘭令節"。

11 **菖蒲**：植物名。《荊楚歲時記》載："端午歲以昌（菖）蒲一寸九節者泛酒，以避瘟氣。"

12 **新蟾**：指新月。

風入松

聽風聽雨過清明，愁草瘞花銘[1]。樓前綠暗分携路[2]，一絲柳，一寸柔情。料峭春寒中酒[3]，交加曉夢啼鶯[4]。　　西園日日掃林亭，依舊賞新晴。黃蜂頻撲秋千索，有當時纖手香凝。惆悵雙鴛不到[5]，幽階一夜苔生。

注釋

1　**草**：起草。**瘞**：埋葬。**銘**：文體的一種。

2　**綠暗**：綠樹成蔭，遮蔽地面。**分携**：分手。

3　**料峭**：寒冷的樣子。**中酒**：醉酒。

4　**交加**：紛紛交錯。

5　**雙鴛**：美人的鞋子。此指美人的足跡。

鶯啼序

春晚感懷

　　殘寒正欺病酒[1]，掩沉香繡戶。燕來晚、飛入西城，似說春事遲暮。畫船載、清明過卻，晴煙冉冉吳宮樹[2]。念羈情遊蕩，隨風化為輕絮。

　　十載西湖，傍柳繫馬，趁嬌塵軟霧。溯紅漸、招入仙溪[3]，錦兒偷寄幽素[4]。倚銀屏、春寬夢窄，斷紅濕、歌紈金縷。暝堤空，輕把斜陽，總還鷗鷺。　　幽蘭旋老，杜若還生，水鄉尚寄旅。別後訪、六橋無信[5]，事往花委，瘞玉埋香，幾番風雨。長波妒盼，遙山羞黛，漁燈分影春江宿。記當時、短楫桃根渡[6]。青樓彷彿，臨分敗壁題詩，淚墨慘淡塵土[7]。　　危亭望極，草色天涯，歎鬢侵半苧[8]。暗點檢、離痕歡唾，尚染鮫綃[9]，嚲鳳迷歸[10]，破鸞慵舞。殷勤待寫，書中長恨，藍霞遼海沉過雁。漫相思、彈入哀箏柱。傷心千里江南，怨曲重招，斷魂在否[11]？

注釋

1   **病酒**：因飲酒過量而不適。

2   **吳宮**：指京都臨安的宮苑。

3   **溯紅**：沿着花溪逆流而上。

4   **錦兒**：這裡指作者愛妾的侍女。

5   **六橋**：指西湖外湖的映波、鎖瀾、望山、壓堤、東浦、跨虹六座橋。

6   **"短楫"句**：由王獻之《桃葉歌》化出。見姜夔《琵琶仙》（雙槳來時）注 5（頁 321）。

7   **淚墨**：用淚水研的墨。

8   **鬢侵半苧**（zhù 住）：意思是兩鬢已經半白。

9   **鮫綃**：指手帕、絲巾。

10 **軃**（duǒ 朵）：下垂的樣子。

11 **"傷心"三句**：化用屈原《招魂》"目極千里兮傷春心，魂兮歸來哀江南"詞意。

惜黃花慢

次吳江小泊，夜飲僧窗惜別。邦人趙簿攜小妓侑尊[1]，連歌數闋，皆清真詞。酒盡，已四鼓，賦此詞餞尹梅津[2]。

送客吳皋[3]。正試霜夜冷，楓落長橋[4]。望天不盡，背城漸杳，離亭黯黯，恨水迢迢。翠香零落紅衣老[5]。暮愁鎖、殘柳眉梢。念瘦腰，沈郎舊日[6]，曾繫蘭橈。　仙人鳳咽瓊簫[7]。悵斷魂送遠，九辯難招[8]。醉鬟留盼，小窗剪燭，歌雲載恨，飛上銀霄。素秋不解隨船去，敗紅趁、一葉寒濤。夢翠翹[9]，怨鴻料過南譙。

注釋

1　侑尊：勸人飲酒。

2　尹梅津：即尹煥，字惟曉，有《梅津集》。

3　吳皋：吳江邊。

4　長橋：即吳江垂虹橋。

5　紅衣：指荷花。

6　　“念瘦腰”二句：指沈約瘦身事，參見《梁書‧沈約傳》。此處作者以沈約自比。

7　　“仙人”句：用蕭史、弄玉典，見《列仙傳》。

8　　《九辯》：楚辭，傳為宋玉所作。

9　　翠翹：女子的頭飾。這裡代指作者的意中人。

高陽台

落梅

宮粉雕痕[1]，仙雲墮影，無人野水荒灣。古石埋香，金沙鎖骨連環[2]。南樓不恨吹橫笛，恨曉風、千里關山。半飄零，庭上黃昏，月冷闌干。　　壽陽空理愁鸞[3]。問誰調玉髓，暗補香瘢[4]。細雨歸鴻，孤山無限春寒[5]。離魂難倩招清些，夢縞衣、解佩溪邊[6]。最愁人，啼鳥晴明，葉底清圓。

注釋

1　**宮粉**：宮女用的脂粉，這裡借指梅花的顏色。

2　**"金沙"句**：唐李復言《續玄怪錄·延州婦人》載，延州婦人頗有姿貌，與一少年狎暱，死後共葬。有胡僧敬禮其墓，稱其"鎖骨菩薩"。眾人開墓視其骨，鈎結皆如鎖狀。

3　**壽陽**：即壽陽公主。

4　**"問誰"二句**：唐段成式《酉陽雜俎》載："靨鈿之名，蓋自吳孫和鄧夫人也。和寵夫人，嘗醉舞如意，誤傷鄧頰，血流，嬌婉彌苦。命太醫合藥，醫言得白獺髓，雜玉與琥珀屑，當滅痕。"**玉髓**：白獺的骨髓。**香瘢**：指女子臉上的疤痕。

5　　**孤山**：在杭州西湖，宋林逋曾隱居於此，植梅養鶴。

6　　**解佩**：漢劉向《列女傳》載："江妃二女者，不知何許人也，
　　　出遊於江漢之湄，逢鄭交甫。見而悅之，不知其神人也，
　　　謂其僕曰：'我欲下請其珮。'……遂手解珮與交甫。"

高陽台

豐樂樓分韻得“如”字[1]

修竹凝妝[2]，垂楊駐馬，憑闌淺畫成圖。山色誰題，樓前有雁斜書[3]。東風緊送斜陽下，弄舊寒、晚酒醒餘。自銷凝[4]，能幾花前，頓老相如[5]。　　傷春不在高樓上，在燈前敧枕，雨外薰爐。怕艤遊船[6]，臨流可奈清臞[7]。飛紅若到西湖底，攪翠瀾、總是愁魚。莫重來，吹盡香綿[8]，淚滿平蕪。

注釋

1　**豐樂樓**：杭州湧金門外的一座酒樓。作者於淳祐十一年（1251）曾作《鶯啼序》書於樓壁。**分韻**：詩友聚會作詩，選擇若干字為韻，各人分拈，依拈得之字賦詩。

2　凝妝：濃妝。

3　有雁斜書：雁陣排成“人”字行列。

4　銷凝：出神的樣子。

5　相如：即西漢辭賦家司馬相如。

6　艤：將船靠岸。

7　清臞：清瘦。

8　香綿：指柳絮。

三姝媚

過都城舊居有感 [1]

湖山經醉慣。漬春衫 [2]、啼痕酒痕無限。又客長安 [3],歎斷襟零袂,浣塵誰浣 [4]。紫曲門荒,沿敗井、風搖青蔓。對語東鄰,猶是曾巢,謝堂雙燕 [5]。　　春夢人間須斷。但怪得、當年夢緣能短 [6]。繡屋秦箏,傍海棠偏愛,夜深開宴。舞歇歌沉,花未減、紅顏先變。佇久河橋欲去,斜陽淚滿。

注釋

1　都城:指臨安,今杭州。

2　漬:沾染。

3　長安:這裡借指臨安。

4　浣:弄髒。浣:洗。

5　"謝堂"句:化用唐劉禹錫《烏衣巷》"舊時王謝堂前燕,飛入尋常百姓家"詩意。

6　能:通"恁",那麼,這麼。

八聲甘州

陪庾幕諸公遊靈岩 [1]

　　渺空煙四遠，是何年、青天墜長星 [2]？幻蒼厓雲樹 [3]，名娃金屋 [4]，殘霸宮城 [5]。箭徑酸風射眼 [6]，膩水染花腥 [7]。時靸雙鴛響 [8]，廊葉秋聲。

　　宮裡吳王沉醉，倩五湖倦客 [9]，獨釣醒醒。問蒼波無語，華髮奈山青。水涵空、闌干高處，送亂鴉、斜日落漁汀。連呼酒、上琴台去 [10]，秋與雲平。

注釋

1　庾（yú 魚）幕：即提舉常平司的幕府。靈岩：山名，在今蘇州市西郊，因山上有吳王夫差的遺跡而負盛名。

2　"青天"句：意思是蒼天掉下的巨星堆起了突兀的靈岩山。

3　幻：變幻。

4　"名娃"句：指吳王夫差在山上給西施建造的館娃宮。名娃，指西施。吳地方言，稱美女為"娃"。

5　殘霸：過去的霸主，指夫差，與上句名娃相對。

6　箭徑：即山前的採香徑，相傳徑直如箭。酸風射眼：化用唐李賀《金銅仙人辭漢歌》句："東關酸風射眸子。"

7　　**膩水**：語出唐杜牧《阿房宮賦》："渭流漲膩，棄脂水也。"
此指眾多宮女倒掉的洗脂粉之水，既香且膩。**腥**：特殊的
氣味。

8　　**"時靸"句**：范成大《吳郡志》載："響靸廊在靈岩山寺，
相傳吳王令西施輩步屧，廊虛而響，故名。"**雙鴛**：指女
子的鞋。

9　　**五湖倦客**：越國大夫范蠡。

10　　**琴台**：靈岩山上景觀，古吳國遺址。

踏莎行

　　潤玉籠綃[1]，檀櫻倚扇[2]。繡圈猶帶脂香淺[3]。榴心空疊舞裙紅[4]，艾枝應壓愁鬟亂[5]。

　　午夢千山，窗陰一箭。香瘢新褪紅絲腕[6]。隔江人在雨聲中，晚風菰葉生秋怨[7]。

注釋

1　"潤玉"句：被薄紗籠罩的玉肌。潤玉，形容女子滋潤的肌膚。綃，輕薄的絲織品。

2　檀櫻：形容美女嬌媚的雙脣。

3　繡圈：繡花的圈飾。

4　榴心：石榴的子實。

5　艾枝：端午節時佩戴的裝飾物，以艾枝或艾葉編製，用以避邪。

6　紅絲腕：舊時端午節習俗，以五彩絲線繫在手腕上，用以驅鬼避邪。

7　菰（gū 姑）：水生植物。

瑞鶴仙

　　晴絲牽緒亂[1]。對滄江斜日，花飛人遠。
垂楊暗吳苑[2]。正旗亭煙冷[3]，河橋風暖。蘭情
蕙盼[4]，惹相思、春根酒畔[5]。又爭知、吟骨縈
銷[6]，漸把舊衫重剪。　　淒斷。流紅千浪，缺
月孤樓，總難留燕。歌塵凝扇，待憑信，拌分
鈿[7]。試挑燈欲寫，還依不忍，箋幅偷和淚捲。
寄殘雲、剩雨蓬萊[8]，也應夢見。

注釋

1　**晴絲**：蟲類吐的絲，在晴空中遊蕩。

2　**吳苑**：吳王夫差所建的林苑。

3　**旗亭**：指酒樓。

4　**"蘭情"句**：比喻歌女眉目傳情的樣子。

5　**春根**：春末。

6　**吟骨縈銷**：吟詠思念使身體日漸消瘦。

7　**拌**：判、拚。**分鈿**：化用唐白居易《長恨歌》"釵擘黃金合
　　分鈿"詩句。

8　**蓬萊**：此指仙境。

鷓鴣天

化度寺作

　　池上紅衣伴倚闌，棲鴉常帶夕陽還[1]。殷雲度雨疏桐落，明月生涼寶扇閒[2]。　　鄉夢窄[3]，水天寬，小窗愁黛淡秋山[4]。吳鴻好為傳歸信[5]，楊柳閶門屋數間[6]。

注釋

1　"池上"二句：作者在池邊倚欄杆而立，陪伴他的只有像穿着
　　紅衣服的蓮花。黃昏時分，一羣歸鴉帶着夕陽的餘暉回來棲
　　宿。唐王昌齡《長信秋詞》："玉顏不及寒鴉色，猶帶昭陽日
　　影來。"紅衣，這裡指蓮花。因其顏色淡紅，像穿了紅衣。

2　"殷雲"二句：濃濃的雲霧帶來急雨，稀疏的桐樹葉紛紛飛
　　落。雨後明月顯得格外涼爽，寶扇因而得到清閒。

3　鄉夢窄：思鄉的夢很短暫。窄：短促意。

4　"小窗"句：從小小的窗口望去，遠處的秋山一片淡綠色，
　　似乎被愁緒籠罩。

5　吳：吳地，今江蘇南部和浙江北部一帶，此處指作者的家
　　居蘇州。鴻：鴻雁。

6　"楊柳"句：指作者的居所。閶門，蘇州有西閶門，像天門
　　之有閶闔，故名。《吳越春秋》載："築小城，周十里，陵
　　門三。不開東面者，欲以絕越（國）明也。立閶門者以像
　　天門，通閶闔風也。"

412

夜遊宮

　　人去西樓雁杳，敘別夢、揚州一覺[1]。雲淡星疏楚山曉。聽啼鳥，立河橋，話未了。　　雨外蛩聲早，細織就、霜絲多少[2]。說與蕭娘未知道[3]。向長安，對秋燈，幾人老？

注釋

1　**揚州一覺**：化用唐杜牧《遣懷》詩句："十年一覺揚州夢，贏得青樓薄倖名。"

2　**霜絲**：白髮。

3　**蕭娘**：泛指青樓女子。此喻意中人。

青玉案

　　新腔一唱雙金斗[1]，正霜落、分柑手。已是
紅窗人倦繡。春詞栽燭，夜香溫被，怕減銀壺
漏[2]。　　吳天雁曉雲飛後，百感情懷頓疏酒。
彩扇何時翻翠袖。歌邊拌取，醉魂和夢，化作梅
花瘦。

注釋

1　　金斗：盛酒器。
2　　壺漏：古代計時器。此句婉轉地表達對時光的珍惜。

賀 新 郎

陪履齋先生滄浪看梅 [1]

　　喬木生雲氣 [2]。訪中興、英雄陳跡 [3]，暗追
前事 [4]。戰艦東風慳借便 [5]，夢斷神州故里 [6]。旋
小築、吳宮閒地 [7]。華表月明歸夜鶴 [8]，歎當時、
花竹今如此 [9]。枝上露，濺清淚 [10]。　　遨頭小
簇行春隊 [11]。步蒼苔、尋幽別塢 [12]，問梅開未？
重唱梅邊新度曲 [13]，催發寒梢凍蕊。此心與、東
君同意 [14]。後不如今今非昔，兩無言、相對滄浪
水。懷此恨，寄殘醉。

注釋

1　履齋：即吳潛，字毅夫，號履齋。滄浪：指滄浪亭，在今
　　蘇州市，五代為吳越廣陵王錢元璙的花園，北宋時為蘇舜
　　欽所得，建亭命名，後又為韓世忠別墅。
2　喬木：主幹高聳挺拔，枝繁葉茂的樹木。這裡比喻韓世忠
　　雄姿英發、卓爾超羣的高大形象。
3　中興：指南宋初期，宋將岳飛、韓世忠等屢敗金兵，國家
　　一度出現的復興景象。
4　"暗追"句：意思是心底十分欽佩韓世忠的英雄業績。暗，
　　這裡是默默的意思。

415

5　**戰艦**：指韓世忠與金兀朮在黃天蕩的大戰。《宋史・韓世忠傳》載，建炎三年（1129），金兀朮以十萬之眾渡江，韓世忠所部僅八千餘人，但他出奇制勝，連連告捷，將金兵困在黃天蕩，相持四十八日。後金兀朮掘新河逃跑。**東風慳借便**：指黃天蕩之戰，韓世忠未能像赤壁之戰那樣，借助東風將金兵消滅。慳，吝惜。

6　**夢斷**：指韓世忠當年收復中原故土的夢想終究破滅。**神州故里**：這裡指中國的北方。

7　**旋**：不久。**小築**：小的建築物。指韓世忠住在滄浪園這個小地方。

8　**"華表"句**：此處作者借用《搜神後記》丁令威學道作仙，後化鶴重歸遼東的故事，想像韓世忠的忠魂未泯，借着明月，化作仙鶴回來，立在華表柱上。

9　**歎**：應是擬韓世忠的感歎。

10　**"枝上露"二句**：花枝上的露水，實為韓世忠夜裡魂遊此地時的感時之淚。

11　**遨頭**：即太守。《成都記》載："太守出遊，士女則於木牀觀之，謂之遨牀，故太守為遨頭。"

12　**塢**：指地勢周圍高而中央低的地方。這裡指滄浪園中幽靜的地方。

13　**梅邊新度曲**：指作者本詞與吳潛所作《賀新郎・滄浪亭和吳夢窗韻》詞。

14　**此心**：指作者之心。**東君**：原指春神，此指吳潛。

唐多令

何處合成愁？離人心上秋。縱芭蕉不雨也颼颼[1]。都道晚涼天氣好，有明月，怕登樓。　　年事夢中休[2]，花空煙水流。燕辭歸，客尚淹留[3]。垂柳不縈裙帶住，漫長是，繫行舟。

注釋

1　颼颼：風聲。
2　年事：歲月，年紀。
3　淹留：滯留、久留。

黃孝邁

生卒年不詳

黃孝邁，字德夫，號雪舟，餘未詳。

湘春夜月

　　近清明，翠禽枝上消魂。可惜一片清歌，都付與黃昏。欲共柳花低訴，怕柳花輕薄[1]，不解傷春。念楚鄉旅宿，柔情別緒，誰與溫存？

　　空樽夜泣[2]，青山不語，殘月當門[3]。翠玉樓前[4]，惟是有、一江湘水[5]，搖蕩湘雲。天長夢短，問甚時、重見桃根[6]？這次第[7]、算人間沒個并刀，剪斷心上愁痕。

注釋

1　**柳花輕薄**：柳花四處飄揚，好像輕佻的女子（暗指歌妓）。

2　**空樽**：空酒杯。

3　**殘月**：一作"殘照"。

4　**翠玉樓**：一說用玉石裝飾的樓閣。或隱指青樓。

5　**一江**：又作"一陂"，"一波"。

6　**桃根**：用王獻之妾桃葉及妹桃根典。

7　**這次第**：一作"者次第"。這種境況。

潘希白
生卒年不詳

潘希白（生卒年不詳），字懷古，號漁莊，
永嘉（今屬浙江）人。寶祐元年（1253）進士。
詩詞著稱一時，今存詞一首。

大　有

九日

戲馬台前[1]，採花籬下，問歲華、還是重九[2]。恰歸來、南山翠色依舊。簾櫳昨夜聽風雨[3]，都不似、登臨時候。一片宋玉情懷[4]，十分衛郎清瘦[5]。　　紅萸佩[6]、空對酒。砧杵動微寒，暗欺羅袖。秋已無多，早是敗荷衰柳。強整帽簷敧側[7]，曾經向、天涯搔首。幾回憶、故國蓴鱸[8]，霜前雁後。

注釋

1. **戲馬台**：注見黃庭堅《定風波》（萬里黔中一漏天）注 8（頁 114）。

2. **重九**：即重陽。我國傳統節日，在這一天有登高的風俗。

3. **櫳**：窗櫺。

4. **宋玉情懷**：指悲秋情緒。宋玉《九辯》：「悲哉秋之為氣也。」

5. **衛郎**：即衛玠，晉人，姿容甚美，但身體很瘦弱，終於病死。

6. **紅萸佩**：古人在重陽節登高飲酒，佩戴茱萸。

7. **敧側**：歪斜。

8. **故國蓴鱸**：西晉張翰在洛陽齊王幕下做屬官，因見秋風起，想到家鄉吳中美味的菰菜羹和鱸魚膾，遂命駕而歸。

黃公紹
生卒年不詳

　　黃公紹（生卒年不詳），字直翁，號在軒，
邵武（今屬福建）人。咸淳元年（1265）進士。
累官至鄂縣令。入元歷寧州通判等職。今存詞
三首。

青玉案[1]

　　年年社日停針線[2]。怎忍見、雙飛燕。今日江城春已半。一身猶在，亂山深處，寂寞溪橋畔。　　春衫著破誰針線？點點行行淚痕滿。落日解鞍芳草岸。花無人戴，酒無人勸，醉也無人管。

注釋

1　　此詞《全宋詞》題為無名氏作。

2　　**社日**：古時春、秋兩次祭祀土神的日子，在立春、立秋後的第五個戊日。**停針線**：《墨莊漫錄》載："今人家閨房，遇春秋社日，不作組紃（編織和針線活），謂之忌作。"

朱嗣發

1234 – 1304

朱嗣發（1234－1304），字士榮，號雪崖，烏程（今浙江湖州）人。求宦不利，後拒不受官。詞見《陽春白雪》卷八。

摸魚兒

　　對西風、鬢搖煙碧，參差前事流水。紫絲羅帶鴛鴦結，的的鏡盟釵誓[1]。渾不記[2]，漫手織迴文[3]，幾度欲心碎。安花著葉[4]，奈雨覆雲翻[5]，情寬分窄[6]，石上玉簪脆。　　朱樓外，愁壓空雲欲墜，月痕猶照無寐。陰晴也只隨天意，枉了玉消香碎。君且醉，君不見、長門青草春風淚[7]。一時左計[8]，悔不早荊釵[9]，暮天修竹[10]，頭白倚寒翠。

注釋

1　　**的的**：十分明確。**鏡盟釵誓**：鏡盟，孟棨《本事詩》載，徐德言和樂昌公主以"合鏡"而重新團聚，這裡借以表示夫妻永不分離。釵誓，陳鴻《長恨傳》載，唐玄宗和楊貴妃"定情之夕，授金釵鈿合以固之"，這裡借以表示夫妻恩愛，永不變心。

2　　**渾**：全。

3　　**迴文**：修辭學辭格之一。運用詞序迴環往復的語句，表示兩種事物或情理的相互關係。前秦蘇蕙思念丈夫，曾織錦作迴文旋圖詩。後人常以"迴文"代指女子想念丈夫所寫的詩文。

4　**"安花"句**：把已經落下來的花安在葉子上。一本作"安花著蒂"。

5　**雨覆雲翻**：化用杜甫《貧交行》："翻手作雲覆手雨，紛紛輕薄何須數。"比喻男人變化無常。

6　**分**：緣分。

7　**長門**：漢宮名。漢武帝陳皇后失寵後幽居於此。

8　**左計**：失算。

9　**荊釵**：《列女傳》載："梁鴻妻孟光，荊釵布裙。"比喻服飾樸素。

10　**"暮天"句**：化用杜甫《佳人》"天寒翠袖薄，日暮倚修竹"詩意。比喻生活清貧寂寞，但人格堅貞高尚。

劉辰翁

1232 - 1297

劉辰翁（1232－1297），字會孟，號須溪，廬陵（今江西吉安）人。景定三年（1262）進士，曾任臨安府學教授。文天祥起兵時，劉辰翁入江西幕府。宋亡，託跡方外。著有《須溪集》、《須溪詞》。

蘭陵王

丙子送春[1]

送春去，春去人間無路。秋千外、芳草連天，誰遣風沙暗南浦[2]。依依甚意緒？漫憶海門飛絮[3]。亂鴉過[4]，斗轉城荒[5]，不見來時試燈處[6]。　　春去，誰最苦？但箭雁沉邊[7]，梁燕無主[8]，杜鵑聲裡長門暮[9]。想玉樹凋土，淚盤如露[10]。咸陽送客屢回顧[11]，斜日未能度。　　春去，尚來否？正江令恨別[12]，庾信愁賦。蘇堤盡日風和雨[13]。歎神遊故國，花記前度[14]。人生流落，顧孺子[15]，共夜語。

注釋

1　丙子：宋恭帝德祐二年（1276）。

2　遣：讓。南浦：原指送別之地，這裡借指送春的地方。

3　海門飛絮：暗指臨安失陷後，南宋君臣如飛絮一樣飄泊不
　　定。海門，龕山與赭山對峙，形成一座天然的大門，故稱
　　海門。

4　亂鴉：暗喻元軍。

5　斗轉：北斗星移動了位置（暗喻南宋王朝發生巨大變化）。

6　　**來時**：往日、往年。**試燈**：周密《武林舊事》載：「禁中自去歲九月賞菊燈之後迤邐試燈，謂之預賞。」

7　　**箭雁沉邊**：暗喻被俘的南宋君臣，猶如被射中的大雁，墜落在北方邊地。

8　　**"梁燕"句**：暗喻南宋臣民失去故主，悽惶無靠。

9　　**"杜鵑"句**：暗喻南宋朝廷的嬪妃宮女被俘後，所居宮苑一片荒蕪淒涼的景象。長門，漢宮名。這裡代指南宋宮苑。

10　　**"淚盤"句**：李賀《金銅仙人辭漢歌序》：「魏明帝青龍元年八月，詔宮官牽車西去取漢孝武捧露盤仙人，欲立置前殿。宮官既拆盤，仙人臨載，乃潸然淚下。」

11　　**"咸陽"句**：化用李賀《金銅仙人辭漢歌》"衰蘭送客咸陽道，天若有情天亦老"詩意。寫被俘的南宋君臣北上臨別時，戀戀不捨，頻頻回望故園。咸陽，這裡借指臨安。

12　　**江令恨別**：江令，即江淹，曾出任建安吳興令，作有《別賦》。

13　　**蘇堤**：蘇軾知杭州時，在西湖外湖與裡湖之間築的堤。

14　　**"花記"句**：化用劉禹錫《再遊玄都觀》"種桃道士歸何處？前度劉郎今又來"詩意，表示對故國的懷念。

15　　**孫子**：這裡指作者的兒子。

永遇樂

余自乙亥上元[1]，誦李易安《永遇樂》[2]，為之涕下。今三年矣，每聞此詞，輒不自堪，遂依其聲，又託之易安自喻，雖辭情不及，而悲苦過之。

璧月初晴[3]，黛雲遠淡[4]，春事誰主？禁苑嬌寒[5]，湖堤倦暖，前度遽如許[6]。香塵暗陌[7]，華燈明晝，長是懶携手去。誰知道、斷煙禁夜[8]，滿城似愁風雨。　　宣和舊日，臨安南渡，芳景猶自如故。緗帙流離[9]，風鬟三五[10]，能賦詞最苦。江南無路，鄜州今夜[11]，此苦又誰知否？空相對、殘釭無寐[12]，滿村社鼓[13]。

注釋

1　乙亥：宋恭帝德祐元年（1275）。

2　李易安：李清照，號易安居士。

3　璧月：圓月。璧，圓形的玉。

4　黛雲：青黑色的雲。

5　嬌寒：輕寒。

6 　**遽如許**：指形勢變化得這麼快。遽，突然。

7 　**"香塵"句**：香車揚起的灰塵遮掩了道路。

8 　**斷煙禁夜**：炊煙斷絕，全城宵禁。

9 　**緗帙**：代指書籍。緗，淺黃色。

10 　**三五**：即正月十五。

11 　**鄜州**：今陝西富縣。此處化用杜甫《月夜》"今夜鄜州月，
　　閨中只獨看。遙憐小兒女，未解憶長安"詩意。

12 　**殘釭**：殘燈。

13 　**社鼓**：社日祭神時的擊鼓儀式。

寶鼎現[1]

春月

　　紅妝春騎，踏月影、竿旗穿市[2]。望不盡、樓台歌舞，習習香塵蓮步底[3]。簫聲斷，約彩鸞歸去[4]，未怕金吾呵醉[5]。甚輦路喧闐且止[6]，聽得念奴歌起[7]。　　父老猶記宣和事，抱銅仙、清淚如水[8]。還轉盼、沙河多麗[9]。滉漾明光連邸第[10]，簾影凍、散紅光成綺。月浸葡萄十里[11]，看往來神仙才子，肯把菱花撲碎[12]。　　腸斷竹馬兒童，空見說、三千樂指[13]。等多時、春不歸來，到春時欲睡。又說向燈前擁髻，暗滴鮫珠墜[14]。便當日親見霓裳[15]，天上人間夢裡。

注釋

1　　清沈辰垣等編纂《歷代詩餘》引張孟浩語："劉辰翁作《寶鼎現》詞，時為大德元年，自題曰'丁酉元夕'，亦義熙舊人只書甲子之意。"按：大德元年即公元 1297 年，距南宋覆亡整二十年，作者只題甲子，且詞中大量描寫的都是宋代元宵佳節的舊情舊景，表示了作者始終不忘故國的懷念之情。

2　紅妝：指遊春的婦女。**竿旗穿市**：官員出巡時，舉着旗幟，穿過街頭。

3　**蓮步**：指美人的腳。

4　**彩鸞**：仙女。這裡指同遊的女伴。

5　**金吾**：即執金吾，在京城中負責維護社會治安的官員。**呵醉**：《史記·李將軍列傳》載："（李廣）嘗夜從一騎出，從人田間飲。還至霸陵亭，霸陵尉醉，呵止廣。廣騎曰：'故李將軍。'尉曰：'今將軍尚不得夜行，何乃故也！'止廣宿亭下。"

6　**甚**：正。**輦路**：皇家車騎經過的道路。**喧闐**：嘈雜喧鬧聲。

7　**念奴**：唐天寶年間的歌女。這裡泛指歌女。

8　**"抱銅仙"句**：見劉辰翁《蘭陵王》（送春去）注 10（頁 429）。

9　**沙河**：即沙河塘，在錢塘（今杭州）南五里，南宋時非常繁華。

10　**邸第**：富貴人家的宅院。

11　**葡萄**：這裡形容西湖深綠色的湖水。

12　**肯**：怎肯。**菱花撲碎**：指將美好的生活毀掉。用徐德言與樂昌公主破鏡重圓典。

13　**三千樂指**：三百人的樂隊。指，手指。一人十指，則"三千樂指"為三百人。

14　**鮫珠**：指眼淚。舊題南朝梁代任昉《述異記》："南海中有鮫人室，水居如魚，不廢機織。其眼能泣，則出珠。"

15　**霓裳**：《霓裳羽衣曲》，唐樂曲名。

433

摸魚兒

酒邊留同年徐雲屋[1]

怎知他、春歸何處，相逢且盡樽酒。少年裊
裊天涯恨[2]，長結西湖煙柳。休回首，但細雨斷
橋，憔悴人歸後。東風似舊，問前度桃花：劉郎
能記，花復認郎否[3]？　　君且住，草草留君剪
韭[4]。前宵正恁時候。深杯欲共歌聲滑，翻濕春
衫半袖。空眉皺，看白髮樽前，已似人人有。臨
分把手，歎一笑論文，清狂顧曲[5]，此會幾時又。

注釋

1　**酒邊**：飲酒之餘。**同年**：科舉考試中稱同科考中的人為"同
　　年"。
2　**天涯恨**：飄泊異鄉之恨。
3　**"問前度"三句**：語本劉禹錫《再遊玄都觀》詩意，此處"劉
　　郎"是詞人自指。
4　**剪韭**：割韭菜，指臨時應付，用家常飯菜招待友人。
5　**顧曲**：指欣賞音樂。《三國志·吳書·周瑜傳》載，瑜精於
　　音樂，時人諺曰："曲有誤，周郎顧。"

周 密

1232 - 1298

　　周密（1232-1298），字公謹，號草窗、
蘋州，又號四水潛夫、弁陽老人、弁陽嘯翁。
曾為義烏令，入元不仕，悉心著述，詞師姜白
石，亦近吳文英，與吳並有“二窗”之稱。著
有《草窗韻語》、《蘋州漁笛譜》、《草窗詞》、
《癸辛雜識》、《齊東野語》、《武林舊事》、《浩
然齋雅談》等。

高陽台

送陳君衡被召[1]

照野旌旗，朝天車馬，平沙萬里天低。寶帶金章[2]，尊前茸帽風欹[3]。秦關汴水經行地，想登臨、都付新詩。縱英遊、疊鼓清笳，駿馬名姬。

酒酣應對燕山雪，正冰河月凍，曉隴雲飛。投老殘年，江南誰念方回[4]？東風漸綠西湖岸，雁已還、人未南歸。最關情、折盡梅花[5]，難寄相思。

注釋

1　**陳君衡**：即陳允平，字君衡，號西麓。

2　**金章**：即金印。

3　**欹**：傾斜，歪。

4　**方回**：北宋著名詞人賀鑄，字方回。其《青玉案》（凌波不過橫塘路）中"試問閒愁都幾許？一川煙草，滿城風絮，梅子黃時雨"幾句最為有名。黃庭堅《寄方回》有"解道江南斷腸句，世間唯有賀方回"。這裡作者以方回自比。

5　**折盡梅花**：引用《荊州記》載陸凱贈梅的典故，表達自己的相思之情。

瑤華慢

后土之花[1]，天下無二本。方其初開，帥臣以金瓶飛騎進之天上[2]，間亦分致貴邸。余客輦下，有以一枝……（下缺）

朱鈿寶玦[3]，天上飛瓊，比人間春別。江南江北，曾未見、漫擬梨雲梅雪。淮山春晚[4]，問誰識、芳心高潔。消幾番、花落花開，老了玉關豪傑。　　金壺剪送瓊枝，看一騎紅塵[5]，香度瑤闕。韶華正好，應自喜、初亂長安蜂蝶。杜郎老矣[6]，想舊事、花須能說。記少年、一夢揚州[7]，二十四橋明月[8]。

注釋

1　后土之花：指揚州后土祠的瓊花。蔣子正《山房隨筆》載：
　　"揚州瓊花天下只一本，士大夫愛重，作亭花側，榜曰'無
　　雙'。"
2　天上：皇宮。
3　"朱鈿"句：形容瓊花像金雕玉琢一般。

4　**淮山**：指盱眙軍的都梁山，在南宋北界的淮水旁。

5　**一騎紅塵**：借用杜牧《華清宮》"一騎紅塵妃子笑，無人知是荔枝來"意，指向宋度宗飛騎進獻瓊花。

6　**杜郎**：指唐代詩人杜牧。

7　**一夢揚州**：用杜牧《遣懷》詩意。

8　**二十四橋**：杜牧《寄揚州韓綽判官》："二十四橋明月夜，玉人何處教吹簫？"

玉京秋

長安獨客[1]，又見西風，素月、丹楓，淒然其為秋也，因調夾鐘羽一解[2]。

煙水闊，高林弄殘照，晚蜩淒切[3]。碧砧度韻[4]，銀牀飄葉[5]。衣濕桐陰露冷，採涼花、時賦秋雪[6]。歎輕別，一襟幽事，砌蛩能說。　客思吟商還怯[7]，怨歌長、瓊壺暗缺[8]。翠扇恩疏，紅衣香褪，翻成消歇。玉骨西風，恨最恨、閒卻新涼時節。楚簫咽，誰寄西樓淡月[9]。

注釋

1　長安：此處借指臨安。

2　"因調"句：用夾鐘羽的樂律寫一曲。夾鐘，古十二樂律中六陰律之一。羽，五音之一。一解，猶一曲。

3　蜩：蟬。

4　砧：搗衣石。

5　銀牀：水井上的轆轤架。

6　秋雪：因蘆花潔白似雪，故云。

7　吟商：吟誦秋天。商，五音（宮、商、角、徵、羽）之一。《禮記·月令》："孟秋之月其音商。"

8　瓊壺暗缺：用《世說新語》中王敦吟曹操的《步出夏門行》而敲缺唾壺典。詳見周邦彥《浪淘沙慢》（晝陰重）注5（頁183）。後人常引此表示內心的激憤。

9　寄：一作"倚"。

曲遊春

禁煙湖上薄遊[1]，施中山賦詞甚佳[2]，余因次其韻。蓋平時遊舫，至午後則盡入裡湖[3]，抵暮始出，斷橋小駐而歸[4]，非習於遊者不知也。故中山亟擊節余"閒卻半湖春色"之句[5]，謂能道人之所未云。

禁苑東風外[6]，颺暖絲晴絮，春思如織。燕約鶯期，惱芳情偏在，翠深紅隙。漠漠香塵隔，沸十里、亂絲叢笛。看畫船，盡入西泠[7]，閒卻半湖春色。　　柳陌，新煙凝碧。映簾底宮眉[8]，堤上遊勒[9]。輕暝籠寒，怕梨雲夢冷，杏香愁冪[10]。歌管酬寒食，奈蝶怨、良宵岑寂。正滿湖、碎月搖花，怎生去得！

注釋

1　禁煙：指寒食節。

2　施中山：施岳，吳人，字中山。

3　裡湖：白堤、蘇堤將西湖分為裡湖、外湖、後湖。

4　斷橋：在白堤上，又稱段橋、段家橋。

5　亞：屢次。**擊節**：用手或拍板打拍子。這裡表示讚賞的意思。

6　**禁苑**：皇帝的園林，百姓不得入內，故稱"禁苑"。

7　**西泠**：橋名，在西湖孤山下。

8　**宮眉**：宮中描眉的式樣。

9　**遊勒**：這裡指騎馬遊春的人。勒，帶嚼口的馬籠頭。

10　**愁冪**：被愁緒籠罩。

花 犯

水仙花

楚江湄[1]，湘娥乍見[2]，無言灑清淚。淡然春意。空獨倚東風，芳思誰寄？凌波路冷秋無際，香雲隨步起。漫記得、漢宮仙掌[3]，亭亭明月底。　　冰絃寫怨更多情[4]，騷人恨，枉賦芳蘭幽芷[5]。春思遠，誰歡賞、國香風味[6]。相將共、歲寒伴侶。小窗靜、沉煙薰翠袂[7]。幽夢覺，涓涓清露，一枝燈影裡。

注釋

1　湄：江邊。

2　**湘娥**：湘水女神。

3　**漢宮仙掌**：漢武帝時鑄造的仙人承露盤，也稱仙掌。

4　**冰絃**：即琴絃。相傳有用冰蠶絲做的琴絃，故稱。

5　**"騷人恨"二句**：意思是當年屈原賦《離騷》寫蕙蘭、白芷，不如寫有情的水仙。

6　**國香**：這裡指水仙花香。

7　**沉煙**：即沉香，一種薰香料。這裡形容水仙花的香氣。

蔣　捷

生卒年不詳

蔣捷（生卒年不詳），字勝欲，號竹山，陽羨（今江蘇宜興）人。咸淳十年（1274）進士。宋亡不仕。著有《小學詳斷》、《竹山詞》。

瑞鶴仙

鄉城見月

紺煙迷雁跡[1]。漸碎鼓零鐘[2]，街喧初息。風檠背寒壁[3]。放冰蟾飛到，蛛絲簾隙[4]。瓊瑰暗泣[5]。念鄉關、霜華似織[6]。漫將身，化鶴歸來[7]，忘卻舊遊端的。　歡極。蓬壺藻浸[8]，花院梨溶[9]，醉連春夕。柯雲罷弈[10]。櫻桃在，夢難覓[11]。勸清光，乍可幽窗相伴，休照紅樓夜笛。怕人間、換譜《伊》、《涼》[12]，素娥未識。

注釋

1　紺（gàn 幹）：深青透紅之色。

2　碎：本集作"斷"。

3　檠（qíng 情）：燈架。

4　冰蟾：指月光。冰，喻月光之皎潔。蛛絲：本集作"絲絲"，"絲絲"是。兩句言月光透簾而入。

5　瓊瑰：美石，珠玉。《左傳‧成公十七年》："聲伯夢涉洹，或與己瓊瑰，食之，泣而為瓊瑰，盈其懷。"

6　霜華：指白髮。似織：言白髮之稠密。華，本集作"蕐"，草也。意更確。

7　化鶴：用丁令威成仙化鶴事。

8 蕖：芙蕖，荷花。

9 "花院"句：化用北宋晏殊《寓意》"梨花院落溶溶月"句意。

10 "柯雲"句：用王質觀棋典。舊題南朝梁代任昉《述異記》
   載，晉王質入山伐木，見童子數人弈棋而歌，因置斧聽
   之。童子以一物如棗核與質食之，含之不飢。不久，童子
   催歸，質起視斧柯已爛盡。既歸，去家已數十年。柯，斧
   柄。

11 "櫻桃"二句：用夢中食櫻桃事。唐段成武《酉陽雜俎》載，
   有人夢鄰女遺二櫻桃，食之。既覺，核墜枕側。

12 《伊》、《涼》：指《伊州曲》、《涼州曲》，唐商調大曲名。

賀新郎

　　夢冷黃金屋[1]。歎秦箏、斜鴻陣裡[2]，素絃
塵撲。化作嬌鶯飛歸去，猶認紗窗舊綠。正過
雨、荊桃如菽[3]。此恨難平君知否，似瓊台、湧
起彈棋局[4]。消瘦影，嫌明燭。　　鴛樓碎瀉東西
玉[5]。問芳悰[6]、何時再展，翠釵難卜。待把宮眉
橫雲樣，描上生綃畫幅[7]。怕不是、新來妝束。
彩扇紅牙今都在[8]，恨無人、解聽開元曲[9]。空掩
袖，倚寒竹。

注釋

1　**黃金屋**：用漢武帝金屋藏嬌事。借指南宋后妃的宮苑。
2　**斜鴻陣**：形容箏上的絃柱斜列如飛雁成行。
3　**荊桃**：櫻桃的別名。**菽**：豆。
4　**彈棋**：漢、魏時的一種博戲。
5　**東西玉**：酒器名。宋楊萬里《送葉叔羽寺丞持節淮東二首》
　　之一："呼酒東西玉，探梅南北枝。"
6　**芳悰**：指后妃昔日的歡欣。悰，歡樂。
7　**生綃**：未經漂煮的絲織品，古人用以作畫。
8　**紅牙**：古代歌舞時用以調節拍的紅色牙板。
9　**解聽**：能夠聽懂。**開元曲**：唐開元盛世的歌曲。開元，唐
　　玄宗年號。

女冠子

元夕

　　蕙花香也，雪晴池館如畫。春風飛到，寶釵樓上[1]，一片笙簫，琉璃光射[2]。而今燈漫掛。不是暗塵明月[3]，那時元夜。況年來、心懶意怯，羞與蛾兒爭耍[4]。　　江城人悄初更打。問繁華誰解，再向天公借[5]。剔殘紅炧[6]，但夢裡隱隱，鈿車羅帕[7]。吳箋銀粉砑[8]。待把舊家風景，寫成閒話。笑綠鬟鄰女[9]，倚窗猶唱，夕陽西下[10]。

注釋

1　**寶釵樓**：泛指豪華的歌樓。

2　**琉璃**：周密《武林舊事》載："禁中嘗令作琉璃燈，其高五丈。"又載："燈之品極多，每以'蘇燈'為最，圈片大者徑三四尺，皆五色琉璃所成。"此指各色彩燈。

3　**暗塵明月**：化用唐蘇味道《上元》"暗塵隨馬去，明月逐人來"詩意。暗指宋末亡前元宵節時的繁華景象。

4　**蛾兒**：婦女頭上戴的飾物。

5　**"問繁華"二句**：意思是有誰能再向老天爺借來昔日的繁華呢？

6　**炧**：亦作"炧"，燭灰。

7　**鈿車**：鑲着金飾的車子。**羅帕**：女子手中的香羅手帕。

8　**銀粉砑**：碾壓上銀粉的發亮的紙。

447

9　　鬟：圓形髮髻。

10　　"夕陽"句：范周《寶鼎現》(夕陽西下) 有 "夕陽西下，
　　　暮靄紅隘，香風羅綺" 句，一説此處即指范周詞。

張　炎
1248 － 1319 後

　　張炎（1248－1319 後），字叔夏，號玉
田，又號樂笑翁。寓居臨安（今浙江杭州），
宋亡時年二十九，家產籍沒，因而流落，至以
賣卜為生。與周密、王沂孫為詞友。著有《山
中白雲詞》。

高陽台

西湖春感

接葉巢鶯[1]，平波捲絮，斷橋斜日歸船。能幾番遊？看花又是明年。東風且伴薔薇住，到薔薇、春已堪憐。更悽然，萬綠西泠，一抹荒煙。

當年燕子知何處？但苔深韋曲[2]，草暗斜川[3]。見說新愁，如今也到鷗邊。無心再續笙歌夢，掩重門、淺醉閒眠。莫開簾，怕見飛花，怕聽啼鵑。

注釋

1. "接葉"句：化用杜甫《陪鄭廣文遊何將軍山林》"卑枝低結子，接葉暗巢鶯"詩意。謂黃鶯在繁密的葉叢中築巢。

2. 韋曲：在長安城南，唐大族韋氏世居於此，因得名。這裡指西湖邊貴戚居住的地方。

3. 斜川：在江西星子和都昌兩縣間的湖泊中，淘淵明有《遊斜川》。這裡指西湖邊文人雅士聚居的地方。

八聲甘州

辛卯歲[1]，沈堯道同余北歸[2]，各處杭、越[3]。逾歲，堯道來問寂寞，語笑數日，又復別去。賦此曲，並寄趙學舟[4]。

記玉關、踏雪事清遊，寒氣脆貂裘。傍枯林古道，長河飲馬，此意悠悠。短夢依然江表[5]，老淚灑西州[6]。一字無題處，落葉都愁。　　載取白雲歸去[7]，問誰留楚佩，弄影中洲[8]。折蘆花贈遠，零落一身秋。向尋常野橋流水，待招來、不是舊沙鷗。空懷感，有斜陽處，卻怕登樓[9]。

注釋

1　辛卯歲：元世祖至元二十八年（1291）。

2　沈堯道：名欽，作者的朋友。

3　各處杭、越：沈欽回到南方後住在杭州，作者住在越州（今浙江紹興）。

4　趙學舟：即趙與仁，字元父，號學舟，是作者的朋友。一本作"曾心傳"，名遇，字心傳，曾與作者一道北上。

5　江表：江南。

6　**“老淚”句**：《晉書·謝安傳》載，羊曇受到謝安的器重，謝安去世後，羊曇為此一年不聽音樂，而且不再走謝安扶病還都時走過的西州城門。一日因酒醉誤至州門，發覺後痛哭而去。西州，古城名，在今南京西。此指臨安。

7　**白雲**：象徵隱居。陶弘景《詔問山中何所有賦詩作答》：“山中何所有，嶺上多白雲。只可自怡悅，不堪持贈君。”

8　**“問誰”二句**：化用屈原《九歌·湘君》“捐余玦兮江中，遺余佩兮澧浦”，“君不行兮夷猶，蹇誰留兮中洲”詩意。

9　**登樓**：王粲有《登樓賦》，作者借以抒懷。

解連環

孤雁

　　楚江空晚。恨離羣萬里，恍然驚散[1]。自顧影、卻下寒塘[2]，正沙淨草枯，水平天遠。寫不成書[3]，只寄得、相思一點。料因循誤了，殘氈擁雪[4]，故人心眼。　　誰憐旅愁荏苒。漫長門夜悄[5]，錦箏彈怨[6]。想伴侶、猶宿蘆花，也曾念春前，去程應轉。暮雨相呼，怕蓦地、玉關重見[7]。未羞他、雙燕歸來，畫簾半捲。

注釋

1　恍然：惆悵失意的樣子。

2　卻下寒塘：唐代崔塗《孤雁》："暮雨相呼失，寒塘欲下遲。"

3　"寫不"句：大雁羣飛時，排成"一"字或"人"字，孤雁單飛則只能是一點。

4　"殘氈"句：《漢書·李廣蘇建傳》載，蘇武出使匈奴被拘，因吞雪食氈得以生存，後終得釋歸漢。這裡作者借此表達對故人的思念，期盼故人早日歸來。

5　長門：漢宮名，漢武帝陳皇后曾幽居於此。後常被作為冷宮的代稱。

6　"錦箏"句：化用唐代錢起《歸雁》"瀟湘何事等閒回，水碧沙明兩岸苔。二十五絃彈夜月，不勝清怨卻飛來"詩意。

7　玉關：玉門關。此處泛指北方。

453

疏　影[1]

詠荷葉

　　碧圓自潔，向淺洲遠浦，亭亭清絕。猶有遺簪，不展秋心，能捲幾多炎熱？鴛鴦密語同傾蓋，且莫與、浣紗人說。恐怨歌、忽斷花風，碎卻翠雲千疊。　　回首當年漢舞，怕飛去、漫皺留仙裙摺[2]。戀戀青衫，猶染枯香，還歎鬢絲飄雪。盤心清露如鉛水，又一夜、西風吹折。喜靜看、匹練秋光[3]，倒瀉半湖明月。

注釋

1　本詞作者原序：「'疏影'、'暗香'，姜白石為梅著語，因易之曰'紅情'、'綠意'，以荷花荷葉詠之。」詞題又作「綠意」。

2　「回首」三句：據《趙飛燕外傳》載，趙飛燕歌《歸風送遠》之曲，漢成帝以文犀筯擊玉甌。酒酣風起，飛燕揚袖曰：「仙乎仙乎，去故而就新。」帝令左右持其裙。久之，風止，裙為之皺。飛燕曰：「帝恩我，使我仙去不得。」他日，宮姝或襞裙為皺，號留仙裙。

3　匹練：一匹白絹。這裡用以形容銀河。

月下笛

孤遊萬竹山中[1]，閉門落葉，愁思黯然，因動黍離之感[2]。時寓甬東積翠岩舍[3]。

萬里孤雲[4]，清遊漸遠，故人何處？寒窗夢裡，猶記經行舊時路。連昌約略無多柳[5]，第一是、難聽夜雨。漫驚回淒悄，相看燭影，擁衾誰語[6]？　張緒[7]，歸何暮！半零落，依依斷橋鷗鷺。天涯倦旅，此時心事良苦。只愁重灑西州淚[8]，問杜曲、人家在否[9]？恐翠袖、正天寒，猶倚梅花那樹[10]。

注釋

1 萬竹山：《赤城志》載："萬竹山在（天台）縣西南四十五里。"

2 黍離：見姜夔《揚州慢》（淮左名都）注 5（頁 327）。

3 甬東：今浙江定海縣。

4 孤雲：作者自喻。

5 連昌：唐行宮名，故址在今河南宜陽縣西。

6　　**擁衾**：圍裏着被。

7　　**張緒**：字思曼，南齊吳郡人，少有文才，風姿清雅。《藝文類聚・木部》載："齊劉悛之為益州刺史，獻蜀柳數株，條甚長，狀若絲縷。武帝植於太昌雲和殿前，賞玩嗟之曰：'此柳風流可愛似張緒。'"

8　　**西州淚**：見張炎《八聲甘州》（記玉關）注6（頁452）。

9　　**杜曲**：在長安城南，唐大族杜氏聚居於此。這裡借指臨安的豪門大族。

10　　**"恐翠袖"三句**：唐杜甫《佳人》："天寒翠袖薄，日暮倚修竹。"

渡江雲

久客山陰¹，王菊存問予近作，書以寄之。

　　山空天入海，倚樓望極，風急暮潮初。一簾鳩外雨，幾處閒田，隔水動春鋤。新煙禁柳²，想如今、綠到西湖。猶記得、當年深隱，門掩兩三株。　　愁余。荒洲古潊³，斷梗疏萍，更漂流何處。空自覺、圍羞帶減⁴，影怯燈孤。常疑即見桃花面⁵，甚近來、翻致無書。書縱遠，如何夢也都無。

注釋

1　**山陰**：今浙江紹興。

2　**新煙**：即新火。寒食禁火，清明後則取新火。唐杜甫《清明》："朝來新火起新煙，湖色春光淨客船。" **禁柳**：這裡指臨安宮苑裡的柳樹。

3　**潊**：水邊。

4　**圍羞帶減**：意思是人腰細體瘦，腰帶也隨之縮減。

5　**桃花面**：指思念中的女子。

王沂孫
1230? − 1289?

王沂孫（1230?−1289?），字聖與，號碧
山、玉笥山人等，會稽（今浙江紹興）人。曾
任慶元路學正。著有《花外集》一卷，又名《玉
笥山人詞集》、《碧山樂府》。

天　香

龍涎香[1]

　　孤嶠蟠煙[2]，層濤蛻月[3]，驪宮夜採鉛水[4]。
汛遠槎風[5]，夢深薇露[6]，化作斷魂心字[7]。紅瓷
候火[8]，還乍識、冰環玉指[9]。一縷縈簾翠影，依
稀海天雲氣。　　幾回殢嬌半醉[10]，剪春燈、夜
寒花碎。更好故溪飛雪，小窗深閉。荀令如今頓
老[11]，總忘卻、樽前舊風味。漫惜餘熏[12]，空篝
素被[13]。

注釋

1　龍涎香：名貴香料。龍涎，據考證即抹香鯨吐出的分泌物。

2　孤嶠：這裡指立在海上的礁石。

3　"層濤"句：形容月光在海濤的波蕩中閃爍。

4　鉛水：這裡指龍涎。

5　汛：潮汛。槎：木筏。

6　"夢深"句：意思是鮫人把驪龍夢中吐出的涎採走，與薔薇
　　花露摻和在一起。

7　心字：即心字香，用香末縈篆成心字形的盤香。

8　候火：慢火、文火。

9　　**冰環玉指**：這裡指龍涎香做成的形狀，像戴着冰玉般指環的女子的手指。

10　　**殢嬌**：女子故意撒嬌的神態。

11　　**荀令**：荀彧，東漢末曾為尚書令，嗜香成癖。

12　　**漫惜**：空惜，白白愛惜。

13　　**篝**：熏籠。這裡用作動詞，當"熏"講。

眉嫵

新月

　　漸新痕懸柳[1]，淡彩穿花，依約破初暝[2]。便有團圓意，深深拜[3]，相逢誰在香徑？畫眉未穩[4]，料素娥、猶帶離恨[5]。最堪愛、一曲銀鈎小，寶簾掛秋冷。　　千古盈虧休問！歎慢磨玉斧[6]，難補金鏡。太液池猶在，淒涼處、何人重賦清景。故山夜永，試待他、窺戶端正[7]。看雲外山河[8]，還老盡、桂花影。

注釋

1　新痕：指新月初出，只有一線痕跡。

2　破初暝：劃破了初夜的天空。

3　拜：指拜新月。古代女子有拜新月的習俗。

4　未穩：未完。

5　"料素娥"二句：古神話傳說中嫦娥是后羿的妻子，因為偷吃了不死之藥而上了月宮。

6　玉斧：唐段成式《酉陽雜俎》載："月乃七寶合成乎？……。常有八萬二千戶修之。"這裡借用玉斧修月的典故，表達作者回天無力、復國無望的心情。

7　窺戶：指月光照到門裡。

8　雲外山河：即月亮裡的陰影。

齊天樂

蟬

一襟餘恨宮魂斷[1]，年年翠陰庭樹。乍咽涼柯，還移暗葉，重把離愁深訴。西窗過雨，怪瑤珮流空，玉箏調柱。鏡暗妝殘，為誰嬌鬢尚如許？　　銅仙鉛淚似洗，歎移盤去遠，難貯零露。病翼驚秋，枯形閱世[2]，消得斜陽幾度。餘音更苦！甚獨抱清商[3]，頓成淒楚。漫想薰風，柳絲千萬縷。

注釋

1　**一襟**：滿懷。**宮魂斷**：形容蟬聲淒厲。馬縞《中華古今注》載："昔齊后忿而死，屍變為蟬，登庭樹嘒唳而鳴。王悔恨。故世名蟬為齊女焉。"

2　**枯形**：孫楚《蟬賦》："形如枯槁。"

3　**清商**：淒涼哀怨的聲調。一作"清高"，言蟬性喜居高，不同俗物。

長亭怨慢

重過中庵故園 [1]

　　泛孤艇、東皋過遍 [2]。尚記當日，綠陰門掩。屐齒莓苔 [3]，酒痕羅袖事何限 [4]。欲尋前跡，空惆悵、成秋苑 [5]。自約賞花人，別後總、風流雲散 [6]。　　水遠。怎知流水外，卻是亂山尤遠 [7]。天涯夢短。想忘了、綺疏雕檻。望不盡、冉冉斜陽，撫喬木 [8]、年華將晚。但數點紅英 [9]，猶識西園淒婉。

注釋

1　**中庵**：作者友人，生平未詳。元初劉敏中號中庵，有《中庵集》行世，與王沂孫同時而稍晚。但劉中庵主要在北方活動，王沂孫的活動範圍則主要在浙江境內，故詞中提到的中庵，當非劉敏中。

2　**東皋**：東邊的水岸。係"中庵故園"所在地。

3　**屐齒**：木屐底部裝有前後兩齒，以適應行走時兩腳水平位置上的改變，使不能彎折的鞋底能夠隨腳。

4　**酒痕羅袖**：指酒宴和宴上歌舞。

5　**成秋苑**：唐李賀《河南府試十二月樂詞・三月》："曲水飄香去不歸，梨花落盡成秋苑。"

463

6　**風流雲散**：喻好友離散。東漢王粲《贈蔡子篤》："風流雲散，一別如雨。"

7　**"水遠"三句**：言友人在遠山遠水之外。宋歐陽修《踏莎行》（候館梅殘）："離愁漸遠漸無窮，迢迢不斷如春水。……平蕪盡處是春山，行人更在春山外。"

8　**撫喬木**：喻思故園，就中庵一方設筆。漢代王充《論衡》："睹喬木，知舊都。"南朝梁代江淹《別賦》："視喬木兮故里，決北梁兮永辭。"

9　**紅英**：本集作"寒英"。

高陽台

和周草窗《寄越中諸友》韻 [1]

　　殘雪庭陰，輕寒簾影，霏霏玉管春葭 [2]。小
帖金泥 [3]，不知春在誰家。相思一夜窗前夢，奈
個人、水隔天遮。但淒然，滿樹幽香，滿地橫
斜。　　江南自是離愁苦，況遊驄古道，歸雁平
沙。怎得銀箋，殷勤與說年華。如今處處生芳
草 [4]，縱憑高、不見天涯。更消他，幾度東風，
幾度飛花。

注釋

1　周草窗：周密，號草窗。

2　玉管：玉笛。

3　"小帖"句：古代風俗。立春日在金泥帖上寫"宜春"二字，
　　取吉利的意思。

4　"如今"句：暗用淮南小山《招隱士》："王孫遊兮不歸，春
　　草生兮萋萋。"

法曲獻仙音

聚景亭梅次草窗韻 [1]

層綠峨峨 [2]，纖瓊皎皎 [3]，倒壓波痕清淺。過眼年華，動人幽意，相逢幾番春換。記喚酒尋芳處，盈盈褪妝晚。　　已銷黯。況淒涼、近來離思，應忘卻、明月夜深歸輦。荏苒一枝春 [4]，恨東風、人似天遠。縱有殘花，灑征衣、鉛淚都滿。但殷勤折取，自遣一襟幽怨。

注釋

1　草窗：即周密。
2　層綠：指綠梅。
3　纖瓊：指白梅。
4　荏苒：漸漸過去。

彭元遜

生卒年不詳

彭元遜（生卒年不詳），字巽吾，廬陵（今江西吉安）人。景定二年（1261）解試，與劉辰翁交善。《草堂詩餘》載其詞二十首。

疏　影

尋梅不見

　　江空不渡，恨蘼蕪杜若[1]，零落無數。遠道荒寒，婉娩流年[2]，望望美人遲暮。風煙雨雪陰晴晚，更何須、春風千樹。盡孤城、落木蕭蕭，日夜江聲流去[3]。　　日晏山深聞笛，恐他年流落，與子同賦[4]。事闊心違[5]，交淡媒勞[6]，蔓草沾衣多露。汀洲窈窕餘醒寐，遺佩環、浮沉澧浦[7]。有白鷗淡月，微波寄語，逍遙容與[8]。

注釋

1　**蘼蕪、杜若**：皆香草名。漢劉向《九歎・怨思》："菀蘼蕪與蘭若兮，漸槁本於洿瀆。"

2　**婉娩**：亦作"婉晚"，遲暮。張說《送高唐州》："淮流春婉娩，汝海路蹉跎。"**流年**：光陰，年華。以其一去不復如流水，故稱。

3　**"盡孤城"三句**：杜甫《登高》："無邊落木蕭蕭下，不盡長江滾滾來。"似為三句所本。

4　**"日晏"三句**：此用向秀山中聞笛懷嵇康、呂安事。見《文選・思舊賦》。此言向秀空見故宅不見故人，及下湘君、湘夫人事，均以喻尋梅不見。

5 **闊**：隔絕，隔斷。按以下八句均化用《楚辭·九歌·湘君》詩意。

6 **媒勞**：讓媒人往來奔忙說合。《楚辭·九歌·湘君》："心不同兮媒勞，恩不甚兮輕絕。"

7 **"汀洲"三句**：《楚辭·九歌·湘君》："君不行兮夷猶，蹇誰留兮中洲？美要眇兮宜修，沛吾乘兮桂舟。"又："捐余玦兮江中，遺余佩兮澧浦。"佩環，玉佩，一種飾物。澧浦，澧水岸邊。澧，水名，在今湖南境內，流入洞庭湖。

8 **"逍遙"句**：《楚辭·九歌·湘君》："時不可兮再得，聊逍遙兮容與。"容與，舒閒自適的樣子。

六　醜

楊花

　　似東風老大[1]，那復有、當時風氣。有情不收[2]，江山身是寄[3]。浩蕩何世？但憶臨官道[4]，暫來不住，便出門千里。癡心指望迴風墜[5]，扇底相逢，釵頭微綴。他家萬條千縷[6]，解遮亭障驛[7]，不隔江水。　　瓜洲曾艤[8]，等行人歲歲。日下長秋[9]，城烏夜起。帳廬好在春睡，共飛歸湖上，草青無地。惜惜雨、春心如膩，欲待化、豐樂樓前帳飲[10]，青門都廢[11]。何人念、流落無幾。點點搏作[12]，雪綿松潤，為君裛淚[13]。

注釋

1　東風老大：指時已春暮。東風，代指春天。老大，年齡大。引申為時令晚。

2　"有情"句：蘇軾《水龍吟·次韻章質夫楊花詞》："拋家傍路，思量卻是，無情有思。"四字由此化出。

3　身是寄：此言楊花漫天飛舞，居無定所。寄，寄居。

4　官道：公家修築的道路，大路。

5　迴風：旋風。

6　　**萬條千縷**：指柳。

7　　**驛**：驛站，古時設在道路之上以供官私往來休憩的客舍。

8　　**瓜洲**：鎮名，在今江蘇南部，大運河入長江處，與鎮江隔
　　　江斜對，為長江南北水運交通要衝。**艤**：移船靠岸。

9　　**長秋**：漢宮殿名。《三輔黃圖·漢宮》："（長樂宮）有長信、
　　　長秋、永壽、永寧四殿。"

10　**豐樂樓**：不詳。或即豐樂亭，歐陽修所建，在今安徽滁州
　　　西。歐陽修有《豐樂亭記》。

11　**青門**：又名青綺門、青城門，漢長安城東出南起第一門。
　　　據《三輔黃圖》，廣陵人邵平原為秦東陵侯，秦亡後為布
　　　衣，種瓜青門外。瓜味美，人稱"東陵瓜"。

12　**搏**：將散碎的東西捏聚成團。這裡指楊花相互粘連成團。

13　**裛淚**：蘇軾《水龍吟·次韻章質夫楊花詞》："細看來，不
　　　是楊花，點點是、離人淚。"以淚喻楊花，本此。裛，沾
　　　濕。

姚雲文

生卒年不詳

　　姚雲文（生卒年不詳），又名雲，字聖瑞，一字若川，號江村，高安（今屬江西）人。咸淳四年（1268）進士，累官至工刑部架閣，後授福建兩路儒學提舉。《全宋詞》輯其詞九首。

紫萸香慢

近重陽、偏多風雨，絕憐此日暄明[1]。問秋香濃未，待携客、出西城。正自羈懷多感[2]，怕荒台高處[3]，更不勝情。向尊前、又憶瀝酒插花人[4]，只座上、已無老兵[5]。　　凄清。淺醉還醒，愁不肯、與詩平[6]。記長楸走馬[7]，雕弓挾柳[8]，前事休評。紫萸一枝傳賜[9]，夢誰到、漢家陵。盡烏紗、便隨風去[10]，要天知道，華髮如此星星[11]。歌罷涕零。

注釋

1　憐：愛。暄明：溫暖明媚。

2　羈懷：羈旅情懷。羈，淹留他鄉。

3　荒台：又稱戲馬台，項羽閱兵處，在今江蘇徐州。宋武帝曾於重陽節大會賓客於此。

4　瀝酒：濾酒。《南史・隱逸傳・陶潛》："郡將候潛，逢其酒熟，取頭上葛巾瀝酒，畢，還復著之。"插花：戴花。辛棄疾《定風波・暮春漫興》："少日春懷似酒濃，插花走馬醉千鍾。"

5　　"只座上"二句：《晉書·謝奕傳》："（奕）與桓溫善，溫辟
　　　為安西司馬，猶推布衣好。……嘗逼桓飲，溫走入南康主
　　　門避之。……奕遂携酒就聽事，引溫一兵帥共飲，曰：'失
　　　一老兵，得一老兵，亦何所怪！'溫不之責。"

6　　"愁不肯"二句：謂作詩不能盡消愁思。

7　　長楸走馬：曹植《名都篇》："鬥鷄東郊道，走馬長楸間。"

8　　捈柳：射擊。

9　　紫萸：即茱萸，植物名，味辛烈，可入藥。古俗農曆九月
　　　九日重陽節佩茱萸以驅邪辟惡。

10　"盡烏紗"二句：用孟嘉事。據《晉書·孟嘉傳》，孟嘉為
　　　桓溫參軍，嘗於重陽共登龍山，風吹帽落而不覺，桓溫令
　　　人作文以嘲之，孟嘉不以為意。烏紗，烏紗帽。南朝宋時
　　　始有，至隋均為官服，唐代一度貴賤皆可服，以後各代仍
　　　多為官服。

11　星星：頭髮花白的樣子。

僧　揮
生卒年不詳

　　僧揮（生卒年不詳），俗姓張，名揮，字師利，安州（今湖北安陸）人。曾應進士試，後棄家為僧，法號仲殊。嘗住蘇州承天寺、杭州寶月寺，崇寧間自縊死。與蘇軾交善。詞集名《寶月集》，今存近人趙萬里輯本。

金明池

天闊雲高，溪橫水遠，晚日寒生輕暈。閒
階靜、楊花漸少，朱門掩、鶯聲猶嫩。悔匆匆、
過卻清明，旋佔得餘芳，已成幽恨。都幾日陰
沉[1]，連宵懨困，起來韶華都盡。　怨入雙眉閒
鬥損[2]，乍品得情懷，看承全近[3]。深深態、無非
自許，厭厭意、終羞人問。爭知道、夢裡蓬萊，
待忘了餘香，時傳音信。縱留得鶯花，東風不
住，也則眼前愁悶[4]。

注釋

1　**都**：盡，表示總括。
2　**鬥**：拼合，湊。這裡指眉頭因愁思糾結在一起。
3　**看承**：特別看待。**全近**：極其親近。
4　**也則**：依然。

李清照

1084 — 約 1151

　　李清照（1084－約 1151），號易安居士，濟南（今屬山東）人。是兩宋之交的著名女詞人。其父李格非是知名學者，其夫趙明誠是金石考據收藏家。李清照早期生活優裕，詞多閒適。金兵入據中原後，流寓江南，飽經喪夫之痛、戰亂之苦，詞調轉向感傷。其詩風與詞風不同，辭情慷慨，格調高古。其文集、詞集已佚，今有後人輯本《漱玉詞》及今人輯《李清照集》。

如夢令

　　昨夜雨疏風驟，濃睡不消殘酒[1]。試問捲簾人[2]，卻道海棠依舊。知否？知否？應是綠肥紅瘦[3]。

注釋

1　濃睡：猶言沉睡、酣睡。殘酒：指殘存的酒意。
2　捲簾人：指捲簾的侍女。
3　綠肥紅瘦：言枝葉肥大而花朵凋殘。

鳳凰台上憶吹簫

　　香冷金猊[1]，被翻紅浪[2]，起來慵自梳頭[3]。任寶奩塵滿[4]，日上簾鈎。生怕離懷別苦，多少事，欲說還休。新來瘦，非干病酒，不是悲秋。

　　休休！這回去也，千萬遍陽關[5]，也則難留。念武陵人遠[6]，煙鎖秦樓[7]。惟有樓前流水，應念我，終日凝眸[8]。凝眸處，從今又添，一段新愁。

注釋

1　金猊：狻猊獸形的銅香爐。

2　"被翻"句：牀上的紅錦被亂攤着，形似波浪。柳永《鳳棲梧》（蜀錦地衣絲步障）："鴛鴦繡被翻紅浪。"

3　慵：懶。

4　寶奩：華貴的梳妝匣。

5　陽關：《陽關三疊》曲子。王維《渭城曲》："勸君更盡一杯酒，西出陽關無故人。"陽關，在今甘肅敦煌西南。

6　武陵人：武陵漁人。見陶淵明《桃花源記》。此指其夫趙明誠。武陵，在今湖南桃源縣。

7　秦樓：秦穆公之女弄玉所居之所。此指作者居處。

8　凝眸：聚精會神地看。

醉花陰

　　薄霧濃雲愁永晝[1]，瑞腦消金獸[2]。佳節又重陽，玉枕紗廚[3]，半夜涼初透。　　東籬把酒黃昏後[4]，有暗香盈袖。莫道不銷魂，簾捲西風，人比黃花瘦[5]。

注釋

1　永晝：漫長的白天。

2　瑞腦：又稱龍腦，一種香料。金獸：獸形銅香爐。

3　紗廚：指紗帳。

4　東籬把酒：晉陶淵明重九日無酒賞菊，忽有白衣人送酒，遂醉倒東籬。見檀道鸞《續晉陽秋》。

5　黃花：即菊花。

聲聲慢

　　尋尋覓覓，冷冷清清，悽悽慘慘戚戚[1]。乍暖還寒時候，最難將息[2]。三杯兩盞淡酒，怎敵他、晚來風急？雁過也，最傷心，卻是舊時相識。　　滿地黃花堆積，憔悴損[3]，如今有誰堪摘？守着窗兒，獨自怎生得黑！梧桐更兼細雨，到黃昏，點點滴滴。這次第[4]，怎一個愁字了得！

注釋

1　戚戚：憂愁的樣子。

2　將息：調養。

3　損：指菊花枯萎凋損的樣子。

4　次第：情形，光景。

念奴嬌

蕭條庭院，又斜風細雨，重門須閉[1]。寵柳嬌花寒食近[2]，種種惱人天氣。險韻詩成[3]，扶頭酒醒[4]，別是閒滋味。征鴻過盡[5]，萬千心事難寄。　　樓上幾日春寒，簾垂四面，玉闌干慵倚[6]。被冷香消新夢覺[7]，不許愁人不起。清露晨流，新桐初引[8]，多少遊春意。日高煙斂，更看今日晴未。

注釋

1　**重門**：一道道的門。

2　**寒食**：即寒食節。

3　**險韻**：用冷僻生疏、難押的字作韻腳。

4　**扶頭酒**：一種易醉人的烈性酒。白居易《早飲湖州酒寄崔使君》：“一榼扶頭酒，泓澄瀉玉壺。”

5　**征鴻**：大雁。大雁每於秋天南飛，春又北歸，故稱。據《漢書·李廣蘇建傳》，漢皇為從匈奴要回蘇武，謊稱天子於上林苑中射得一雁，足繫帛書，言蘇武尚在人世。故後人以大雁可代人傳書遞信。

6　**闌干**：即“欄杆”。

7　**香消**：言銅爐中的香料已焚盡。

8　**“清露”二句**：語出《世說新語·賞譽》。引，滋長的意思。

永 遇 樂

　　落日熔金[1]，暮雲合璧[2]，人在何處？染柳
煙濃，吹梅笛怨[3]，春意知幾許？元宵佳節，
融和天氣[4]，次第豈無風雨[5]？來相召，香車寶
馬[6]，謝他酒朋詩侶。　　中州盛日[7]，閨門多
暇，記得偏重三五[8]。鋪翠冠兒[9]，撚金雪柳[10]，
簇帶爭濟楚[11]。如今憔悴，風鬟霧鬢[12]，怕見夜
間出去[13]。不如向簾兒底下，聽人笑語。

注釋

1　　熔金：熔化的黃金。形容落日的光輝。

2　　合璧：兩個半璧合成一個圓形稱合璧。這裡指暮雲四合。

3　　"吹梅"句：笛子吹出《梅花落》幽怨的曲調。梅，指樂曲
　　　《梅花落》。

4　　融和：暖和。

5　　次第：轉眼間。

6　　"香車"句：裝飾華麗的車馬。

7　　中州：古豫州，在今河南省。這裡指北宋都城汴梁（今開
　　　封）。盛日：指繁盛之時。

8　　三五：古時把月半稱三五。這裡指農曆正月十五。

9　　"鋪翠"句：裝飾有翠羽的帽子。

10 "撚金"句：據《大宋宣和遺事》，汴梁人每於正月十四日
    預賞元宵節，"盡頭上戴着玉梅、雪柳、鬧蛾兒，直到鰲山
    下看燈"。撚金雪柳疑即以黃色彩紙搓成柳條樣的飾物。

11 簇帶：宋時俗語，插帶的意思。濟楚：整齊。

12 "風鬟"句：髮鬟蓬亂。言己心意冷淡，無心梳妝。鬟，環
    形的髮鬟。

13 怕見：懶得。

浣溪沙

　　髻子傷春慵更梳[1]，晚風庭院落梅初。淡雲來往月疏疏[2]。　　玉鴨熏爐閒瑞腦[3]，朱櫻斗帳掩流蘇[4]。遺犀還解辟寒無[5]？

注釋

1　**髻子**：綰在頭頂的髮髻。**慵**：懶。

2　**疏疏**：朦朧的樣子。

3　**玉鴨熏爐**：精美的鴨形銅香爐。**瑞腦**：又稱龍腦，一種香料。

4　**朱櫻**：紅色的櫻桃樣香包，掛在帳上以為裝飾。**斗帳**：形如覆斗的帳子。**流蘇**：用彩色羽毛或絲線等製成的穗狀垂飾物。

5　**"遺犀"句**：王仁裕《開元天寶遺事》："開元二年冬至，交趾國進犀一株，色黃如金，使者請以金盤置於殿中，溫溫然有暖氣襲人。上問其故，使者對曰：'此避寒犀也。'"遺，一作"通"。犀，犀牛角。